機長席（左）と副操縦士席に同じ計器を配置。共有するものは中央のセンターペデスタルに

夕焼けをのぞむ

夜明けを迎えたコックピット

講談社文庫

最後のフライト

ジャンボ機JA8162号機の場合

清水保俊

講談社

まえがき

ライト兄弟の動力飛行機ライト・フライヤー号が人を乗せて初フライトに成功したとき、その飛行距離はジャンボ機の全長七一メートルにも届かなかった。それから約一〇〇年、飛行機は時代の要求する高速輸送の手段として発達してきた。旅客機の世界でも、その時代を象徴する数多くの名機が誕生し、そして退場していった。

アメリカ大陸横断のために開発されたダグラスDC—3型旅客機は総生産機数一万三〇〇〇機にもなったが、今では見かけることもなくなった。コニーという愛称で親しまれた三枚尾翼の美しい機体のスーパー・コンステレーション機は無着陸大西洋横断のために颯爽とデビューしたが、ジェット機の登場でその舞台も長くは続かなかった。誰もがあこがれた空の旅だったが、飛行機は気軽に乗ることのできない夢の乗り物だった。

その夢を叶えてくれたのがボーイング747型機である。特徴的な機首のふくらみと驚異的な大きさからジャンボという愛称で親しまれ、大量高速輸送を可能にして空の旅をより身近なものにした。だがそのジャンボ機もまた、かつての名機と同じように時代の潮流に逆らうことができず、次世代の機体にその場を譲るときが迫ってきた。

ボーイング747型機という飛行機はおそらく後世に語り継がれる名機だと言っても誰も異論は唱えないだろう。これからも写真でその姿を見ることができ、映像も残されていくに違いない。しかしこの飛行機をどのような人が操縦していたのか、どのような機器が装備されていて、どのように操作し、飛ばせながら何を考えていたかなどの記憶は時間とともに薄れてやがては消え去っていく運命にあることも事実だと思う。

ジャンボ機で数多くの旅行を体験しても、二階席の最前方にあるコックピットの中でパイロット二人とフライト・エンジニア、彼ら三人がどのような会話を交わし、トラブルが発生したときにどのように対処しているのかを知る人は少ない。

この本の中には、主役のジャンボ機とともに飛び、今では翼を休めているかつてのグレート・キャプテン、今ではキャプテンとなって会社の廊下を闊歩しているかつての副操縦士、飛行機の火事は臭いで知って煙のときに消火だよと教えて訓練生を驚かせて教育してくれた職人のような教官やフライト・エンジニアの仲間たち、彼らの無意識の仕草、小耳に挟んだ会話からの推理、会社の正式な場では語られることのなかった諸々の言葉の集大成が詰まっている。

筆者は狭いコックピットという空間で彼らと同じ仕事をしてきた。彼らの息吹を伝えることで、写真でも映像でも感じることのできないジャンボ機の栄光の時代の鼓動を、いつまでも脈打たせられるのではないかと期待している。

やがて在来型ジャンボ機が日本の空から消え去っても、いつまでもジャンボ機を愛した人の心の中で飛ばし続けてもらいたいと願っている。

最後のフライト　ジャンボ機JA8162号機の場合／目次

二〇〇七年三月二九日　三宅島上空試験飛行空域　キャビン与圧試験／スピード性能試験／エンジン・シャットダウン、リライト・テスト
一九九〇年五月二一日四時三〇分　大田区蒲田　マンション・ルネッサンス／五時二〇分　羽田空港オペレーションセンター　運航技術部／五時三〇分　北緯55度15 7、西経82度158／九時二〇分　アンカレッジの北　北緯66度、西経151度
二〇〇七年三月二九日　三宅島上空試験飛行空域　失速スピード性能試験
一九九〇年五月二一日一四時四〇分　航空路ロメオ220　位置通報点「ヌブダ(NUBUDA)」／一五時〇〇分　ローパス準備／一五時五分　成田空港整備技術本部会議室／一五時四〇分　房総半島銚子VOR局の東方　三万九〇〇〇フィート／一六時〇〇分　成田空港ターミナル　運航整備室／一六時五分　成田空港アプローチ　六〇〇〇フィート／一六時九分　成田航空科学博物館屋上／一六時一〇分　成田空港消防署／一六時二〇分　成田空港ターミナル　運航整備室／一六時三五分　成田空港上空四〇〇〇フィート　着陸／成田空港スポット三〇三番／成田空港オペレーションセンター
二〇〇七年三月二九日　フライト・テスト終了　スポット七一二番

図版製作　デザイン・カブス

B747-200機体図

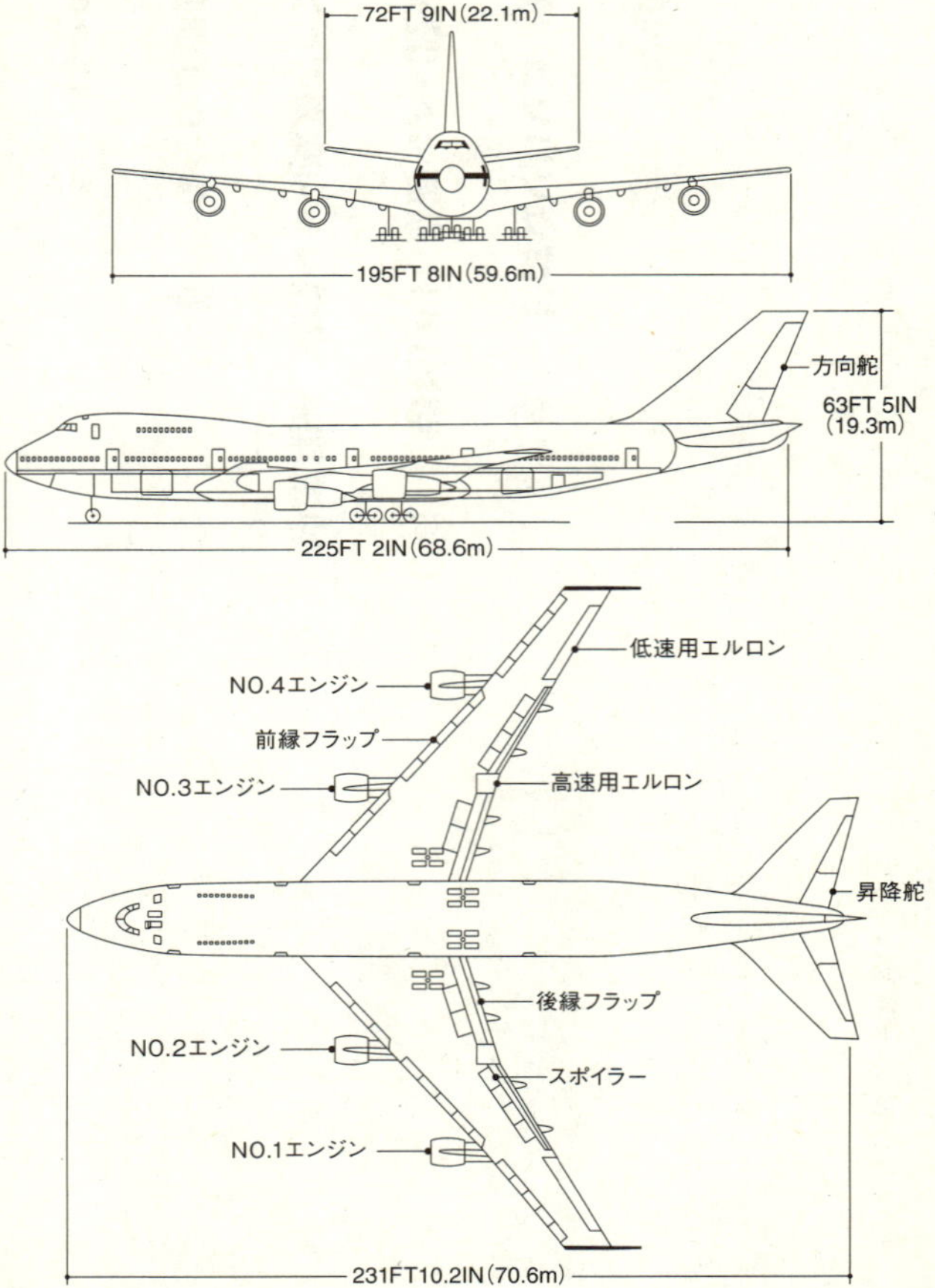

72FT 9IN(22.1m)
195FT 8IN(59.6m)
方向舵
63FT 5IN
(19.3m)
225FT 2IN(68.6m)
低速用エルロン
NO.4エンジン
前縁フラップ
NO.3エンジン
高速用エルロン
昇降舵
後縁フラップ
NO.2エンジン
スポイラー
NO.1エンジン
231FT10.2IN(70.6m)

最後のフライト

ジャンボ機ＪＡ８１６２号機の場合

本書に登場する人物・設定はすべて架空であり、実際の人物・設定とのいかなる類似も、まったくの偶然の一致にすぎない。なお、コックピット内の写真は、すべてオフデューティーの際に撮影されたものである。

ラスト・フライト

一九九〇年五月二一日　ジョン・F・ケネディ国際空港（ニューヨーク）――

　これから始まる一三時間四〇分のフライトに機体が武者震いしているのだろうか、ゴトッ、ゴトッと規則正しい振動と小刻みな震えがボーイング747―200B型8162号機の無言のコックピットに響いていた。

　いつもなら緊張している副操縦士を和ませるために、松波浩二キャプテンが、「そんなに緊張していたら計器を見れども見えず、ATC（航空管制）は聞けども聞こえずだよ」という格言を引用したアドバイスを送るのだが、その言葉も今日は聞こえてこない。松波は黙り込んで前を向いたままの姿勢をとり続け、今日ばかりはその言葉を声には出さず何度も自分に向かって言い聞かせていた。

一九四二年にアイドルワイルド・ゴルフ場の片隅に開港した空港は、ケネディ大統領が暗殺されたあと彼の栄誉を讃えるためにジョン・F・ケネディ国際空港と改名された。拡張工事はその後も途絶えることなく続けられ、ターミナルの数も九棟となり全米一の規模となったが、タクシーウエイ（誘導路）とランウエイ（滑走路）は大都市ニューヨークのイメージとは異なり狭く、補修を重ねた舗装面は荒れたままだった。

最大離陸重量三七七トンのボーイング747型機の機体を支えるタイヤの数は、左右の主翼下にある各ウイング・ギア（翼着陸脚）にトラック・ビームと呼ばれる脚桁の前後両側に四本ずつで計八本、胴体中央部の両側にある各ボディー・ギア（胴体着陸脚）にも同じように四本ずつの計八本、ノーズ（機首）・ギアに二本の合計で一八本である。ボディー・ギアに取り付けられたトラック・ビームはノーズ・ギアの角度によって制御され、地上で大きな角度で曲がるときには旋回半径を小さくするために反旋回方向に差陸脚を軸として回転し、ボディー・ギア・ステアリング・システムとしての機能も備えている。最新型の8162号機には従来の747型機に装着されていたものより幅広になった直径一・二五メートル、最大許容速度毎時三七八キロメートル、耐圧荷重二五トンの改良型航空機用タイヤが装着されている。タクシーウエイ

左ウイング・ギア（手前）とボディー・ギア（奥）。1本のギア脚に4本のタイヤが装着されている

ボディー・ギアの脚桁を前方から。各ホイールの内側には多層ディスク・ブレーキが装着されている

に等間隔で埋め込まれたセンターライン・ライトと荒れた舗装面を踏んでいるタイヤから伝わってくる振動とタイヤの回転がコックピットに武者震いしていると感じさせているのだ。

一説には一脚四百万円と噂のあるアルミ合金製ウエーバー・エアクラフト社のキャプテン・シートに背中をぴたりと押しつけて座っている松波は、特製ウレタンクッションを通して伝わってくる振動の鼓動を尻と背中に感じて荒れた舗装面を実感していた。松波の左手はサイドパネルに取り付けられているT型ステアリング・ティラーを慎重に操作し、黄色にペイントされたタクシーウエイ・センターラインに沿って８１６２号機をいつもより遅めのスピードでタクシー（地上走行）させていた。右手は四本のパワーレバーの上に軽く乗せているだけで握ってはいなかったが、ケーブルから伝わってくるエンジンの響きだけは掌で確かめていた。

一九八三年六月に導入されたプラット＆ホイットニー社製ＪＴ９Ｄ型の性能向上型最新鋭ジェットエンジン、ＪＴ９Ｄ—７Ｒ４Ｇ２を装着した機体は、従来のＪＴ９Ｄ—７Ｑエンジン機よりも推力で三・二パーセント、燃費で六パーセント向上している。アイドル・パワーだけで三七七トンの機体を余裕でタクシーさせることができ、時々ブレーキを踏んで減速させなければならないほどだった。

三〇〇トンを超える機体のジャンボ機を長時間タクシーさせていると、タイヤ強度を保つため内張りされている三二層のコード・ボディー・ナイロンシートが、タイヤの撓《たわ》みによってナイロンシート間で摩擦熱を発生させ、タイヤから伝わった熱がブレーキディスクの過熱に加わり、多重ブレーキ・システムを蓄熱過多（オーバーヒート）させることがある。そのために離陸距離を含んで約一〇キロ走行できることという、自動車のタイヤからは想像もできない熱に対する厳格な設計基準が設定されている。

フライト・エンジニアの多嶋はエンジニア・パネルのブレーキ温度モニタリングのボタンをパンチ（押すこと）して、メイン着陸装置それぞれのブレーキに取り付けられている温度センサーで、一六個のブレーキディスクの温度上昇をチェックした。ノーズ・ギアにはブレーキが装備されていないのでセンサーは装備されていない。

「ブレーキはグリーンバンドです！」

キャプテンに聞こえるように、前方を向いてブレーキが過熱していないことを知らせた。ブレーキ温度モニター計器には四個の温度表示計と四個のセレクト・ボタンがあり、温度表示は下からグリーン、アンバー（橙色）、レッドと三段階に表示されている。ボタンを押すと左前方、右後方といったように各着陸脚のトラック・ビームに取り付けられている同じ位置のブレーキ温度が比較できるように表示される。

ジャンボ機の訓練中、多嶋は最初ボタン一つが着陸脚ごとのブレーキ温度だと思ってこの表示方式にとまどったが、慣れるにしたがって左右比較できる温度表示の合理的な仕組みに感心するようになっていた。多嶋はどのシステムでも計器上で特異な数値や指示を見つけると、飛行機の特性上多くのシステムが左右均等に装着されているので、左右の値を比較することからチェックを始める。ブレーキも同じように左右対称に配置されているので、この仕組みだと一度ボタンを押すだけで左右の同じ位置にあるブレーキ温度を比較することができる。一個のセレクト・ボタンが着陸脚四本のブレーキ温度を表示するように設計されていれば、左右を比較するためにはもう一度ボタンを押さなければならない。細かいことだが、このようにきめ細かな配慮が、設計図からだけでは窺い知れないボーイング社の長年培ってきた技術の蓄積だと多嶋は思っていた。

着陸のときに使って上昇したブレーキ温度が冷やしきれず駐機場から離れるときにアンバーを表示することもあるが、最大離陸重量近くで離陸するときには完全にグリーンになるまで冷却しなければならないと決められている。それでも速すぎるタクシースピード、ブレーキの踏みすぎで離陸前にアンバーに入ってしまうことがあるの

ブレーキ温度モニター。右の白いセレクト・ボタンを押すと左側の表示計に各脚の同じ位置のブレーキ温度が表示される。（LF＝左前　RF＝右前　LR＝左後ろ　RR＝右後ろ）

ブレーキが過熱していると着陸後に空冷ファンで冷やされる

だ。慎重にタクシーウエイを選び、ゆっくりと進んでいるのを見ていた多嶋にも、松波がブレーキ温度の上昇を気にしているのが判っていた。通常であれば離陸時には着陸のときほどブレーキを強く踏むことはない。しかし、離陸中にバード・ストライク（鳥衝突）などによってエンジン故障が起こり、キャプテンが離陸を中断すると決断した場合には、残された滑走路上で停止するために、着陸時にも滅多に踏むことのないマックス・ブレーキを踏まなければならないときがある。その時にブレーキがタクシーで過熱し過ぎているとブレーキ性能が著しく低下して、離陸のために加速したスピードのエネルギーを吸収できず、タイヤの回転数を最適にスキッド・コントロール（制御）できなくなり、滑走路との摩擦でタイヤ・バースト（破裂）する原因となる。

オーバーランといわれる滑走路逸脱事故の一因である。

パイロットの操作で突然のエンジン故障を予知することはできないが、滑走路を逸脱するかもしれない危険性は、松波や多嶋のようにブレーキ温度に細心の注意を払うことを忘れなければ防ぐことができる。万が一のために一歩先を考えてしまうのは先輩と教官から教え込まれて身体に染み込んでしまった習性である。

松波はスラスト・レバーに手を乗せたまま親指を上に向けて多嶋に了解のサインを出しただけで振り向かなかった。しかし多嶋は、その無言のサインに信頼していると

主要航法計器のT型配置。ADI（姿勢指令指示器）を中心に、左がスピード計、右が高度計、下はHSI（水平位置指示器）

いう言葉が込められているのを判っていた。

松波の眼は前面のキャプテン・パネルにＡＤＩ（姿勢指令指示器）を囲むように、左横にスピード計、右横にＡＬＴ（高度計）、下方にＨＳＩ（水平位置指示器）とＴ字型に配列されている主要航法計器をチェックしたあと、誘導路周辺の外部状況を間欠的《かんけつてき》にスキャニング（監視）し、その合間に三基のＩＮＳ（慣性航法装置）が表示する個々のタクシースピードを見比べ、計器の少しの異変も離陸する前に察知しようとしていた。

太陽に向かって飛ぶときに、眩しい光のために眼を細めることでできた目尻の皺《しわ》がくっきりと目立つが、まだ老眼鏡を必要としない眼は一時も休まることなく、それぞれの計器が示す値の合理性を照合していた。合理性と言ってもそんなに難しくはない。機体が右に旋回すればキャプテンと副操縦士、両方の水平位置指示器もそれに追随して右への旋回を同じ角度で指示し、左右のウインド・シールド中央枠上方に取り付けられたスタンバイ・コンパス（羅針盤）も追随して同じ方位を示すことを確認するのだ。滑らかな動きをするようにアルコール液に浮かんだ単純なマグネット・コンパスだが、金属に囲まれ、しかも計器の発生する電流にも影響されず正確に方位を示すことができるように自差調整が完璧にできている。万が一、機体の電源がなくなってもスピード計、高度計とともに最後まで生き残る計器である。だからなのか、理由はつまびらかではないが飛行計画の針路、滑走路の進入方向は磁方位を基準としている。

主要航法計器といえども、キャプテンと副操縦士側に一つずつで二個の装備しかない。地上物標の見え方を第三の計器として比較することで異変を察知することもできる。また、チューニング（同調）している無線航路標識の方向が、キャプテンと副操縦士の両方で同じ方向を示しているかを確認することも、空港周辺の航路標識を熟知している松波には可能なのである。しかしこのような些細とも思えるチェックを怠ったばかりに離陸した後、キャプテンと副操縦士の水平位置指示器（方位計）の指示が異なっているのに気づき、着陸のために燃料を放出して離陸したばかりの空港に戻ったという事例も過去にはあるのだ。

離陸前の機内

　コックピットの床下にあたるファーストクラスのキャビン（客室）では、チーフパーサーの斉藤紀子が、ビジネスの成果、ミュージカルの余韻、装飾された壁が織りなす摩天楼を見てのショッピングや散策など、ニューヨークの様々な思い出を抱いている満席の乗客一人一人に名前を呼びかけ、搭乗挨拶とウエルカムドリンクのシャンペンをサービスしていた。ゆったりとしたシートに身を沈め、優雅な雰囲気に満ちたファーストクラスで離陸を心待ちにしている乗客、その内の何人かの心の中はすでに離陸を終え、東京に思いを馳せているのだろう。

　斉藤が手渡した、日本時間では昨日、ニューヨーク時間では本日付けの衛星版の新聞に食い入るように目を通して、東京の状況をいち早く知ろうとする乗客もいた。日本航空の尾翼の赤い鶴丸を見ると日本に帰ってきたと思って、ほっとすると言う日本人旅行者は多い。斉藤もそれを知っていて優しくお帰りなさいと語りかけていた。

ファーストクラスの床下には、ＭＥＣ（主電気室）と呼ばれるジャンボ機の頭脳が詰まっているコンパートメントがある。びっしりと詰め込まれたオートパイロット（自動操縦装置）などの航法装置から発する熱を機外に強制排気させるため、真っ暗闇のなかでブローワー（排気扇）が回り続け、床上の優雅さとは比べものにならない喧騒《けんそう》の世界である。

　びっしりと並んだラック（棚）の一つに装着された日本までの飛行経路を導いてくれる三基のデルコ・エレクトロニクス社製カルーセル４型ＩＮＳ（慣性航法装置）の内部には、高速回転しているジャイロ独楽《ゴマ》がある。その周囲に取り付けられた加速度センサーが検知する三次元の加速度を、最新鋭の仮想八ビットのマイクロ・プロセッサーが積分してタクシースピードを算出してコックピットに伝えている。７４７型機の就航時に使われていたマイクロ・プロセッサーは、ＩＮＳ以外ではオートパイロットだけだったが、一九六〇年代では四ビットが主流であり、二つ合わせて仮想八ビットのマイクロ・プロセッサーとして使用されていた。

　松波は、ＩＮＳが検知している加速度が正常か、マイクロ・プロセッサーの計算が正確かということをコックピットに表示されている個々のＩＮＳが計算したタクシースピードの数値を比較して、ＩＮＳの信頼性を検証していた。ＮＡＳＡ（米国航空宇宙局）がアポロを月面まで到達させて帰還させた航法装置の民間転用である。ＩＮＳに絶対の信頼を置いている松波だが、警報装置は警報センサーが感知する許容範囲でのみ作動し、センサーの装備されていない箇所の不具合には警報を発することができない、というメカトロニクスの弱点をこれまでの経験から探り出していた。

松波にはすべての動翼（操舵するための翼の補助翼など）が、歯車とケーブルを介して操縦桿《そうじゅうかん》と直結していたプロペラ機の時代から飛行機を操縦してきた経験知がある。７４７型機で導入され始めたブラックボックスと呼ばれるエレクトロニクスとメカニクスの合体したメカトロニクスには、目に見えない、実感できないシステム構成として、まだまだ懐疑的にならざるを得ないのだ。

スポット（駐機場）で現在位置の緯度経度を入力してスタートさせたＩＮＳが、警報装置が点灯しないというだけのチェックで、これからの長い日本までの航法を任せきれない。すべてのディスプレイが同じ値のタクシースピードを表示していることを確認して、初めてＩＮＳを信頼しようとしているのだ。離陸した後に一基のＩＮＳの表示する数値が他のＩＮＳと異なったときには民主主義の最小単位である三基という数値を信じ、多数決が採用されて残りの二基のＩＮＳで飛行を続行することになっている。

仲間から「いつまでも頑固だなぁ」と言われることがある。そうかなと、そのときはあいまいに応えるが、こんなこだわりを大事にしているからこそ大きな事故にも遭わずこの歳まで飛べたのだと内心では思っていた。それでも歳を重ねるに従って、頑固ではないと誇示している自らの頑固さを自覚することも多くなって苦笑いすることがある。

タクシーを開始してから約一〇分後。三基が同じタクシースピードを表示し続けているのを見て、松波はキャプテンサイドのINSディスプレイには、ウインド（風向・風速）データを、副操縦士サイドには、ヘディング（針路）データ、そしてフライト・エンジニアの前にあるセンター・ペデスタルには、クロストラック（進路誤差）を表示させるように副操縦士に指示した。離陸してからの定められた飛行コースを、正確に飛ぶための情報をすぐに見られるようにセットさせたのだ。松波がようやくINSを信頼に足ると確信したということである。

右席の副操縦士は手を伸ばし指示された操作を個々のINSにセットしつつも航空管制に耳を傾けることを怠らず、入力操作が終わってからも計器のスキャニングの繰り返しに戻った。

松波のように飛行機に長く携わっているとパイロットってどんな人間ですか、と唐

左がキャプテン・シート。右が副操縦士シート。その真ん中にあるのがセンター・ペデスタル（中央卓）

MEC（主電気室）内に並べられたブラックボックス

突に問われることがある。そんなときには眼（スキャニング）と耳（航空管制）が一点集中にならず、右手（スラスト・レバー）と左手（操縦桿）、そして右足左足（操舵とブレーキ操作）のそれぞれをバラバラに動かしながら同時に管制官と対話することができ、しかも飛行機のスピードより少しだけ速く物を考えることができる人間、と答えるようにしている（足下のペダルは、つま先で押すとブレーキ、全体を押すと操舵になる）。

飛行機のことをよく知らない知人からはスピードより速く考えるというのはどういうことか、と聞き返されることがある。そのときには簡単に、目先の利くスマートな考えができる人と言い換えて納得して貰っている。背も低くキャプテンになってからは腹回りが大きく頭まで薄くなってきた松波がスマートという言葉を使って説明すると、スマートを別の意味にとらえて不審な顔をされたこともあった。それ以来、最初からは使わないようにしている。だが松波の意図する本当の意味はこうだ。三次元の空間を飛ぶ飛行機はバックできない。間違った方向に飛んでも元の位置に戻ってやり直しはできないのだ。だから、数秒先、数分先の飛行機の飛んでいる姿を頭に思い描くことができ、それが間違っていないかを常に考えながら操縦できる能力を、スピードより速く考えることができると言い表している。そしてそれを簡単にスマートと表

スラスト・レバーの左右に見えるのが、INS（慣性航法装置）ディスプレイ。左側がNo.1 INS、右側がNo.2 INS

センター・ペデスタルにあるNo.3 INS。現在位置、北緯16度35.8、東経109度26.4を表示。手前の数字はVHF周波数

現しているのだ。

「小柄で髪の毛の薄いやつは操縦がうまい」というパイロット仲間で言われている風説もあったが、今度はスマートと反対で自分の体型がぴったりなので、操縦の腕を自慢していると思われるのが嫌で、これも松波はあえて教えなかった。周りの仲間を見回してもこの風説は的中していると思っているが、これからパイロットになろうとしている人に伝えるには、夢がある言葉とは思えないからだ。

松波は右席の副操縦士の計器操作と航空管制との流ちょうな交信を目の端で捉《とら》え、揺るぎなく技術の継承がなされていることに安堵した。まだ日本人に旅客機のパイロット・ライセンスがなかった日本航空の創業期、「パーサー」の名目で乗務して戦後の新しい航空技術を外国人パイロットの後ろから盗み聞き、盗み見て取得した先輩に手厳しく鍛えられた自分の副操縦士時代の技術と会話能力の拙《つたな》さを微塵《みじん》も感じさせない。パイロット個人の経験と勘だけを頼りに飛んでいた戦前の航法から計器主体の航法に切り替えるときに戸惑った航法計器の操作、航空管制用語の英語が聞き取れず外国人機長に何回もマイクを取って代わられたことがある英会話の苦い思い出、これらの苦労はすでに今の時代には無用のものになっていると確信した。

離陸直前のコックピット

臨機応変に管制官に対応する交信、手慣れた操作を見て息子もパイロットらしく育ってきたなと松波は嬉しくなったが、自分の年齢を受け入れなくてはならない現実も思い知らされていた。息子が自分の背中を見てパイロットになりたいと言ったときから、いつかは一緒に飛んで自分の飛ぶ姿を見せたいと夢見ていた。そして今日がその夢の実現した日になった。

今までは前にいる親父に後ろの息子が倣《なら》うという関係だったが、今日からはパイロットの息子が副操縦士として横に並んで座る対等の関係になった。パイロットの先輩としての親父を見せるという夢が実現したと思うと、息子を持った男親として言葉では言い表せない喜びだった。この場で妻と一緒にこの喜びを分かち合えたらどんなに喜ぶだろうと思ったが、現実は妻といえどもコックピットへの入室は許されていない。しかし息子との初めての同乗フライトは嬉しさだけではない、今までに経験したこともない緊張感をコックピットに漂わせることになった。

松波にはこの他にもう一つ初めてのことがあった。そのこともコックピットをいつも以上に緊張させている原因となり、いつもの格言のアドバイスを副操縦士の息子にではなく自分に投げかけなければならない心理状態だった。

四基のエンジン個々のオイルプレッシャー（滑油圧力）、オイルテンプ（滑油温度）、コンプレッサー回転数、ジェネレーター発電状態と電気使用量などをチェックしてからフライト・エンジニアの多嶋は、駐機中に電源とブリード・エア（高圧空気）、空調空気を供給していたＡＰＵ（機上用補助動力装置）のメインスイッチを停止位置にした。

コックピットから六〇メートル後方の機体最後尾に装備されているギャレット社製ＧＴＣＰ６００型軸流タービンジェットの発していた微《かす》かな排気音が聞こえなくなった。エンジン・パネルに異常がなかったので再び駐機場に戻ることはないと判断したのだ。

空気をタービンで断熱圧縮した際に発生する熱を外気で冷却し、再び同じ空気を断熱膨張させることで冷気を作り出す三基のＰＡＣＫ（AIR CYCLE MACHINE）は、駐機中はＡＰＵのブリード・エアで作動していたが、今は多嶋が切り替えたメインエンジンからのブリード・エアで作動するようになっていた。これから一四時間のキャビン内の快適性は、このＰＡＣＫが作り出す冷気とトリム・エアと呼ばれる高温の空

フライト・エンジニア・パネルの警告灯。球切れをチェックするために全灯を点灯させている

機体最後尾のAPU（機上用補助動力装置）排気口

気を攪拌《かくはん》させて適温にされた毎分一五〇立方メートルの空調空気をキャビン内に充満させることによって維持されることになる。

動力源の変更で微妙に変化したPACKから排出される冷気の温度をチェックし、多嶋はキャビンの各コンパートメントの現在温度を確認しながらトリム・エアの流入量を微調節してキャビン内へ流入する空調温度を設定し直した。出発前ブリーフィングで外国人観光客が多いと知らされていた最後部の「E」(エコノミー)コンパートメントは、すでに温度が上昇していた。日本人と同じに温度調整をしていると、必ず涼しくしてくれとクレーム(苦情)が上がる。経験上、多嶋は外国人旅行客の多いコンパートメントは、最初から冷やし気味にセットするようにしていたが、まだ調整量が少し足りなかったようだ。

コックピットの三人は、黙々とマニュアルに決められた手順通りにコックピット内に分散した百三十数個の計器の異常と警告灯の点灯の有無をチェックしているが、目の動きはパイロットとフライト・エンジニアでは少し異なる。

多嶋は計器の値を読むように計器の上で一瞬目が止まるが、松波の目は計器の上で止まることはない。パイロットはスピード計や昇降計、高度計のように指示針が止まらない計器を見て瞬時に飛行機の状態を把握して次の操作に備えなければならない。

キャビン温度コントロール・パネル。最上段の丸い計器が各コンパートメントの温度計、下段のノブで温度調整をする

例えばスピードが落ちている。昇降計をチェックする。少し上昇している。高度計を見る。指示された高度より高くなっている。少しコラム（操縦桿）を押して高度を下げ、トリム（空力的均衡）を取り直す。また昇降計をチェックしてゼロを指していれば、風が変わってパワーが足りなくなったと考えて、スラスト・レバーを少し前に出す。その量が適当だったかをしばらく待ってみるなど。それに対してフライト・エンジニアは計器の裏に潜む機器の状態を推理する。例えばあるエンジンの燃料消費量が多い場合、燃料流量計をチェックする。少し多めを指しているなら、パワー・セットは他のエンジンと同じかをチェックする。同じであればログブック（飛行日誌）を開いて、当該エンジンの履歴をチェックするなど、瞬時に対応を迫られることは少ない。訓練と実践で培われた計器を見る目の動きも職種によって自ずと異なって当然なのだ。

副操縦士の目も計器と外部状況の視認に忙しく動き回っているが、耳は左右で異なった役目を担っていて遊んでいるわけではない。片一方の耳はソニー製ＭＤＲ―７０１０型ヘッドセットを通して聞こえてくるニューヨークの機関銃のような早口の航空管制官の英語の乱射を聞き分け、その中に交じって聞こえる自機への指示を聞き逃さないように集中させていた。もう一方の耳はコックピットでの会話を聞き漏らさない

コックピット・クルーとキャビン・クルーの出発前ブリーフィング

ように空けていた。

キャプテンの指示は対面して言ってくれるときばかりではない、前方を見たままぼそぼそと言うこともあるからだ。言葉が明瞭に聞き分けられないときは聞き返せとは、訓練時代から言われていることである。しかし、訓練と実フライトでは異なる。一回の言葉で聞き分けられるに越したことはないのだ。

成田行きフライトが出発するこの時間帯は、ジョン・F・ケネディ国際空港のラッシュアワーと言ってもいい。他の飛行機に対する航空管制の指示を聞き自分の置かれている状況と比較して、ターミナルの陰に隠れて進行してくる見えない機影の位置を憶測したり、離陸順位を推定して離陸までの時間を推測しなければならない。ときどき、副操縦士が航空管制に応答する肉声が聞こえるだけで、離陸直前のコックピットは緊張と沈黙が続いていた。

「フライト・コントロール（動翼）・チェック！」

松波の声がコックピットの沈黙を破った。

「ラジャー（了解）！」

副操縦士も同じようなタイミングで待ちかまえていたので、すぐに応答して操作を始めた。コントロール・ホイール（操縦輪）の動きを掌《てのひら》で感じながらゆっくりと左いっぱいに止まるまで廻し、目はフライト・コントロール位置指示計の針の動きを見ている。位置指示計の指針はフライト・コントロールの実際に動いた角度が電気信号でフィードバックされているので、コントロール・ホイールの動きはスムーズでも指針の動きにひっかかり等の違和感がないかを確認しなければならない。ボーイング747型機では旧来のように動翼がケーブルで直結されておらず、操舵するときの操舵力も均一になるように人工的に作られているのでコントロール・ホイールの動きだけでは動翼の異常を察知できないのだ。

「ツーアップ、ワンダウン！」

副操縦士が位置指示計の指針を見て読み上げた。左翼外側のエルロン（補助翼）と

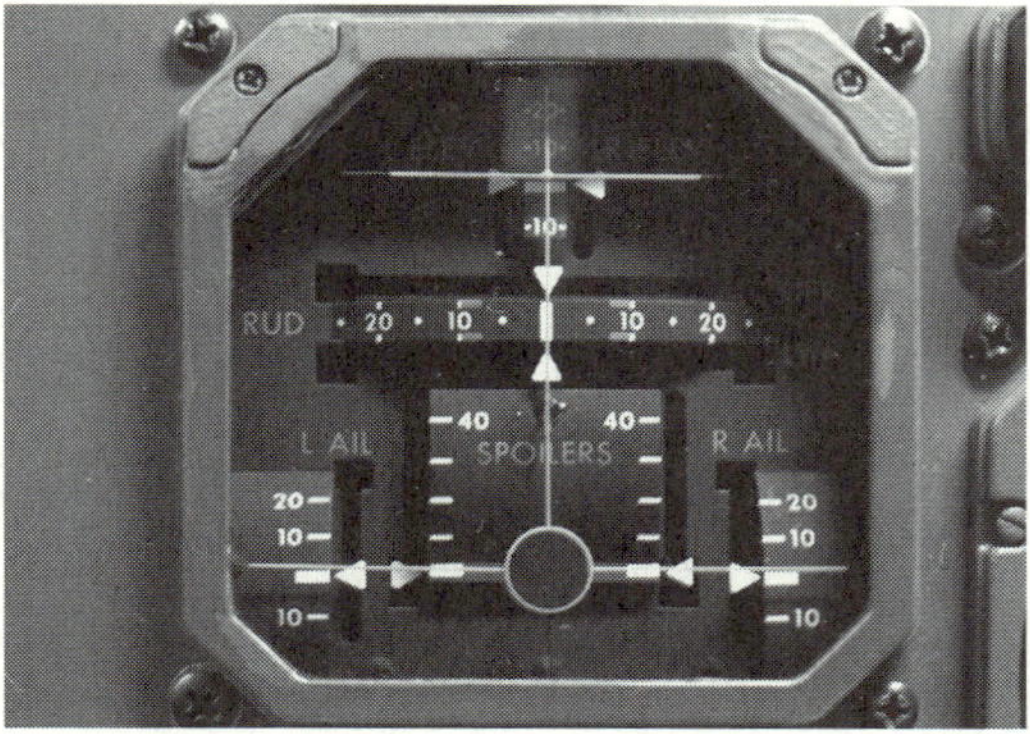

副操縦士パネルにあるフライト・コントロール位置指示計

フライト・スポイラーと呼ばれる翼上の遮蔽板のようなものがアップ（上向き）になり、右翼外側のエルロンがダウン（下向き）となったということである。コントロール・ホイールを元に戻すときも同様の作動チェックをし、中央位置で位置指示計の指針も中央に戻っていることも確認しなければならない。右側へのチェックも同じ手順を繰り返す。

　飛行機を旋回させる役目のエルロンは各翼に低速用の外側エルロンと常時作動する内側エルロンが備わっている。指示計が示すのは外側エルロンの動きだけで、内側エルロンの動きはフィードバックされていない。単なる省略かとも思わせるが、ボーイングの設計思想は合理的で抜かりがない。

コントロール・ホイールの動きは内側エルロンを作動させ、内側エルロンの作動シグナルを受けて外側エルロンが作動する仕組みになっている。外側エルロンの動きを見れば、内側エルロンも作動しているというわけである。一ポンドの軽減策を提案してそれが実現すれば、一〇〇ドルの報奨金を出すとまで言われたほど設計時に機体重量軽減で悩んだ末の苦肉の策だろうか。一本のシグナル・ラインで二箇所をチェックできるというわけである。

次にコラム（操縦桿）をゆっくり手前に引いてエレベーター（昇降舵）の作動チェックに移る。

左右のエレベーターが同じ角度になっている指示計を見て、「フルアップ！」と声を出してチェックし、次はコラムを止まるまで向こう側に押し倒して同様に「フルダウン！」と声を出す。エレベーターの指示計もエルロンと同じで、外側エレベーターのフィードバックだけである。

「コントロール・フリー！」

コラムを中央に戻し、指示計も中央を指していることを確認して副操縦士が声を出し、コントロール・チェックが終了したことを松波に報告する。

ラダー（方向舵）・チェックはキャプテンが行うとマニュアルには規定されてい

フライト・エンジニア・デスクとログブック（飛行日誌）

左右INS（慣性航法装置）の手前にあるオーディオ・パネル（送受信の切替パネル）。中央はPMS（性能管理システム）

て、ゆっくりスムーズに踏み込むことという注意書きが並記されている。垂直尾翼に取り付けられているラダーは水平尾翼のエレベーターのように左右対称ではないので、構造力学的な弱点を持っている。垂直尾翼またはラダーが飛行中に損傷を受けたという事例が多いことから、この注意書きが付け加えられた(二〇〇一年一一月に同じジョン・F・ケネディ国際空港から離陸したエアバス機が、先行機の翼端渦流に巻き込まれて垂直尾翼が損壊するという墜落事故が起きた)。

松波はT型ステアリングをしっかり直進に固定してから、左ペダルをゆっくり押し込んで途中で止めた。指示計器の上側ラダーと下側ラダー角度がちょうど五度の位置で止まっていた。「よし!」と心の中でつぶやいてから、今度はラダー・ペダルが止まるまでゆっくりとスムーズに押し込んだ。

「フルレフト!」

副操縦士が指示計器を見て声を出して、作動に異常がないことを確認した。右側のラダー・チェックでも五度の位置でいったん止めてから、完全に止まるまで踏み込み、「フルライト」の声を聞いてからラダー・ペダルをゆっくりと中央に戻した。

ラダー・チェックのとき、松波はいつもマニュアルでは規定されていなかったが、舵角五度と思える箇所でいったん止めてみることを自分の手順に組み込んでいた。離

コラム（操縦桿）とコントロール・ホイール（操縦輪）。左壁にあるのがT型ステアリング

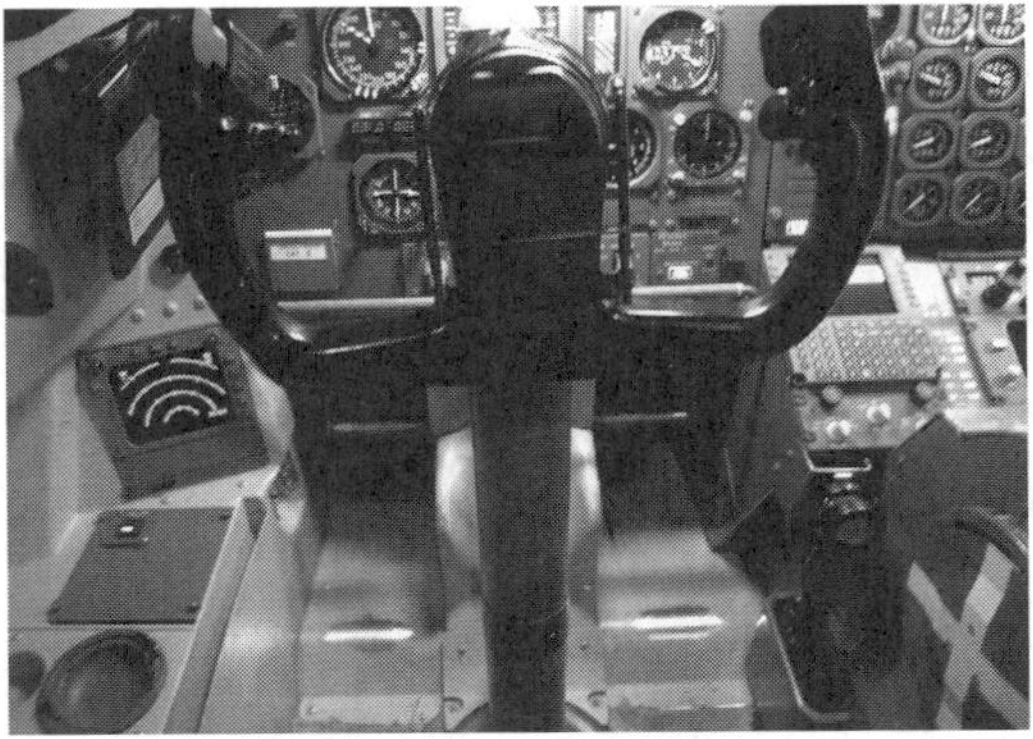

コラムの左右足元にラダー・ペダルがある。ペダルの先端を踏み込むとブレーキとなる

陸滑走中にエンジン故障が起こった場合、松波は推力の非対称で機首が振れるのを防ぐために、まず舵角五度を目安にとり、それから修正舵をあてるようにしていた。そのときのために踏み込むときの感覚を足に覚えさせているのだ。

「ヨーダンパー・チェックもやってしまおう」

と言いながら、外部の状況を見て支障のないことを確認した。遷音速《せんおんそく》（音速に近い速度）で飛行するために後退翼を持つ機体に起こりやすい、機首を左右に振りながら機体が傾くダッチロールという不安定な飛行を制御するシステムをチェックするのだ。

機首を左右に振りながら、タクシーウエイ（誘導路）を緩やかに蛇行させなければならないので外部を確認する必要があった。

ラダー・ペダルを固定して、T型ステアリングで機体を少し右に向けた。それを修正しようとヨーダンパー・システムが作動してラダーが反対の左に二度ばかり振られたのを確認した。左に蛇行させたときも同様のチェックをした。

音速のマッハ〇・八八で飛行できる旅客機として一九六一年に日本航空が導入したコンベア８８０は、歴代の旅客機最大の後退角三八度という主翼を持っていたために、このダッチロールになりやすく操縦に苦労させられたという。ジャンボ機とは異

タクシー（地上走行）中のコックピット。キャプテンは左手でT型ステアリングを握って操舵する

クリアランス（離陸許可）待ち。滑走路手前で待機

なり、離陸中はヨーダンパー・システムのスイッチを切るようになっていたので、離陸訓練で一基のエンジンを不作動にすると実際にダッチロールになり、機体が大きく傾いた状態からの回復操作をしなければならなかったという先輩からのひやりとするような話も聞いたことがある。現在ではとうてい考えられない無謀な訓練だったと言える。だからなのか、八機を導入した機体を訓練中に三機を喪失、一機を小破している。スピードもマッハ〇・八八は出なかった。

離陸前チェックリストをオーダー

多嶋はフライト・コントロール・チェックの間、パイロットの視線がコックピットの中に集中しがちになるので、自分の計器チェックの合間に周囲の状況把握と航空管制のモニターにも注意を払っていた。

離陸までのタイミングを見計らって松波が、離陸前チェックリストをオーダーした。フライト・エンジニアの多嶋が、副操縦士席の後ろにあるポケットからチェックリストを抜き取り、一つ一つの項目を読み上げると自分を含めたコックピットの三人は、該当する箇所に再度目を配って、それを確認しながらめいめいに決められた言葉で応答しなければならない。応答する言葉が異なれば多嶋は同じ項目を再度読み直し、応答を待つ。過去の事例で何度読み直しても決められた言葉が出てこなかったことがあった。離陸直前だった飛行機はスポットに戻り、その乗員は交代となった。乗員は前日に転倒して頭を打って脳内出血していたことが判明した。チェックリストは飛行機の状態を確かめるだけの役目と思われがちだが、乗員の心身状態のチェックという目的もあるのだ。

「ドット・ライン！」

多嶋はチェックリストが点線（ドットライン）で区切られている箇所で読み上げるのを一時中断した。離陸までにすることは、管制塔から滑走路への進入許可と残りのチェックリスト項目を完了させれば、あとは離陸許可を待つだけである。

松波はフライトバッグから真新しい厚めの黄色い鹿革の手袋を出し両手にはめた。松波の行っているいつもの離陸の儀式である。制服は半袖のワイシャツを選んでいた。長袖だと袖口がスイッチやレバーに無意識に触れて動かしてしまうことがあるからだ。靴はいつも磨かれたハーフブーツを履いていた。離陸に失敗したとき燃料が漏れて火の海となった飛行場を走り抜けるのにくるぶしを守る必要があるというのが理由である。

これは、一九六九年六月に日本航空のパイロット訓練飛行場として使われていたワシントン州モーゼスレイクで、コンベア機の事故に遭った先輩からの後日談を参考にした。漏れた燃料で火の海になった滑走路から逃げるときにくるぶしが火傷をして走れなくなったということを聞いてから儀式に加えた。厚い手袋はコックピットから脱出というときに備えて、金属片などから手を守るためである。

人間工学を駆使して設計されたジャンボ機のコックピットは、スイッチやレバーが引っかかるようにはできていないが、半袖は旧式のプロペラ機からの遺産である。宿泊先の部屋を出るときには鏡を見てルーズ・ネクタイになっていないかを確かめ、シングルノットで小さな逆三角形を作る。首を絞めるといって嫌うパイロットもいるが、松波は地上の人から、数百人の生命を守るパイロットへの精神の切り替えであると考えていた。

儀式は安全へのお守りで他人に強制するものではないが、安全を守る自分の精神の盾であると松波は考えていた。儀式をする理由は自分なりに用意してあったが、他人からその意味はと詰問されても理由を説明しようとは思わなかった。息子にも儀式を強制することはしないが、なぜそうしているかと問われれば息子にだけは教えてやろうと考えていた。パイロットとしての父親を理解して、息子だったら受け入れてくれるだろうと思っていたからだ。

現役で飛ぶ最後のフライト

前方を走行していたトランスワールド機が、離陸許可を得ているのが聞こえた。やっと次は自分たちの番だと思うと、張りつめていたコックピット内の緊張が、一瞬緩んだ。

「フライト人生の最後の離陸は、どういう気持ちですか？」

キャプテンの松波に、多嶋は尋ねたくなった。しかし、当の本人は何もないかのように平然として、離陸のために滑走路に進入していく飛行機を見つめている。多嶋はあれこれと松波の心境を推し量ってみた。胸中では走馬灯のように、初フライトからの種々の思い出が駆けめぐっているのだろうか？　それともこの離陸を無事にすませることだけに専念しているのか？　しかし、外部からの雑音を拒絶するような松波の雰囲気に多嶋は声をかけることはできなかった。自分の好奇心が、松波の万感の思いを断ち切ってしまわないかとおそれたのだ。

松波浩二キャプテンが、現役で飛ぶ最後《ラスト》のフライトが今回の日本航空5便だった。

そしてこれがコックピットを緊張させているもう一つの理由になっていた。

日本に戻ればリタイヤ（定年）が待っていて、もう飛ぶことはない。

松波はスケジューラー（毎月の乗務割りを作成する地上職）に息子との初めての同乗フライトをリクエストし、自分のラスト・フライトに初めての親子フライトを実現させた。

パイロットという職業柄、家を離れて生活することが多かった。趣味のスキーだとかゴルフで家庭を顧みない時期もあった。いつの頃からか家に戻っても「お帰りなさい」ではなく、「いらっしゃい」と妻からも揶揄《やゆ》されるようになっていた。そして松波がフライトで家に帰ったときの出迎えの挨拶も「いらっしゃい」となった。それは今も続き、「お帰りなさい」は新婚以来久しく聞いたことがない。子供の世話も妻に任せっきりだった。子供と接している時間の長い妻が、ことごとく子供寄りの意見になり、父親対母子という対立が日常生活で多くなって苦々しい時期もあった。その息子が同じパイロットを目指すといってくれたときには驚いたが、父親の背中を見てくれていたことが嬉しかった。妻がパイロットの苦労も素晴らしさも理解してくれていたことは意外だったが、息子に同じ道を歩ませるように仕向けてくれたことには感謝した。

パイロットの適性は遺伝するものでもない。自分も天賦の才能には恵まれなかったが、努力は惜しまなかった。同じ志を持ちパイロットを目指した仲間の幾人かは、要求されるレベルに達することができず、エリミネートと呼ばれる訓練中断で会社を去っていた。今、自分の横の副操縦士席に座れるようになった息子も、苦労しながら頑張ってパイロットになったことを松波は知っていた。

チェックアウト（訓練生からパイロットになること）後も、安閑とせず切磋琢磨して、パイロットの技量に王道がないことも忘れないでほしかった。それでも、努力を忘れた才能というものはある日、突然に劣化することがある。六〇歳になる前に、そのある日が忽然と現れ、技量の衰えに悩む名パイロットの存在を松波は仲間の噂で知っていた。

前回の半年毎のシミュレーター（模擬操縦装置）でのチェックフライトでは難なくこなしてきたトラブルへの対処が、今回は額に汗し、シャツをびっしょり濡らさなければできなくなる。自分でも満足のいかない結果だと判っていても、チェッカー（審査員）は前回の技量を知っているから遠慮して本人には何もコメントをせずに合格とする。しかし、それは噂としてどこからともなく聞こえてくる。このパイロットは訓練時代から、同期が羨むほどにフライトの技量習得を難なくこなしてきたと言われていた。恐らくなぜ同期が苦労しているのかを真剣に考えてこなかったに違いない。だから自分の技量が衰えたとき、あのときなぜ上手だったのかが判らなかったように下手になった理由も見つけられないのだ。それに比べ努力して理屈をこね回して、フライトの技量を向上させたパイロットは、才能に頼ることが少ないだけに技量の衰えも少ないと言われている。

松波はパイロットになったことを後悔していないし、いつまでも飛び続けたいと願っている。しかし、パイロットは自分の羽を休めるときを自分で決めなければならない宿命を持っていると考えていた。自分の背中には自分に身を託している数百人もの乗客がいると思えばなおさらである。松波は六〇歳になるまでその技量が維持できたことに感謝し、自分で引き際を決められたことに満足してラスト・フライトを迎える心境になっていた。

息子の副操縦士訓練時代は、自分の後輩である教官に対してプレッシャーになると考え、息子の進捗状況を聞くことはしなかったが、仲間からの噂で息子が苦労していることは知っていた。

スケジューラーが気を利かせて、一緒のフライトを組みましょうかとも言ってくれたが、同乗フライトもあえて避けてきた。息子との同乗の照れくささがあったかもしれないが、それ以上に第三者的な冷静な目で、息子を訓練生として見る自信が持てなかったのだ。獅子は千尋の谷に我が子を落として鍛えるというが、その心境を真似て鬼の教官に任せた方がいいと考えていたのだ。

そして息子は、期待通りに苦労してチェックアウトし、パイロットになってくれた。それ以降、一緒に飛ぼうとすれば機会はあったが、スケジューラーは意図的に親子での同乗フライトはスケジュールしなくなった。最悪の場合に肉親が同時に亡くなる可能性を排除しているからといわれているが真相は判らない。親子での同乗フライトはリクエストのみスケジュール・インされる暗黙の了解事項となっていた。

フライト・エンジニアの多嶋は息子のセカンドオフィサー昇格訓練時の教官だった。パイロットの第一歩として、セカンドオフィサーは飛行機のシステム全般を修得し、フライト・エンジニアと同じ業務を担当する。セカンドオフィサーを一年経験したあと、息子は副操縦士の訓練に投入された。松波と多嶋は訓練所勤務のときから釣り好きで話が合う仲間だった。一緒に乗務したときには、仕事以外の話で盛り上がることもしばしばあった。

多嶋は教官時代から松波キャプテンと区別して、息子のことをジュニアと呼んでいた。どちらもよく知っているからなのか、ラスト・フライトの三ヵ月前に成田のオペレーションセンターで松波キャプテンとすれ違ったとき、最後のフライトをお願いしてもいいかなと声をかけられたのだ。

「ランウエイ、クリアー!」


ジョン・F・ケネディ国際空港には滑走路が四本あった。その中のアメリカ国内では最長の四四四二メートルの滑走路「13R」が今日は離陸専用となっていた。

気温一五度、気圧高度一〇フィート、向かい風成分五ノットで要求される離陸滑走距離は三三五〇メートル必要だった。三七七トンの機体を安全に浮上させるためには最長の滑走路しか利用できない。風向によっては「13R」が着陸専用となってしまうことがある。そのときは着陸機の合間を管制官が調整するために一時間近く滑走路の横で待機することもあった。

「ジャパンエア5、タクシーイントゥー・ポジション・アンド・ホールド」

タワー(管制塔)から滑走路に進入して待機せよとの指示があった。

多嶋はエンジン・パワーの全てを離陸推力として使うために、エンジンからの高圧空気で作動していたPACKを停止させ、次にオーバーヘッド・パネルにある点火装

離陸するときフライト・エンジニアは前を向いてパワーレバーを操作する

置のスイッチを作動させた。離陸中にエンジンがフレーム・アウト（失火）しないように、燃焼室内で電力量四ジュールのスパーク（火花）を飛ばすためである。そしてチェックリストを用意して松波の指示を待った。

ジュニアは前方に身を乗り出して滑走路に着陸しようとしている飛行機がいないかを確認した。

「ランウエイ、クリアー！」

と声を出して滑走路進入に支障のないことをキャプテンに報告した。左席に座る松波には右斜め上方から進入してくる機影が見えないのだ。

ときには着陸機が近づいてきているのに、滑走路に進入してすぐに離陸しろと指示されることがある。そのときは滑走路上で止まることなく離陸操作を継続して行うローリング・テイクオフをすることもあるが慌ただしくて松波は好きではなかった。

「アフター・ドット・ライン」

松波はブレーキを緩め、黄色い手袋をした右手で四本のスラスト・レバーを上から一本にまとめるように握り、少し前に押し出してからチェックリストの後半をオーダーした。

機体が進み出したのを確認して左手でT型ステアリング・ティラーをグイッと左に回すと、機体はゆっくりとタクシーウエイから直角に左に曲がって滑走路に進入した。滑走路上にペイントされているマークの上でスリップしたノーズ・タイヤが「グゥ、グゥ」と悲鳴を上げた。気が急いて少し急旋回し過ぎたのだ。落ち着いてと松波は心の中でつぶやいた。

コックピットのグレア・シールドの向こうに滑走路上にペイントされている「13R」の文字を確認し、松波は両足でブレーキを踏みスラスト・レバーをアイドルに戻し、ジャンボ機を滑走路に正対させて静止させた。

オーバーヘッド・パネルのボディー・ギア（胴体着陸脚）・ステアリング・スイッチを直進に固定、そのまま右手を伸ばしてシートベルト・サイン二回連打した。まもなく離陸するというコックピットからキャビンへのサインである。

これを合図にキャビンでは、チーフパーサーの斉藤紀子が間もなく離陸することを乗客にアナウンスし、キャビン・アテンダントたちは、STS（SILENT THIRTY SECONDS）を頭の中でイメージして繰り返した。

STSとは離陸中、万が一の異常事態が起こったときに備え、キャビン・アテンダントとしてするべきことを離陸直前の三〇秒の間に、もう一度頭の中で黙って整理することだ。

そして、そのするべきことは自分自身の衝撃防止とお客様への衝撃防止指示、パニック・コントロール、脱出口の状況判断、そして脱出の指示と誘導。

ボーイング747型機には脱出に使用できるドアが全部で一〇ヵ所ある。片側が火の海になったと想定して、満席の乗客全員を火の出ていない反対片側五ヵ所のドアを使用して九〇秒で脱出させなければならないという規定がある。キャビン・アテンダントは食事のサービスをすることが主な仕事だと思われがちだが、この脱出補助が最も重要な仕事である。そのために一年に一回、ビルの三階近い高さにもなるドアから空気で膨脹させたゴムの滑り台（スライド）で一気に滑り降りる脱出体験をしている。チーフ・パーサーの斉藤も、万が一の場合の乗客も、異常事態が起こったときには、規定の時間内でこのスライドを使用して脱出しなければならない。コックピット・クルーとキャビン・クルーが、８１６２号機の離陸のために一丸となって飛び上がろうとする瞬間になった。

多嶋がチェックリストのドット・ライン以降の最終項目を読み上げた。

「オール・ウォーニングライト・チェック！」

すべての警告灯が点灯していないか、コックピットの全員がもう一度自分のパネルを見て異常のないことを確認した。多嶋は松波とジュニア、そして自分の「チェック！」という応答を聞いて離陸前チェックリストを完了させた。

四基のエンジン音と微かな振動をスラスト・レバーに感じるだけのコックピットは、短距離走者の号砲を待つ瞬間に似ている。身を震わせて一気に滑走路を駆け抜けようとする８１６２号機を、松波の両足がしっかりと押しとどめている。管制官が先行機の翼端渦流を避けるため、時間差を調整しているのだ。

離陸しようとするパイロットに風向と風速を目視させるために、滑走路脇には赤いウインド・ソックス（吹き流し）がある。風の取り入れ口と吹き出し口を調整して風速二〇ノットで、鯉のぼりのように真横になびく。しかし今では風の情報は管制官が教えてくれるので、風を目視するパイロットも少なくなっている。ウインド・ソック

昼間の滑走路。ペイントされた滑走路マーク

夜間の滑走路。地上の星とも呼ばれる路面に埋め込まれたライト類

スのように風に逆らうこともなくなびき続けた松波のフライト人生も、明日からはパタリと無風状態となって、垂れ下がったままで何の情報も発信しないウインド・ソックスになってしまう。松波にサラリーマンの経験はない。だから彼らの定年間近の仕事の内容はよく判らない。だがパイロットのように、定年の日の直前まで現役と全く同じ仕事を全うしなければならない職業も少ないのではないかと思っている。

最後の締めくくりだ。ウインド・ソックスで風を見つめながら松波は何も起こらないでくれと、ただそれだけを願ってクリアランス（離陸許可）を待っていた。パイロットという手練を怠ってはいけない職業を選んだ宿命なのか。最後の最後に松波が願ったことは、三十数年前に自分が初めて操縦桿を握ってまさに離陸しようとしたときに念じたのと同じことだった。

「テイクオフ！」、滑走路「13R」

「ジャパンエア5、ウインド（風向・風速）160／8、ランウエイ13R、クリアー・フォー・テイクオフ！」

ジュニアが管制塔からのクリアランス（離陸許可）を復唱した。風は磁方位一六〇

JFK-NRT予定飛行ルートと747型機の機種別航続距離比較

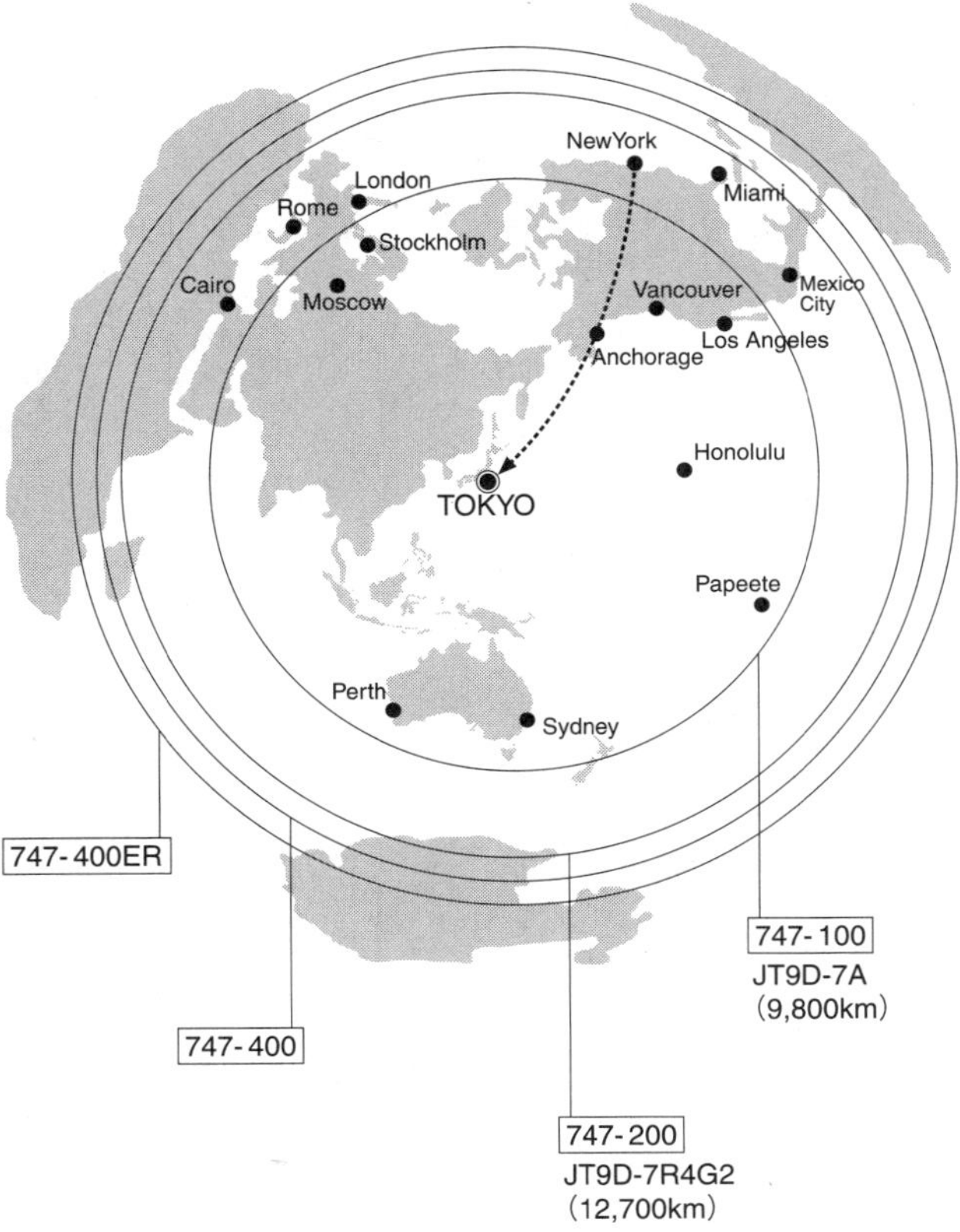

度から吹いているので滑走路の右三〇度から風速は八ノット（毎秒四メートル）である。

「テイクオフ！」

松波はすべてのランディング・ライト（着陸灯）を点灯させて短く声を出した。風の方向に右の掌を少し構えて機体との相対角を確認し、その手でスラスト・レバーを握り直し少し前に進めた。

「ワン・ポイント・ワン（1・1）、チェック！」

と指示した。左手はコントロール・ホイール（操縦輪）を握っている。

直径二・四メートルになる四〇枚のチタニウム合金（TI―6AL―4V）のファンブレードが徐々に回転スピードを上げていく。四基のエンジンのファンブレードを一気に離陸推力まで回すと個々のエンジンの回転数にばらつきが生ずるため、一旦EPR（エンジン圧力比）を一・一で揃えて回転を一定にしているのだ。EPRとはエンジン空気流入口と排気口との圧力比のことをいい、推力設定に使われる値である。

「スタビライズ！」

後方からスラスト・レバーを調整している多嶋が、すべてのエンジン回転数が揃ったことを確認した。

「マックス・パワー！」

松波は声を出しながらスラスト・レバーを離陸推力位置まで前に押し進め、両足のつま先で押さえ込んできたラダー・ペダルのブレーキを緩めた。多嶋が後方から左腕を伸ばしフライト・エンジニア用のスラスト・レバーのそれぞれを指で押さえ、小刻みに指を動かして四基のエンジン・パワーが同じになるように微調整している。

ＪＴ９Ｄ―７Ｒ４Ｇ２エンジンのドーナツ形アニューラー（環型）燃焼室に毎分二一五リットルの燃料、ドラム缶約一本分の『ジェットＡ１』が噴流し、低圧と高圧の一六段のコンプレッサーで、二六分の一に圧縮された空気と混合して燃焼した。燃焼ガスは一二五〇度にも達して爆発膨張し、その直後に組み込まれたニッケル・コバルト単結晶の高圧側空冷タービンブレードを離陸推力回転数まで一気に上昇させた。

低圧側タービンブレードのシャフト（回転軸）に直結して回転するファンブレードの咆哮《ほうこう》が、ピーキー（尖った）な高圧タービン音を包んで唸《うな》り、最大二四・八トン、四基で一〇〇トン弱の離陸推力が離陸重量三七七トンの機体をゆっくりと押し進める。バイパス比四・八では十分にタービン音を覆い切れていないのか、ジェット機特有の高音がコックピットに漏れて聞こえてくる。バイパス比とはファンブレードによって推力として発生する空気量と燃焼ガスとの重量比が四・八ということである。

ランウエイに埋め込まれたセンターライン・ライトの金属枠を、ノーズ・タイヤが踏み込む振動の間隔が加速度的に短くなってコックピットに伝わってきた。

ジュニアはコントロール・ホイール（操縦輪）の動きに手を浮かせて添え、キャプテンが不意に操縦不能に陥ったときのために、瞬時にして操縦をとって代われる姿勢をとりながら速度計を注視していた。

「エイティー（八〇ノット）！」

ジュニアがコールした。松波は自分の速度計に一瞬目を配り、白い指示針が80の数字を通過したことを確認し、すぐに滑走路に目を戻した。速度計はキャプテンと副操縦士の前に各一個しか装備されていない。副操縦士のスピード・コールで二個が同じ速度を示していることを必ず確認しなければならない。もしこのとき両者のスピードが大きく異なれば、ＩＮＳのように三基装備されてはいないため、多数決でどちらの速度計が正しい値を表示しているのか判断できない。そのときには瞬時に離陸を中断しなければならない。飛び上がってしまえば、どちらが正しいか収拾が付かず混乱してしまい失速の可能性すらある。

嘘のような話だが、駐機中に風圧によって速度を感知するピトー管と呼ばれる細い管に虫が巣を作ってしまい、飛び上がってから誤差を発見したという事例も報告されている。

　松波は滑走路センターライン上を機体が進むように左右の足でラダー・ペダルを細かく操作した。ジュニアも両足をラダー・ペダルの動きに同調させていたが、目は速度計を注視したままで、計器のモニターに集中して外は見ていない。離陸決心スピード（V1）までは、滑走路を見続けているキャプテンに代わってジュニアが左右の計器をモニターするのだ。

　多嶋はパイロット・パネルにある一六個のエンジン計器の指針が、同じ方向を指して留まっているのを見続けていた。何らかの異常をエンジン計器に認めれば即座に言葉を発して松波に知らせ、現象を正確に把握し的確な緊急時操作に備えなければならないからだ。

　ノーズ・タイヤからの振動とジェットエンジンの咆哮に包まれたコックピット。背中を押してくる加速度を感じながら、三人の目は異なる方向を見つめて離陸のために一つとなり、研ぎすまされた感覚だけが支配する空間となる。

　スラスト・レバーの位置は最大離陸推力の位置で定まっている。ＥＰＲ（エンジン圧力比）は１・５４０を指して動かない。エンジン排気温度も運用限界温度六八五度までにはまだ余裕がある、エンジンに異常なし。

目の前に迫ってくる滑走路の残りが加速度的に少なくなり速度計だけが増加していく。松波もジュニアも多嶋も動きが少なく、固まっているような単純作業に見える。しかし、技術的、空間的、機械的なマージン（余裕）が速度を増すほどに極端に狭くなり、精密な操作と咄嗟《とっさ》の判断に対する緊張感を強いられる瞬間の連続が長く続く。松波の右手は離陸中断に備えてスラスト・レバーに添えられたままである。中断を決断したときに瞬時にしてエンジンをアイドルできるようにしているのだ。左手はコラムを握り少し風上側に傾けて機体の水平を保持していた。

滑走路「13R」はジャマイカベイの干潟に沿って大西洋の海岸線に向かっている。海鳥が多いためバード・ストライク（鳥衝突）の事例が多い。松波は鳥を避けるため、経験則で先行機の航跡に沿って離陸しようとしていた。先行機が鳥を蹴散らしてくれていると期待しているのだ。

ノーズ・アップ（機首引き上げ）

「ヴィーワン（V1）！」

ジュニアの声、何が起こっても滑走路上で離陸中断することができない速度を通過

離陸直後のジャンボ機。ウイング・ギアのタイヤが斜め（ティルト）になっている

した。松波はスラスト・レバーに置いていた右手をコラム（操縦桿）にもどした。もうエンジンをアイドルに戻すことはない。最大離陸推力で飛び上がるだけだ。

「ローテーション（ＶＲ）！」

ジュニアの声、滑走路上で動き出してから五二秒、どんなに機体が重くても浮かび上がるまで一分を超えることはない。

松波はコラムを優しく両手で手前に引いた。最初は機体が滑走路をなめるようにノーズ・アップ（機首引き上げ角）一〇度までは約七秒かけて慎重に引き起こし、その後離陸重量から算出した機首上げ角一六度までは三秒と少し早めた。最初から早めに引き起こすと機体尾部を滑走路に擦ることになるのだ。尻もち事故の原因である。

今まで見えていた滑走路端の赤いライトが、ウインド・シールドからスーッと下に消え、代わって空の青さが全面になった。ノーズ・タイヤが浮き上がるのを松波は尻と背中で感じた。ノーズ・ギアのストラットが伸びきってセンタリング・カムに収まり、タイヤは直進方向に固定される。

多嶋はエンジンの咆哮が微妙に変化するのを聞いた。エンジン・ファンブレードへの空気流入角度が機体のノーズ・アップによって変わったのだ。

「カチャカチャカチャ」

ギア・レバー・ラッチの外れる金属音がした。メイン・ギア（着陸脚）のタイヤも浮き上がりトラック・ビーム（脚桁）がティルト（傾斜）して、8162号機のすべてのシステムがこのティルト・シグナルによってグラウンド（地上）・モードからフライト（飛行）・モードに変わった。もう空中なので地上で不用意に着陸装置を上げるのを防いでいたラッチ（止め金）は不要になったというわけである。

ジュニアはちらっとパネルの時計を見た。GMT（世界標準時）一七時一八分、ニューヨーク時間一三時一八分。

父親の最後《ラスト》のフライトが始まった。

機体が滑走路センターライン延長線上を飛行しているのか、松波はINS（慣性航

先端が丸く、タイヤの形をしているギア・レバー

法装置）の風向表示をチェックしてから、風に流されないようにＨＳＩ（水平位置指示器）を確認して針路を少し右にとった。次に昇降計が上昇し始めているのを見た。「ギア・アップ」の声とともに、親指を上に向けた右拳をジュニアに見えるように伸ばしギアを上げるサインを出し、次にその手をそのままオーバーヘッド・パネルに走らせてノースモーキング・サインを消灯させた。松波はタバコを吸わなかったが、乗客はゲートで搭乗してから一時間近く経過している。タバコを吸いたくてイライラしている乗客に気配りのサービスをした。

　ジュニアの左手が、小さなタイヤの丸い模型が先端についているギア・レバーを手探りし、手前に引き気味にしてからアップ側に持ち上げた。ギア・レバーの把手はコックピットの外に目をやって外部監視中のときでも、視線を移さないまま握っただけでギア・レバーと判るような工夫がしてあるのだ。

多嶋はいつものように頭の中で数字のカウントを始めた。パイロット・パネルの紅色ドア・ライトが点灯し着陸装置収納のために一〇枚のドアが開いたことを示した。ドアオープンで空気抵抗が増して風切り音が大きくなった。着陸装置のダウン・ロック（固定）が外れて緑色ライトが消灯、着陸装置が機体内に格納されるときに「コッン、コツン」というショックがコックピットに伝わってきた。すべての着陸装置が収納されたのち再びドアが閉まり、紅色ドア・ライトも消灯して精巧な一連のメカニズムは終了した。

すべてのカウントは一八で終わった。いつもより二個多かった。タイヤが改良型で大きくなったせいだろうと多嶋は自分を納得させた。ギア・アップのためにエンジン駆動油圧ポンプのバックアップとして作動していたニューマチック（高圧空気）駆動油圧ポンプの作動を示す青色ランプ点灯と油量の異常減少を確認するため、左手でスラスト・レバーを握りながら多嶋は、顔だけを右に振り向けてエンジニア・パネルを見た。計器の異常を示すランプは点灯していない、油量も正常範囲に戻っていた。自

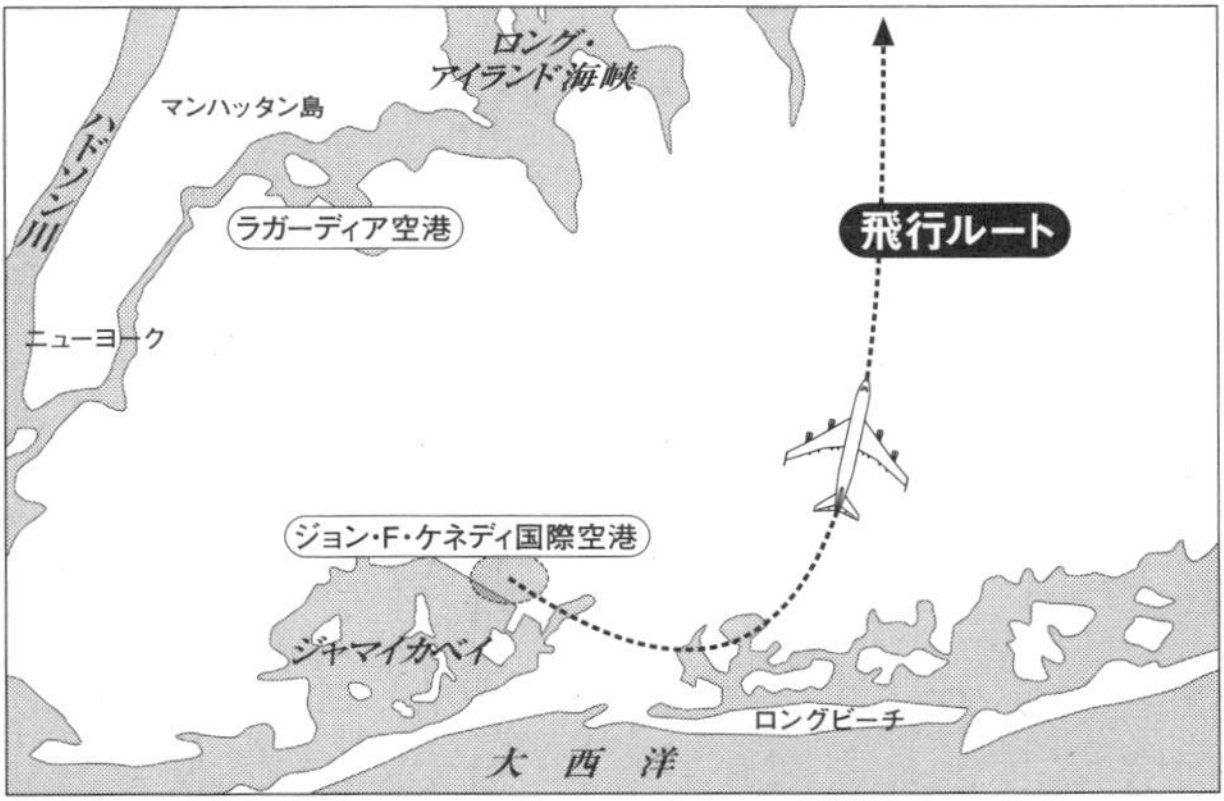

磁方位130度で離陸してレーダー・ベクター（誘導）にて北上

ギア・ドアのリンク機構

重二トン、風圧に逆らって五本のギアを格納するために大量のハイドロ（作動油）が使われるのでパイプが破れる可能性が高いのだ。

多嶋は高度計の指示が四〇〇フィート（一二〇メートル）を通過するのを確認して、最初のＰＡＣＫバルブをオープンさせた。機体後部の二個のアウトフロー・バルブ（圧力調整弁）がフライト・モードのシグナルを受けて、クローズ方向に動き出していた。機体の上昇と同じだったキャビン高度の上昇率を毎分五〇〇フィート（一五〇メートル）に収束させている。吹き出し口から空調エアーが吹き出し、ニューヨーク上空の空気が再びキャビンを満たし始め、コックピットへの新しい風が松波の額に浮かんだ汗を乾かしている。

旋回中

「ジャパンエア5、ジャスト、エアボーン（AIR BORN）」

ディパーチャー・コントロール（出発航空管制）に応答してジュニアが通過高度を報告すると、レーダーコンタクト（レーダー捕捉）したことを返信してきた。満席の乗客を乗せた８１６２号機は、三七七トンの空気に生まれ変わったのだ。エアボーンは航空管制の正式用語ではない。しかし、ジュニアは離陸を空気が生まれると表現した飛行機野郎のロマンスが好きだったので思わず口にしてしまうことがあった。ジュニアもまたこの特別な離陸に緊張していた。

ニューヨークでは騒音軽減離陸方式にしたがって離陸しなければならない。松波は高度一五〇〇フィートの通過を確認して上昇角を緩め、エンジンを離陸推力から上昇推力に減じるよう多嶋に指示し、左に旋回してＳＩＤ（標準出発方式）であるケネディ・ディパーチャーに従って、レーダー・ベクター（誘導）で北上するようにコントロール・ホイール（操縦輪）を左に回し針路を北にとった。水平線を目安にして機体を二〇度左に傾け、確認のためにパネルのＡＤＩ（姿勢指令指示器）を見て傾きをチェックしてからスピード計に目を移し、スピードが増しているのを確認した。上昇角を緩めたエネルギーがスピードに転化したということである。

ジャンボ機は、コントロール・ホイールでエルロンを操作して機体を傾けるだけで定常旋回をするので、ラダー・ペダルを踏む必要はない。定常旋回とは重力と遠心力の合成力を床に垂直にして旋回することで、時速四〇〇キロメートルで旋回していても、キャビンの乗客に遠心力を感じさせない旋回である。

コラム（操縦桿）に備え付けのチャート・ホルダーに挟まったジェプセン・チャー

ト（航空用地図）に目を配って、昨晩ホテルの部屋で予習した飛行経路と照合した。まだ松波の記憶は確かだった。

　多嶋はスラスト・レバーを引いた。スラスト・レバー下部に設けられたリンク機構に組み込まれた四本のケーブルは、多くのプーリー（滑車）を経由曲折し、コックピット床下、キャビン天井裏、そしてウイングスパー（翼桁）後方を通って主翼に取り付けられた各エンジンに導かれている。多嶋の手元から最長四〇メートルも先のエンジン・パイロン（懸架《けんか》装置）にあるラックアンドピニオン・ギアを介して、ケーブルの直線運動はギアの回転運動に変換され、個々のエンジン下部に設置されているＦＣＵ（燃料制御装置）を制御させてエンジンへの供給燃料を減じさせることになる。

　ピーキーな咆哮が和らぎ、ＪＴ９Ｄ―７Ｒ４Ｇ２は、上昇推力のＥＰＲ（エンジン圧力比）にセットされた。

　離陸の緊張感から解き放たれて、旋回中の左手眼下にビルに埋め尽くされているマンハッタン島の形が見えてくる。何度も見ている松波のお気に入りの情景だ。

　リタイヤの一年前からフライトした各地のステイ（滞在）先で、街の情景をしっかりと目に焼き付けてきた。五月のバンクーバー、一二月のアンカレッジ……。今回で最後なのだと街並みの一つ一つを数えるように。

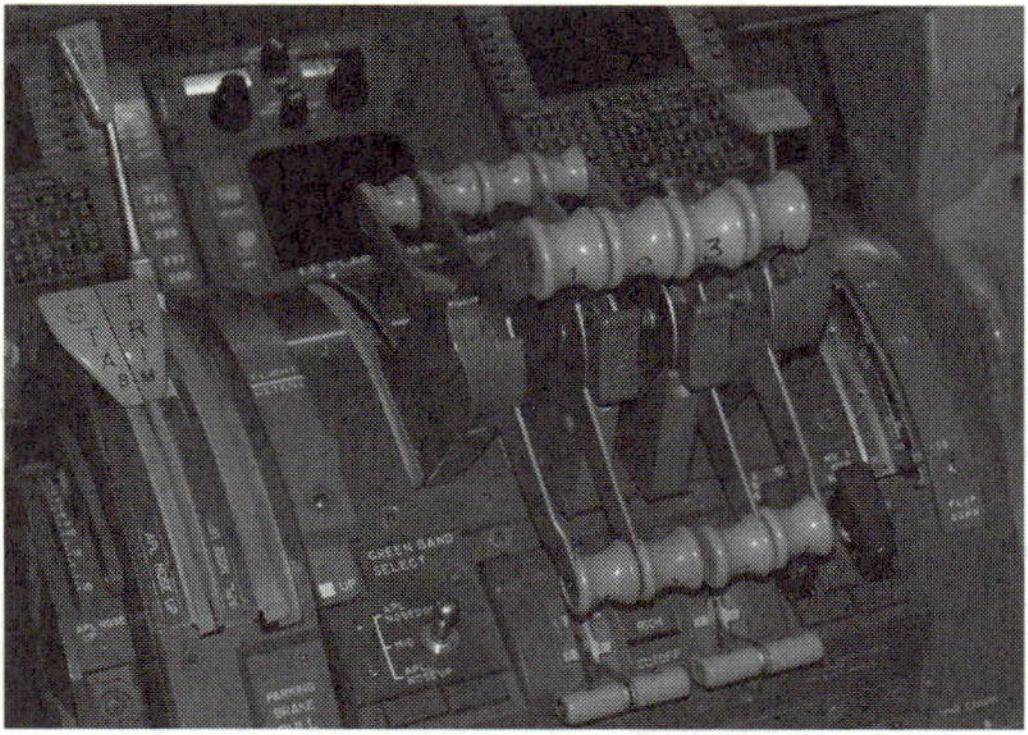

4本あるスラスト・レバー。前方から逆噴射用、キャプテン用、フライト・エンジニア用。下の形状が異なるのはスタート・レバー（燃料カットオフ・スイッチ）

メイン・デッキ天井裏を縦横に走るケーブル類

次の春、バンクーバーでスタンレイ・パークの新緑の中を歩くこともないだろう。来年の一二月に真っ白な雪景色のアンカレッジで、幻想的なクリスマスを迎えることもないのだ。だからこれまでの一番のお気に入り、ニューヨークの情景を最後にしようと思い、この便をラスト・フライトに選んだ。初めてニューヨークに来たときには先輩の後をついて回り、恐ろしい街だと思って一人で地下鉄も乗ることができなかった。それが今ではこんなに楽しい街はないと思えるようになり、昨日、アンカレッジから合流した息子と一緒にニューヨークを満喫した。

今日のニューヨークの空は雲も少なく青空が澄み渡り、松波は自分のために晴れてくれたのだろうと思って、この地をラスト・フライトに選んで正解だったと感じていた。それを察したか、多嶋も身を乗り出して松波の肩越しに、小さくなってゆくマンハッタン島のビル群を計器チェックの合間に見ていた。

左ウインド・シールド越し後方に見えるしなやかに弧をなしている主翼。大量の空気を吸い込んで推力を出し続けている一番エンジン。そして昨日まで闊歩していたマンハッタンの摩天楼（スカイスクレーパー）の街並み。ビルの窓ガラスに太陽が反射してきらりと輝き、マンハッタンを宝石の小箱のようにしていた。

松波にはいつも思っていたができなかったことがあった。それはこのような飛行機

キャビンより左翼エンジンを見る

でしか味わえない感動的なシーンをお客様全員に見せてあげることである。しかし、シートベルト・サインを消灯できない離陸中の状況では、全員に観賞してもらうのは無理なのだ。しかも左旋回中なので、左席だけが特別観覧席で右席の窓からは空しか見えない。今までは見てくれていたらいいなと思うだけだった。が、今日だけは自分と同じ思いを左側のお客様だけにでも味わってもらおうと決めた。

「ユー・ハブ（You have）！」

ジュニアに操縦を任せて、松波は右の手袋を取りフライトバッグに戻した。

「アイ・ハブ（I have）！」

突然のキャプテンからの指示に戸惑ったが、すぐに返事をして操縦を引き継いだ。

松波はマイクを取り上げてアナウンスを始めた。

「左側席のお客様だけになりますが……」

より長く、より多く見えるように少しだけバンク（傾き）を大きくとるようにジュニアに広げた右手を傾けてジェスチャーで指示を出した。

「グッド・サービスでしたね」

多嶋が松波を見て言った。

「ニューヨークを楽しんできたお客様へのデザート、そして松波フライトのちょっとした隠し味かな。これで最後になるけどね……」

それは多嶋に向かって喋った言葉だったが自分に言い聞かせた言葉だったかもしれなかった。三七年間の自分のフライト人生をメインディッシュだとすれば、この光景はその後に出された甘い思い出のデザートなのかもしれないと感傷的にもなった。

「アイ・ハブ！」

これまでやりたくてもやれなかったことをやって満足したのか、少し饒舌《じょうぜつ》になった松波は多嶋に微笑《ほほえ》んでから再び操縦をジュニアから引き取った。

離陸後のフラップ操作

世界中のメジャーな航空会社はボーイング社またはダグラス社の機材を使用している。そのために機種の性能で競うことができないので、キャビン・アテンダントのサービス、食事の豪華さがサービスのメインになって、パイロットがお客様に直接サービスできる機会は少ない。何か自分たちパイロットも目に見えるサービスに参加できないかと考え、松波は、エメラルドグリーンに見える上空からの珊瑚礁など、滅多に見られない光景の上空を飛んでいるときには、いつもアナウンスすることを心がけてきた。ニューヨークは遠い。日本からは地球を半周しなければ見ることのできない都市だ。一般の人がそう頻繁に来られるところではない。自分が感動しているマンハッタンの情景をお客様に見てもらえればきっと喜んでくれるに違いない。そんなふうに勝手に想像して松波はマイクをとったのだった。コックピットからのサービスとキャビンのサービスが一体となって、フライトを印象深いものにして乗客に喜んでもらえる。松波にとって今日のフライトは、自分の最後《ラスト》のフライトという特別なものだった。だが、それを表に出さずにこれまでと変わらないサービスを第一としたフライトを心がけていると、多嶋は一連の流れから感じていた。

キャビン（客室）ではチーフパーサーの斉藤が、これからの飛行予定とサービスの内容についてアナウンスを始めていた。しっとりと包み込むような女性らしい声で口調も落ち着いている。乗客に離陸からの慌ただしさを忘れさせ、これからの一四時間のサービスは私たちに任せてください、というような雰囲気を醸し出している。

上昇中の慌ただしさのなかだが、松波は旅情を感じさせてくれるこのアナウンスに耳を傾けるのが好きだった。職業としてパイロットになったが、松波の心の中にはいつも旅人が住んでいた。パイロットを選んでよかったと思える瞬間だった。

キャビン・アテンダントとの出発前ブリーフィングで、彼女とはどこかで一緒に仕事をしたことがあるのではと気になっていた。年を経るにつれてキャビン・アテンダントの制服を着てしまうと、誰もが同じに見えて区別できなくなってしまう。斉藤のアナウンスの声音を聞いてその出会いを思い出した。香港だっただろうか、フライトを終えて中華料理の夕食でテーブルを囲んだような気がする。話す調子が落ち着いているだけでなく、もてなしの上手な気の利く女性だった印象がある。出発前ブリーフィングで顔を合わせているときには思い出せなかったのに、声の記憶の確かさに驚いた。

松波はフライト・プラン（飛行計画）上の最初のウエイ・ポイント（通過点）を目指し、ピッチ（上昇角）を少し緩くして機体をスピードアップさせた。それにつれて三七七トンの巨体を離陸させてくれたトリプル・スロッテッド・ファウラー・フラップ（三段隙間折りたたみ高揚力装置）を離陸フラップの「10」から「5」ユニットにするようジュニアに指示した。キャビン床下にある油圧モーターの回転音と共に、翼の下にぶら下がるように垂れていたフラップがたたみ込まれていった。揚力を発生させていたフラップの抵抗が少なくなりスピードが一段と増していく。

「ジー、ジー」と間欠音がコックピットに聞こえる。フラップを揚げて空力中心が変わったので、松波が操縦桿の左手側にあるスイッチを操作して水平尾翼を動かして機体のトリム（均衡）を取っている音だ。水平尾翼はスタビライザー（安定板）とも呼ばれ、全体が角度をもって動く。

二二〇ノット近辺を通過するときに機体が微かに振動した。747型機特有の共振領域通過である。さらに「1」ユニットにフラップ・レバーがセットされると、ニューマチック（高圧空気）駆動の主翼の前縁にあるグループ「B」前縁フラップ、クルーガー・フラップとバリアブル・キャンバー・フラップも格納し始めた。

「フラップ・アップ！」

松波は上昇スピードを見て指示を出した。フラップを出したままでは強度的にスピードが制限されるのだ。

グループ「A」の前縁フラップがアップし、全ての後縁フラップもアップしたことをライトの消灯で確認した多嶋は、アフター・テイクオフ（離陸後）・チェックリストの完了したことを告げた。

上昇中

民間機では最大の後退角三七・五度、上半角七度を持った翼面積五一一平方メートルの主翼は、最大運用限界マッハ数〇・九二で飛ぶことを可能にする高速用層流翼である。上面には圧縮強度が大きい超ジュラルミン７０７５—Ｔ６５１、翼下面には疲労やクラックの拡大に抵抗力のある超ジュラルミン２０２４—Ｔ３５１が採用され、最大離陸重量三七七トンの機体を撓《しな》って支えることができる。

一九六〇年代後半としては最新鋭の数値制御（ＮＣ）工具で胴体と接している部分を厚さ十数ミリ、翼端を二ミリとテーパー状（翼端に向かって薄くなっている）に削られた継ぎ目なしの長さ三二メートル・幅二メートルの翼表面は、前後のスパー（桁）とでボックスビーム構造を形成して内側の空間をインテグラル（内蔵）燃料タンクとして利用している。翼上面に使われているジュラルミンの板は、約四五〇万個からなる７４７型機の部品の中でも最大のものである。

ボーイング７４７型機の初フライトは一九六九年である。その巨大さと特徴のある機首部分の膨らみから巨大な象を意味するジャンボという愛称で呼ばれるようになった。ボーイング社の設計者達は最初、「スーパーエアバス」という名称にしようとして、鈍重なイメージの伴うジャンボと呼ばれるのを嫌ったとされる。しかし、その操縦性のよさはパイロット仲間の誰もが認め、巡航スピードのマッハ〇・八四は現行の旅客機の中でも一番高速で、決して鈍重な飛行機ではない。

それから一四年経った一九八三年六月、長距離飛行型８１６２号機はデビューし、姉妹機８１６１号機と共にニューヨーク―東京間をノンストップで飛行できる、当時世界でもっとも足（飛行距離）の長いジャンボ機といわれた。そのために従来型ジャンボ機よりさらに両翼先端に予備燃料タンク、前部貨物室後方にも予備胴体内燃料タンクが増設されて七トン増の燃料搭載が可能になり、それによって巡航速度で約四〇分間、約四〇〇キロ遠くへフライトできるようになった。

成田空港までの直行フライトでは、消費燃料一五四トン以外にも目的空港に天候などの影響で着陸できない場合を考慮した法定予備燃料を含めて、一〇個の燃料タンクすべてを満載しなければならなかった。タクシー（地上走行）中は燃料の重さで一メートル近く垂れ下がっていた翼端は、離陸滑走中に徐々に持ち上がりしなやかな弧を描いて反り上がり、両翼には目に見えぬ大気の流れが翼面荷重平方メートルあたり六九〇キログラム以上の揚力を発生させて三七七トンの機体を浮上させる原動力となっていた。

多嶋は最初に両最翼端の長距離用に増設されたタンクの燃料を、インボード（内側）・タンクに流入させるためのバルブを開けた。設計上無理を承知で増設しているため、翼のフラッター（連成振動）特性が悪くなっているのでスピードが加速されて

燃料パネル。計器の数値は容量ではなく全て重量で表示される。ジェット燃料はケロシン（灯油の一種）

上方から見たジャンボ・フレイター（貨物機）。翼の後退角がよく見える（撮影・山口多聞）

いない上昇初期の段階で使い切らなければならないのだ。

松波は「A」「B」「C」と三基備わっているスペリー社製SPZ—1型オートパイロットのシステム「A」に操縦を任せ、デルコ・エレクトロニクス社製PMS(PERFORMANCE MANAGEMENT SYSTEM、性能管理システム)にオートスロットル(自動推力調整)・システムを連動させた。多嶋はこれでスラスト・レバーを手動で調整するという仕事から解放された。

松波はしばらくウインド・シールドから、薄い雲にかすんでいくアメリカ大陸を見た。観天望気(空の状況を観察して、天気を予測する)しながらINS(慣性航法装置)の風向表示を見て大丈夫だろうとつぶやいてシートベルト・サインを消灯させた。気流は安定していて、機体の揺れはないと判断したのだ。

ジュニアは、カンパニー・ラジオで航務部と連絡し、離陸時間と雲高などの天気概況を報告したあと、フライト・プランに離陸時間を積算して成田空港予定到着時間を計算するためにキャプテンの許可をもらった。

「プランでは予定より一〇分くらい早着しそうです」

各国が毎日上げる観測気球から得られる高層気象データはイギリスの国立気象センターに集められて解析される。航空用数値予報としてセンターが提供する上層風の予

オートパイロット（自動操縦装置）・パネル。上方はスタンバイ・コンパス

左右INS（慣性航法装置）の間にあるのがPMS（性能管理システム）。オートパイロットと共同で出力調整を行う

測データを飛行計画の上層風と算定して用いているが、実際に飛んでみるとなぜか風は予想より悪い方向にずれ、フライト・プランの予定到着時間から遅れることが多い。ジュニアもそれを知っていて飛行計画ではと念を押したのだ。

「ピンポーン！」

チャイムが鳴った。

パイロットの頭上、オーバーヘッド・パネルにあるブルーのコールランプが点灯した。点滅していないのを確認してから多嶋が、センター・ペデスタルの手前にあるインターフォンのハンドセット（送受話器）をとって対応した。アッパーデッキ（二階客室）担当のキャビン・アテンダント、村山和子が飲み物のリクエストを聞いてきた。

「しばらく待って」

多嶋は言って、松波とジュニアから飲み物の注文を受け、その内容を村山に伝えてからハンドセットを置いた。自分はコーヒーをリクエストした。

コールランプの点滅は、キャビンからの非常事態通報を意味する。インターフォンをとっても無言報告だと、最悪の非常事態を想定しなければならない。点滅しているか否かは、キャビンの状況を知る手段のないコックピット内の乗員にとって重要な確

左下にノースモーキング・サインとシートベルト・サインのスイッチがある。「CALL」とあるのがブルーのキャビン・コールライト。「PA　IN　USE」はチーフパーサーがアナウンスで使っているときに点灯する

認事項なのだ。

　上昇中、多嶋は計器モニターの他にオートスロットル・システムに任せているパワー調整を、スラスト・レバーにときどき触って手動で微調節しなければならなかった。エンジン固有の特性で上昇するにつれてEPR（エンジン圧力比）が微妙にずれてくるのだ。ジャンボ機の自動システムは人間の力を借りないと、まだパイロットが満足のいくような作動ができなかった。

　多嶋はPMSの性能の悪さを口では罵りつつも、ジャンボ機の運航にはまだまだフライト・エンジニアが重要な位置づけにあると内心ほくそ

笑みつつ、操作にやりがいも感じていた。

燃料と空気をエンジン内で完全燃焼させるためには、理論上、燃料一に対して空気はその一五倍の混合比にする必要がある。しかし、地上で走行する自動車のキャブレター（気化器）と異なり、飛行機は高度変化と速度増減を繰り返す度に、大気温度と空気密度が変化する複雑に絡み合った環境で運航される。そのためにエンジンに流入する空気密度と流量が一定せずに複雑に変化する。フライト中のすべての飛行領域でパイロットが、スラスト・レバーを操作して要求する推力を出すために、そのときの高度、速度で取り込まれた空気量に応じて燃焼室で完全燃焼する最適な量の燃料だけをコントロールして供給するのがＦＣＵ（燃料制御装置）の機能である。

ジャンボ機が開発された一九六〇年代の技術では、まだコンピューターをこのシステムに利用することができず、三次元カムとリンク機構、メタリング・バルブなどを精緻《せいち》に組み込んだ完全機械式メカニズムで、この複雑な数式の解を求めなければならなかった。このシステムは人類がこれまで作り出した最高に複雑な機構だという説もあり、これを独力で開発した人物は精神的に正常な日常生活には戻れなくなったという話も耳にしたことがある。

多嶋が微調整のためスラスト・レバーを僅か数ミリ前後させるだけで、ケーブルで物理的に連結された数十メートル先のエンジン下部に据え付けられたFCUが応答して、計量した燃料がエンジンに供給される。その流量はパイロット・パネルの燃料流量計に一時間あたりの消費ポンド数として重量表示され、燃焼した結果が排気温度の変化としてEGT（エンジン排気温度計）に表れ、それによる推力変化がEPR計に所望のものとして表示される。

スラスト・レバーを操作するときは静かなときばかりではない。乱気流中をフライトしているとき、翼は上下に激しく撓り、ケーブルの張力も変化しているはずである。そんなときでもスラスト・レバーを操作するだけで、エンジン推力を調整できる簡単さの背景に、多嶋はアメリカ人のダイナミックな技術力と複雑かつ精緻なメカニズムの凄味を感じとっていた。多嶋がジャンボ機をいとおしくなる瞬間である。

「お疲れ様です」

コックピット・ドアを開けて村山がにこやかに入ってきて、松波に熱いおしぼりとABC（アメリカン・ブラック・コーヒー）を手渡した。

「キャプテン、先ほどのアナウンスは大好評でした。お客様が身を乗り出して外を見ていました。すごく感激していたみたいですよ。右側のお客様からどうしてシートベルト・サインが点灯したままなんだと、クレームも頂きましたけどね」

キャビン内の乗客の反応を教えてくれた。

「右側のお客さんには本当に悪いことをしたと思っているんだ。でも離陸フェーズなのでシートベルト・サインを消灯できないので仕方ないしね。次に何かで埋め合わせをしたいと思うんだが……。僕はラスト・フライトだから、後は彼に託すしかないね」

松波は息子の方に顔をむけた。

「ハイ、判りました。これからよろしくお願いします」

ジュニアに向かって村山が微笑んだ。

「僕も操縦を任されていたから見られなかったんだよ」

いかにも残念そうな振りをして両手を伸ばし、ジュニアはおしぼりとコーラをトレイから上下の手ではさんで受け取った。パネル上でコーラをこぼさないためである。

「これはコックピットのお食事メニューです。今からキャビンのサービスを始めますが、いつでも用意できますので、おっしゃってください」

村山は牛と鶏と魚のかわいい絵が描かれた手書きのメニューを多嶋に渡してコックピットを出て行った。料理の種類がビーフとチキンとフィッシュという意味である。

「アナウンスしてよかったですね。お客様にはニューヨークのいい思い出になりますよ、きっと」

多嶋はマンハッタン島をお皿に譬《たと》え、そのお皿に並べられたビル群の眺めをメインディッシュ、アナウンスをデザートに見立てた松波のウィットに一人感心していた。

これで自分が機長としてジャンボ機を離陸させることはもうなくなった、後は着陸が一回あるだけだ……、感傷にひたりながら松波はおしぼりで顔を拭い、離陸時から続いていた緊張をほぐしながら多嶋の話を聞いていた。

多嶋はシートを後方に移動させてエンジニア・パネルの操作を始めた。燃料タンクの切り替えのタイミングを計っている間に快適なキャビン温度になっているか再チェックをした。

ノースモーキング・サインが消えると、空港のターミナルから我慢をしていた乗客が一斉にタバコを吸い始めるので、キャビン後方は煙が充満して霧がかかったようになる。多嶋は少し空気の循環をよくするために客室高度の上昇率を少し多めに設定し直した。

ジュニアは航空管制に応答し、松波の指示で航空路の始まるＶＯＲ（超短波全方向式無線標識）局ＣＡＭ（CAMBRIDGE）の周波数をセットした。航空管制が巡航高度までのクリアランス（許可）をくれた。ジュニアは復唱し、その高度をオートパイロットのアルチ・セレクター（ALTITUDE SELECTOR、高度表示装置）にセットした。コックピット内は、離陸時から続いていた緊張感から解放されつつあった。

８１６２号機は、順調に毎分三〇〇〇フィート（九〇〇メートル）で上昇して上空の雲に近づいていった。雲を突き破って上昇するジャンボ機を外から見ることができたら、いつか見た『白鯨』という映画の中で、モビーディックという巨大な白鯨が、海面から跳躍しているのと同じような勇姿だろうと多嶋は夢想したことがある。

「アンティ・アイス（防除氷装置）・オン！」

松波の声が現実へと呼び戻した。

雲の氷粒がエンジンに吸い込まれて、エンジン損傷を起こすかもしれないのだ。ジュニアの頭上、オーバーヘッド・パネルにあるスイッチを多嶋が入れると四個の緑色ライトが点灯した。エンジンからの高圧空気を抜いて、ナセル（エンジンの空気取り入れ口）を熱して氷を溶かすのに利用するので、スラスト・レバーを少し押してＥＰＲを補正した。飛行機にとって雲の存在は氷結を招き、さらに揺れる原因となり、多嶋が先ほどまで想像していたようなジャンボ機の勇姿を想い描く余裕など、コックピットにはないのが現実である。

ナセル（エンジンの空気取り入れ口）のアンティ・アイス（防除氷装置）・スイッチと翼のアンティ・アイス・スイッチ

腕を載せているところがナセル。ここを高温の空気で熱し氷の付着を防ぐ

タイヤ・バースト

西行き巡航高度三万一〇〇〇フィート

「ワンサウザンド！」

　左手の人差し指を一本立ててジュニアが巡航高度の一〇〇〇フィート（三〇〇メートル）手前になったことをコールした。続いて「ビー」と三万一〇〇〇フィート（九五〇〇メートル）にセットされたアルチ・セレクターが、警報音を鳴らしアンバーライトを点灯させた。七〇〇フィート手前だ。松波も指を立てる仕草で状況を確認し合い、スラスト・レバーに右手を置いて水平飛行に備えた。離陸重量が重かったので最初の巡航高度は三万一〇〇〇フィートからのスタートだった。燃料を消費して機体重量が軽くなるにしたがって、エンジン効率のよくなる高い高度に上昇していく。飛行計画では最終的に三万九〇〇〇フィートまで上昇する予定になっている。

　多嶋は巡航速度マッハ〇・八四、対気指示速度、巡航時EPR（エンジン圧力比）、一基エンジン故障したときの可能巡航高度、荒天時突入速度を記した巡航データ・カードを松波に手渡した。PMSが巡航モードに切り替わり、オートスロットル（自動推力調整）・システムが巡航時EPRにセットしようとスラスト・レバーを戻し始めたので多嶋もスラスト・レバーに手を添えてアシストした。

「クルーズパワー・セット！」

　多嶋がスラスト・レバーの微調整を終えた。

　外気温度はマイナス五〇度だが、機体と大気の摩擦熱による温度上昇は三〇度にも達し、機体表面温度は、マイナス二〇度を指していた。フライト・プラン（飛行計画）によればこれより大圏航路に沿って北緯六八度まで北上し、飛行ルートの最寒温度はマイナス六五度と予想されていた。アメリカ本土で搭載される燃料の凍結温度がマイナス四〇度のときもある。そのため翼端に搭載されている燃料が凍結するかもしれないので、冬場ならルート変更が必要な場合もある。多嶋は燃料タンクの温度とエンジンへ流入する直前の燃料温度のボタンをパンチしながら、数値をチェックした。燃料タンクの温度は、まだニューヨークの地上温度と同じ十五度を示していた。

てからである。

タンク内の燃料温度が外気温度に影響を受けるのは、離陸してから約三時間経過し

「ピポーン、ピポーン！」

セルコール（自機特定無線呼び出し装置）が鳴った。ニューヨーク支店のカンパニー・ラジオからの呼び出しだ。松波に航空管制との通信を受け持ってもらってジュニアが応答した。通信も操縦と同じで誰が責任を持って担当するかを、はっきりさせておかなくてはならないのだ。

「現在、ニューヨークの滑走路『13R』が閉鎖になっています。出発機がタイヤの破片らしきものを滑走路上に見つけたため、現在取り除き作業が開始されています。そちらの機体に何か異常はありませんか？」

ジュニアが上昇中に送った出発メッセージに応答した航務部の渡辺の声が聞こえた。

ジュニアは松波がカンパニーとの通信をモニターして頷いているのを確認し、続いて振り向いて多嶋を見た。状況を察した多嶋はすでにエンジニア・パネルのハイドロ（作動油）関係の計器をチェックし、ブレーキ温度のパンチを始めていた。タイヤの状況をモニターできるビデオ・カメラのような機器は装備されていないので、周辺の

手前がハイドロ操作パネル。その向こうにギア表示パネルがある

ブレーキ関係の計器から状況を憶測するしかなかった。

「現在のところ、ハイドロ（作動油）は異常ありません。ブレーキ温度もばらつきはありますが顕著な異常を示すものは見あたりません。タイヤの破片は滑走路のどの辺りで発見されたか、尋ねてみてくれませんか？」

多嶋は松波に向かって機体の現状を説明し、次にもう少し詳しい情報が欲しいとジュニアに伝えた。ジュニアは今のところ自機には異常が見つからないが、多嶋の意見も付け加えて新たな情報が判れば知らせて欲しいと渡辺に返答した。

松波は離陸中に何か異常を感じたキャビン・アテンダントがいるかも知れないと思い、多嶋に尋ねるように依頼した。全部のキャビン・アテンダントをインターフォンで一斉に呼び出してもいいのだが、今はちょうどシートベルト・サインが消え、サービスが始まったばかりだ。多嶋は状況から緊急性はないと判断し、チーフパーサーの斉藤だけを呼び出すことにした。

「滑走路にタイヤの破片のようなものが落下していると、カンパニーから連絡がありました。念のために当機の離陸中に、何か異音とか、振動などの異常を感じたキャビン・アテンダントがいないか尋ねてもらえませんか？　どんな些細《ささい》なことでもかまいません。今のところコックピットの計器類には異常は見つかっていません。サービス中なのでチーフがタイミングを見て全員に尋ねてみてください」

ハンドセットを置いてから、多嶋は見落としがないかもう一度エンジニア・パネルを入念にチェックしたが異常は見つからなかった。

しばらくして再びカンパニーから呼び出しがあった。

「回収したタイヤの破片にメーカーらしき文字『……STONE』が読み取れるのですが、当局によるとブリヂストン『BRIDGESTONE』と、ファイアストン『FIRESTONE』が該当するタイヤメーカーだそうです。整備にも確認する予定ですが、ファイアストンだと後続で離陸したパンナム機、ブリヂストンだと我が社の可能性があります。また、詳細が判り次第お知らせします。その後、機体に変化はありましたか？」

「チェックしたところ、システム的には異常は見つかっていません。現在、キャビンに離陸中に何らかの異変を感じたか聞いてもらっています。もう少し時間がかかります！」

ジュニアが現状を説明した。渡辺は今後の方針を聞きたそうだったが、了解しましたと言って通信を打ち切ってしまった。

「最悪の場合は……、例えばこの機体のタイヤだったらどうする……。最後の最後、ラスト・フライトまで悩ませてくれるとはね。ラストくらい何も起こってくれるなよと願っていたんだがね」

松波は振り返って愚痴にもならない本音を独り言のように呟き、再び緊張した眼で多嶋を見た。

７４７型機の航空機運用規定（ＡＯＭ）には、トラブルが起こったときに対処するための代替手段が緊急度順に列記されている。しかし、タイヤ・バーストしたときの対処は想定されていない。多嶋の記憶ではタイヤが離陸中にバーストしても、離陸中断する必要はないと記述されているだけで、これ以降の対処については何も記述されていなかった。いままでこの記述を読んでいたが、理解も納得もしているつもりで何の疑問も抱かなかった。

しかし、現実にタイヤ・バーストが発生していたとしたらどうなるのか？

二次被害についてどう対処していけばいいのか？

運用規定の記述だけでは判らないことばかりである。起こりうるすべてのトラブルを書ききれないという記述式のマニュアルの限界は知っていても、自分の不勉強を棚に上げてこの不親切なマニュアルを誰が作ったのかと呪いたくなった。

「いまのところ考えられるのは破片による機体への損傷、例えばフラップ、油圧ライ

ブリヂストン社製航空機用タイヤ

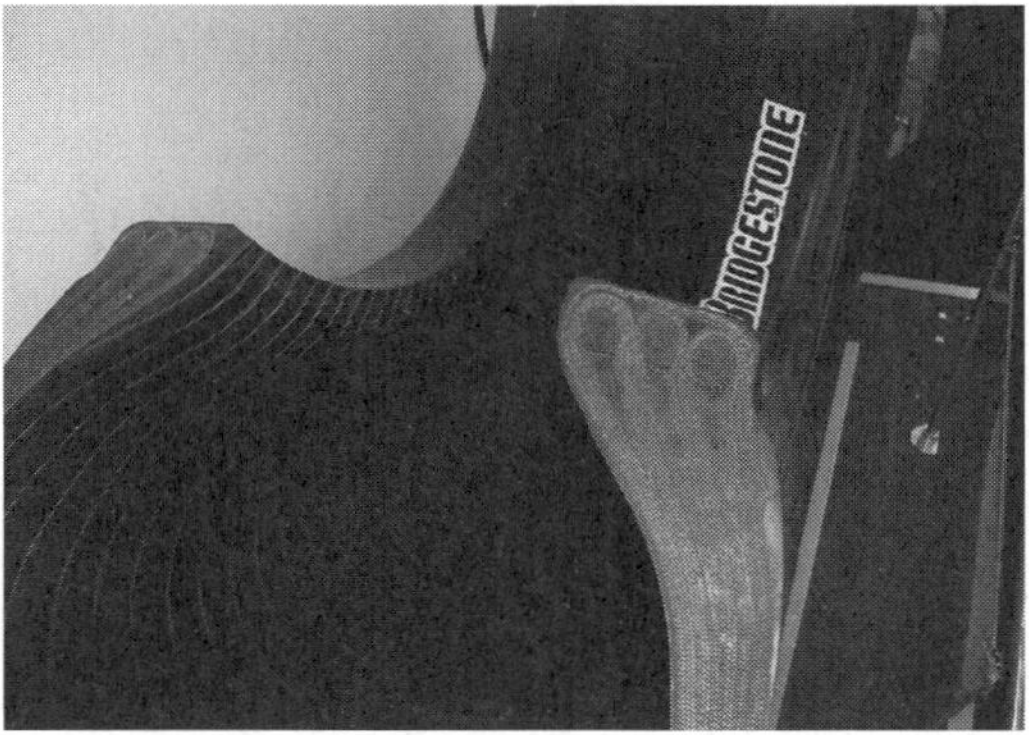

タイヤの断面。ビード部にはワイヤーがありナイロンシートで何重にも補強されている

ンの切断。隣接するタイヤが荷重を負担したので着陸に耐えられるかなどですが……。まだほかにもあるかもしれません。すぐに調べます！」

多嶋はフライトバッグに入れてある手持ちの資料を探し始めたが、該当するものがあるかどうかも判らなかった。資料がもし見つかったとしても、コックピットの三人の知識と経験を寄せ集めることだけが最後のよりどころになる。

「ローテーション（機首引き起こし）・スピード近辺では時速三三〇キロ、タイヤの外周の遠心力は約一〇〇〇Gだと訓練時代に計算したことがあります。だから多嶋さんは、タイヤの破片が滑走路のどの辺りで見つかったのかを知りたかったんですね」

ジュニアが、ゴム片の散らばった箇所を気にした多嶋の意図を説明した。

「タイヤの破片一キロが、重力の約一〇〇〇倍の遠心力で吹っ飛ぶと、約一トンの衝撃になります。それがフラップに当たるとハニカム（蜂の巣）構造のフラップなどは簡単に貫通してしまうし、ブレーキの油圧ラインも破断してしまう可能性がありまず。過去の事例でも結構あったことなんです。でも離陸開始直後のバーストならば遠心力もそんなに大きくないので二次的な被害は少ないはずです」

多嶋がジュニアの言葉を引き金にして、記憶の奥に眠っていた知識と経験の箱を開け始めた。

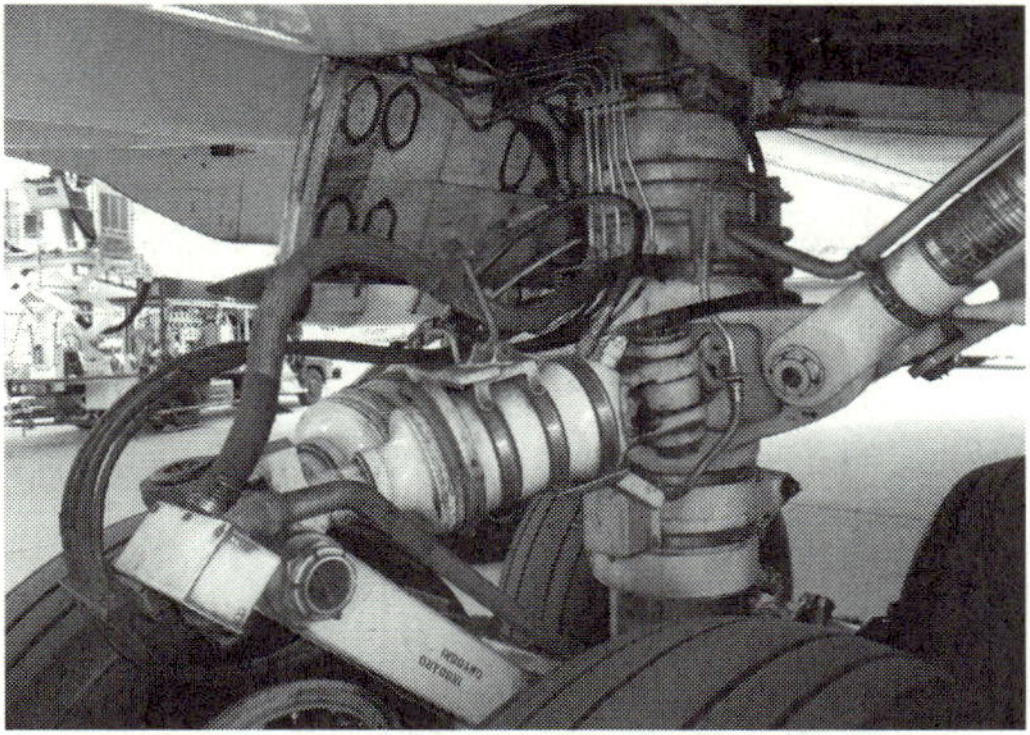

大きな筒状のものはボディー・ギア・ステアリング用の脚桁を回転させるピストン

キャビンから見つかった翼上からの燃料流出

「それで、いまのところシステム上の不具合は見つかっていないんだな？　ブレーキ温度も問題なしか……」

松波は念を押すように多嶋に問いかけた。

「どうすればいいのか悩ましいね……。ニューヨークへ引き返すか、フライト続行か……？」

前方を見つめ直し独り言のように呟いた。

「紅色ライトとか橙色《アンバー》ライトが点灯して、状況がどうなっているか判れば簡単ですけどね。マニュアルにこうしなさいと代替手段が記述されているとか、飛行機では自動車のように路肩に停めて、外から状況を確認することもできないし……」

多嶋も判断が付きかねるように松波の言葉を受けた。

「どのタイヤにも大きな傷はなかったと思いますけどね」

プリフライト・チェック（飛行前点検）で、外部点検したときのことを思い浮かべて多嶋は言ったものの、見逃したのかもしれないという懸念も完全には払拭できなかった。

精密な機械には、感情が存在していると多嶋は考えていた。自動車を買い換える話題が家族から出たとき、新型パソコンのパンフレットを取り寄せたとき、決まって自動車の調子は悪くなり、パソコンはフリーズを繰り返すようになる。あたかも主人の気持ちを知ったかのように機嫌を損ねるのだ。

四五〇万個の部品と、機体のあらゆる箇所に張り巡らされている全長二二〇キロメートルもの神経の役割を兼ねる電線で組み立てられているジャンボ機なら、その感情はより繊細なものであるかもしれないと思うことがあった。だから多嶋のプリフライトの儀式は、エンジン・カバーを撫でて、タイヤをポンポンと叩いて、よろしく頼みますよと声をかけるようにしていた。だがその効果も今日だけはなかったようだ。何か8162号機の機嫌を損ねることがあるとしたら、何なんだろうと考えてしまう。まさか、松波にラスト・フライトをさせたくない……。緊急着陸をさせてもう一度離陸のチャンスを松波に与えようとしているのか……。

「タクシーウエイの舗装がデコボコだったので、タイヤが傷ついたのでしょうか？」

ジュニアは最悪のことを考えているようだった。プリフライト・チェックから離陸までの間、タイヤ・バーストの原因になりそうなものを見ていなかったか、多嶋は必死で思い出そうとした。

楽観的な憶測は避けなければならない。最悪に備えるのがクルーだとジュニアの言葉で思い直した。三人はこれまでのバラバラの記憶をたぐり寄せて原因らしきものを探っていた。

「ピンポーン！」

インターフォンに多嶋が出ると、

「間もなくチーフパーサーが、コックピットに伺うそうです」

アッパーの村山が連絡してきた。

「お疲れ様です、遅くなって申し訳ありません。おしぼりをお持ちしました」

斉藤がトレイを三人の真ん中に差し出した。緊張したコックピットにおしぼりからオーデコロンの甘い匂いが漂った。

「それでどうだったの？」

松波が後ろを振り返り、トレイに手を伸ばしながら待ちかまえていたかのように尋ねた。

「大きな音を聞いたとか、振動とかは誰も感じなかったと言っています。ですが、一番後方、『E』コンパートメントにいた新人のキャビン・アテンダントが、離陸を始めてから耳にツンとくるものを感じたので、あれ、と思ったそうです。しかし周りの先輩の顔を見ても何もないようだったし、一回きりだったので報告しなかったそうです」

斉藤は不安げに松波を見つめて話を続けた。

「もう少し詳しく尋ねようとして、同じコンパートメントのキャビン・アテンダントを集めましたが、あなたも、あなたも、といった感じで数人が、耳に閉塞感《へいそくかん》みたいなものを感じていたようです。報告はこれだけなんですが……、タイヤは本当にパンクしたのでしょうか？」

しばらくの間、誰もが黙ったままだった。コックピット・クルーだけでは、機体全体を掌握できない。したがってキャビンで翼上からの燃料流出や床の振動、客室内の火災などの異常を発見したときには、コックピットに報告する規定がある。これまでもキャビン・アテンダントからの報告で、重大事故を防いだ事例も多かった。今日の出発前ブリーフィングでも何か異変を感じたら、どんな些細なことでも報告して欲しいと伝えてあった。しかし、今斉藤から聞いたような耳の閉塞感だけでは、報告がなくても仕方がないだろうと松波は思っていた。

「これだけの情報では、まだ本当のことは判らないね。しかし、振動とか異常な音とかを聞いていないのなら、タイヤのバーストはともかく、機体には損傷がないのかもしれないな」

と、無難に答えたが、松波自身も機体の損傷を含めてバーストを否定する根拠も持っていなかった。松波は言ってしまってから後悔した。リーダーが解答のようなことを口に出すと、部下はその意に沿うような返答をしてしまうからだ。

「ニューヨークには戻るおつもりですか？　着陸するときに支障はないのでしょうか？」

成田空港での着陸の場合も含めて、斉藤は不安げに尋ねた。

「もし、戻るとしても燃料を投棄しなければならないし、時間はたっぷりあるから、準備する時間だったら心配しなくていい。タイヤも一八本あるから、万が一、その内の数本が使えなくても着陸は大丈夫！」

安心させるように笑顔で松波は答えてから、タイヤが一八本もあったから、離陸中に異常を感じることもなく、離陸できたのかもしれないと楽観的なひらめきも感じた。それならシステムに異常が見つからなければ、機体重量が軽くなる成田空港への着陸もそんなに心配することもないのでは、という考えも浮かんでいた。

松波はフライトを続行する気持ちに傾きかけたが、最終決断するには、もっと情報を得てからでも遅くはないと考え直した。まだ一四時間も飛行可能な燃料を搭載していたし、万が一の場合の空港を見つけることは、ジャンボ機のような大型機でもアメリカ国内の上空を飛んでいる限り心配することはなかった。

当初は軍用の輸送機として開発されたジャンボ機は、すべてのシステムや構造がフェイル・セーフ（二重安全）のポリシーを基に設計されている。たとえこれらの箇所に不具合があっても、それが直接の原因となって大惨事を招かない機体になっているということである。油圧システムについても、独立して四系統が装備されている。そのどれか一系統または同時に二系統が駄目になっても、残りの二系統の油圧システムがバックアップして安全に飛行を継続させることができる。三系統が駄目になっても着陸できた事例があり、その設計ポリシーはすぐに実証されることになった。

就航直後の一九七一年七月、サンフランシスコ国際空港で離陸スピードの計算間違いから、離陸中に滑走路の進入灯に機体底部を接触させ、二本の着陸装置が脱落し、三系統の油圧システムが不能に陥った状態でも、コントロールを失わずに無事緊急着陸に成功した事例がそれである。

油圧システムだけではない。機体構造の補強はもちろんのこと、フライト・コントロール（操縦系統）のフラップなどの駆動システムも、油圧モーターとエレキ（電動）・モーターといったように動力源も二系統に分けて装備されている。

すべてのシステムや構造にバックアップが完備されているから、ジャンボ機は安全なのだという神話も生まれていた。しかし、不沈と言われた戦艦大和《やまと》やタイタニック号の事例もある。口にこそ出さなかったが五年前に同僚が亡くなった事故（日航ジャンボ機御巣鷹山《おすたかやま》墜落事故）の苦い教訓を思い出していた。あのときのクルーは機体に何が起こったのか最後まで知らなかったと言われている。

四系統ある油圧システムがすべて破壊されて、操縦系統が動かなくなるなんてことは誰も想像していなかったことだ。しかしそれは現実に起こってしまった。人間の考えたことには必ず陥穽《かんせい》があると思っている松波は、方針を決定するのに慎重になっていた。飛び続ける飛行機にじっくり考える時間の余裕は無い。しかし、機体に何が起こっているのか知らなければ的確な判断は下せない。

「地上からの情報をもう少し待ちたいし、今の段階ではまだ今後の方針は決められない。しかし、キャビンのサービスはこのまま続行してもかまわない。何か状況の変化があったら知らせるから、そちらの方でも何か変化があればすぐに報告してくれるように全員に伝えてください」

斉藤はじーっと不安げに松波の言葉の奥を探って聞いていたが、ここはコックピットの三人に任せるしかないと自分を納得させた。

「判りました！　それではキャビンに戻ります、いつでもコールしてください」

コックピットから出て行こうとして、ドアの前で立ち止まって振り向いた。

「お客様へのアナウンスはどうなさいますか？」

乗客はこのような状況をまったく知らされずに、斉藤たちのサービスを楽しんでいる。難しい判断ではあると思ったが、このタイミングで松波からのアナウンスが必要だと考えたのだ。

「判った！　タイヤの件を知らせるのはもう少し状況がはっきりしてからにしよう。ウエルカムだけはやっておこうか？」

松波は斉藤の懸念も理解して答えた。

「判りました。アナウンスの準備ができたらお知らせします」

斉藤は全員の顔を見てからコックピット・ドアを閉めた。

アンカレッジのクルールーム

「古い話になるんですが」

多嶋が言葉を切り出した。

「南回り（バンコック経由のヨーロッパ行き）の頃に、アブダビ空港でタイヤ・バーストを経験したキャプテンの話を聞いたことがあります。タクシー中に耳に『プッシユー』と違和感を感じたので、何かなと思ったらタイヤがバーストしていたらしいんです。そのときは離陸する前に気がついたので、駐機場に戻ってタイヤ交換をしてから、再出発したと言っていました」

「アンカレッジのクルールームの雑談で出た話題なんですよ。タイヤのバーストって、大きな音がするのかなっていう話になったときの体験談なんですけどね。音は聞こえなかったそうです」

周囲の状況に気を配りながら耳を傾けている松波とジュニアに多嶋はとぎれとぎれに思い出しながら話を続けた。

「そのときの機材はDC—8型機だったので、ジャンボ機に比べると機体は小さいですから、コックピットでもタイヤの異変を耳に感じることができたんでしょうが、ジャンボ機の場合はコックピットの高さはビルの三階に相当するので、タイヤに近いキャビンでしか同じような現象を体感できないかもしれませんね。そのキャプテンの副操縦士時代の話だったので、ずいぶん前のことです。どうして耳に感じた違和感が、タイヤのバーストに結びついたのか、その経緯を尋ねるのは忘れてしまいました。しかし、その情報も耳にきたらタイヤ・バーストを疑えという先輩からの教訓だったかもしれませんね」

多嶋の話を聞いても、そういうこともあるのかな、と松波はまだ半信半疑だった。このような経験談はこれまで耳にしたことがなかった。この飛行機のタイヤには、自動車のタイヤ圧の約七倍、一三気圧以上の窒素ガスが充填されている。バーストしてそれが一気に放出されると、耳に違和感を覚えるよりも爆発に近いはずだと考えていた。

旅客便がニューヨークやヨーロッパに直行できなかった時代には、燃料給油地のアンカレッジ国際空港のターミナルには、大きな免税店やレストランが並んでいた。日本に帰る乗客はそこで最後のお土産を買い足したりして、残った外貨を使い果たし、うどんを食べて一足先に日本の味との再会を喜んだりした。その当時は、今ほど日本食がブームではなく、日本食レストランも外国では少なかったのでうどん屋は大繁盛していた。そのどちらにも関心のない乗客でも長時間のフライトの合間に、機外に解放される寄港地として、アンカレッジは重宝がられていた。ヨーロッパもニューヨークも直行便ができた今となっては、免税店も縮小されてうどん屋もなくなっている。

その当時は、コックピット・クルーもキャビン・クルーも全員が、アンカレッジで乗務を交替した。

宿泊するホテルには、「クルールーム」と称する部屋が設けられていて、日本から来たクルーは、国内の最新ニュースを、ヨーロッパ、ニューヨークから戻ってきたクルーは、現地の最新空港情報などを交換し合う居酒屋的な情報交換の場となっていた。飲んだ勢いで出てくる他人の失敗談は、自分の経験と知恵になるといった知識の宝庫でもあったが、誰々が離婚したというような、プライベートな話題も世界中に散らばるという弊害もあった。

ジャンボ機の運航が主流になってからは、個人の経験するトラブルは格段に少なくなっていたから、このような場での経験談、耳学問が、運航上のトラブルについての貴重な情報源ともなった。他人の失敗は、自分の知識・経験につながる。まさに生きた失敗学だった。

会社のミーティングなどでは決して表に出ない、このような内輪の失敗談が自分を救ってくれるのだと松波も多嶋も考えていた。

人間は誰しも同じ間違いを犯すことがあるという「マーフィーの法則」が、パイロット仲間では常識だった。自らのトラブルの顚末《てんまつ》を披露することは、パイロットの義務だったし、クルールームに顔を出して、こうした話を聞くのは経験豊かなパイロットになるためには必要なことだった。経験の浅いジュニアはまだ、参加することに意義がある聞き役専門だった。

松波には経験談義以外にも、麻雀仲間が集まっていることもクルールームの常連になる理由だった。将棋や囲碁のようにじっくり考えることは、パイロットの思考に向かないと松波は考えていた。いわゆる思考がスピードに追いつかれては駄目だという、パイロットがよく使う言葉の意味に、麻雀のゲーム運びは似ていると考えていた。

「タイヤがバーストしていることを前提に、今後の方針を考えた方がいいかもしれないな」

多嶋の話を聞いて松波が言った。クルールームでの話を百パーセント信じたわけではなかったが、否定する根拠も見つけられなかった。現時点で松波にできることは、バーストを否定しないということである。

「そうですね。問題はバーストしたタイヤが何本か？　それと二次被害の可能性です。最悪の場合はメインタイヤ一六本のうち、半分の八本が使えなくても安全な着陸は可能です。しかし、ノーズ・タイヤだと問題です。が、その可能性は低いでしょうね」

多嶋はこれまで調べた資料を参考にして応えた。タイヤ・バーストについて、運用規定に記載はなかったが、「四脚あるメイン・ギア（着陸脚）の左右一脚ずつの合計二脚までが、ダウン・ロック（固定）できない場合でも着陸は可能である」という運用規定はあったので、緊急処置を類推したのだ。

「離陸中にステアリング（操舵）が取られるようなことはなかったですか？」

松波に、ノーズ・タイヤの異常の有無を再確認した。走行中、離陸滑走中に操舵をしない多嶋には、微妙な足に伝わる感触が判らないからだ。

「うん、それはなかったと思う」

松波はもう一度、タクシー時、離陸時を思い描いて応えた。

「システムに異常が起こらなければ、このまま成田に向かうことにしよう。万が一の場合は、アンカレッジにもダイバート（緊急着陸）できるからね。もう五月だから滑走路にも雪は残っていないだろう」

雪に覆われた滑走路ではタイヤとの摩擦係数が小さくなる。半分のタイヤ数ではブレーキ性能が満たされない危険があると考えての言葉だった。

それでも半分のタイヤで着陸可能だと言ってくれた多嶋のアドバイスに心が軽くなった。燃料給油地としてのアンカレッジは、アメリカ東海岸と日本のほぼ中間地点にあり、直行ルートになってからも近くを通過する。旅客機は寄港しなくなったが、現在でも747型貨物機は定期的に寄港しているため、日本人メカニックも常駐しているし、ジャンボ飛行機の主要部品も常備されている。

「ニューヨークに戻るにしても着陸は必要です。アンカレッジなら成田とほぼ同じ条件での着陸ができるものと考えられますが、成田の方が何かと都合がいいかもしれません」

多嶋もフライト続行に同意して、

「システム関係をよくモニターしておきます。この機体は頑張ってくれますよ。プリフライトでエンジンを撫《な》でてお願いしておきましたから」と付け加えた。多嶋の乗務するときの儀式である。

「頼むよ」と言いながら、スラスト・レバーを軽く撫でて多嶋に倣った。松波に少し余裕が戻ってきた。

一九七〇年代のイギリスで、着陸装置を機体に収納した後に、ブレーキの過熱からタイヤのゴムが燃え、充塡していた空気が噴出し、火炎放射器のようになって火災を助長したために炎上墜落した飛行機事故があった。それ以降、航空機用タイヤには、不燃性の窒素ガスを充塡するようになった。

タイヤは潜在的な爆弾だよ、と先輩から教えられた多嶋は、離陸中の遠心力によるタイヤ破片の破壊力と同じようにタイヤ火災にも気を配った。バーストしたタイヤが担っていた機体重量を、同じ脚の残りのタイヤが受け持つことになる。そのために、設計荷重以上になって変形することで発生するタイヤの過熱が、通常より多くなるおそれがあるからだ。

「ジュニア、ライト・テストしてもらえませんか?」

ブレーキ温度を見る限り、タイヤ火災発生の可能性はないと考えていた。だが、オーバーヘッドにあるギア格納庫火災報知の紅色の警告灯が球切れだったら、警告はコックピットに表示されない。そう考え多嶋は、ジュニアにライト・テストを依頼したのだ。

「自動車なら道路脇に止めて、ちょっとドアを開けて外部点検できますがね」

ジュニアが、オーバーヘッド・パネルの前方右端にあるライト・テストのスイッチをオンにした。

ライト・テストは、クリスマス・ツリーと呼ばれている。すべての警告ライトが点灯して、パネルが電飾されているように明るく輝くからだ。パイロット・パネルのそれぞれに意味のある紅、青、橙、緑色のランプが点灯し、ギア格納庫火災報知の警告灯内部の二個の豆電球も紅く点灯した。これらの警告灯には電球が二個ずつ装備され

パイロット・パネルの警告灯。クリスマス・ツリーと呼ばれる

ている。一個が球切れしていても他の一方が点灯して警報を発することができるからだ。これもジャンボ機のフェイル・セーフである。多嶋は念のためにエンジニア・パネルのライト・テストも行ったが球切れはなかった。

多嶋は安堵して胸をなで下ろした。

キャプテン・アナウンス

「ピンポーン！」

キャビンからのチャイムが鳴った。

多嶋はブルーに点灯したコールランプを見てインターフォンのハンドセットを取った。アッパーの村山が、ニュースの放映が一段落したのでキャプテン・アナウンスをお願いしますと言ってきた。

「アナウンスをリクエストしてきました。どうされますか？」

ハンドセットの送話口を押さえて松波を見た。

「判った！」

ハンドセットを多嶋から受け取り、オーバーヘッドにある「ＰＡ」と記されたボタ

センター・ペデスタルに置かれたハンドセット（送受話器）。通常これでキャビンとの連絡やアナウンスを行う

ンを二回押した。ボタンが白く点灯した。

「ユー・ハブ」

「アイ・ハブ」

ジュニアに操縦を任せ、ボタンが点灯したのを確認してアナウンスを始めた。

「ご搭乗のみなさま、こんにちは。本日も日本航空5便、新東京国際空港行きをご利用くださいましてありがとうございます、キャプテンの松波です。現在、当機は……」

いつものウエルカムのアナウンスに加えて、松波は国際線のフライトのときは空に関する雑学を一つ加えることにしていた。

ジュニアと多嶋は、どのようなアナウンスをするのだろうかと思って、オーディオ・パネルの「PA」と記されているボリューム・ノブを少し右に回してヘッドセットの声を大きくした。通常のアナウンスの例文はジュニアも持っていたが、このような状況でのアナウンスはマニュアルにも載っていないので聞いておく必要があった。

「当機は最大離陸重量三七七トンで、ニューヨークのジョン・F・ケネディ国際空港を離陸しました。成田までの燃料は、予備も含めて一六三トン、機体重量の約四三パーセントが燃料です。この燃料を使ってアメリカ大陸、北太平洋を横断して、成田までの一万一二〇〇キロメートルを飛行して参ります。自然界に目を向けますと、サハラ砂漠の一五〇〇キロメートルを約二日間かけて横断するセキレイという小さな渡り鳥がいます。体重は通常約二〇グラムですが、横断するときには余分に一〇グラムの脂肪を燃料として体内に蓄え、自分の体重の半分を燃料にして飛び立つそうです。体重の五〇パーセント弱が燃料で、燃料効率もジャンボ機とほぼ同じです」

ここで少し間をとって次を続けた。

「ちなみにニュージーランドから中国までの一万キロメートルを、七日間かけて無着陸で飛行するオオソリハシシギという渡り鳥もいるそうです。それでは一四時間弱の短い間ですが、成田空港までの一万一二〇〇キロメートルを大船に乗った気持ちで、いや！　ジャンボ機に乗った気分で、ごゆっくりとおくつろぎください。本日のご搭乗、誠にありがとうございます」

多嶋はマンハッタン上空でのアナウンス、そして今回のアナウンスを聞いていて松波のラスト・フライトに込める思いを理解したような気がした。直接的な言葉でこそ言っていないが、自分の最後のフライトに搭乗してくれている全員に、心に残る、記念となるフライトになって欲しいという願いがこめられていると思ったのだ。

「どう、聞いていてくれた？　システムトラブルを抱えているときに、こんなアナウンスはクレームものかね？」

　松波も現状を説明しようか、アナウンスしながらも最後まで悩んでいた。

「いや、それは考えすぎだと思います。この話を聞いた今日のお客様はこれから飛行機に乗るときには、必ずこの話を思い出しますよ。それにしてもよくご存じですね。本当に一万キロも無着陸で飛ぶ鳥がいるんですか？　どこで仕入れているんですか、そんな情報？　たぶん、お客様も興味深く聞いていたと思いますよ」

「人工衛星で追跡したらしいんだ。水鳥だから万が一の場合は、途中で魚でも捕まえて燃料補給しているんだろうね」

　アナウンスのために、新聞や雑誌から得た情報を記録しているメモを、松波は多嶋に見せた。

「まるでパンナムのチャイナ・クリッパーですね」

　多嶋が応じた。

　一九三〇年代後半にサンフランシスコからマニラまでの太平洋を途中ハワイ、グアム島などに寄港しながら、四泊五日かけて横断したマーチン飛行艇のことを言っているのだ。多嶋もこと飛行機については〝博学〟だった。

　ジュニアは母親から、父親は家では何も相談してくれず、一人で決めて、何も喋ってもくれない人だと愚痴を聞かされていたから、父親の意外な側面を見たような気がした。飛ぶことに関しては、楽しんでいるかのように饒舌になっている。フライトしていることが、心底好きなんだと思った。

このフライトを終えると飛ぶことを断念せざるを得ず、ずっと家にいることになる。家族が心配して、リタイヤ後はどうするの？　と尋ねても、まだ決めていないとうやむやにするだけだった。おそらくまだ、フライトする以上のことを見つけられないから、答えることもできないのだろうと、ジュニアは思い直した。しかし、それはそれで、本人にとっても、家族にしても心配の種だとも思った。

「それで、どうなんだ！　お前はどう考えているんだ、タイヤの件は？」

突然、松波がジュニアに向かって尋ねた。不意打ちを食らったジュニアはすぐには返答できなかった。

「フライト続行が不安なら、それでもいいんだ。意見を言ってみなさい！」

黙っているジュニアに、松波が追い打ちをかけた。

「タイヤの破片がどこかのシステムを壊して、いまこの時にも亀裂がじわじわと広がっていると思わないのか？　一刻も早くニューヨークに戻るべきだとは考えないのか？」

松波は心の片隅で、消せないでいる自分の不安をジュニアに問いかけていた。

多嶋の判断は続行と判っていたが、ジュニアはまだ明確な同意を表明していなかった。コックピットで、ベテランの多嶋とキャプテンである自分が決断をすれば、ほとんどの副操縦士はあえて意見を言うこともなく、キャプテンが決めたことを最善の手段だと考え、異なった意見を持っていたとしても引っ込めてしまうことを松波は知っていた。

豊富な経験が、困難な状況を打開する手段となるケースが多いのも事実だが、経験だけがすべての困難を解決できる手段だと松波は考えてはいなかった。危機的な状況では何事にもとらわれない考え方が、最善の手段になりうることも忘れてはいなかった。

ジュニアには従順な副操縦士よりも、生意気だとキャプテンに思われるようないい意味で自己主張する副操縦士になってもらいたかった。だから水を向けてみたのだ。

「キャビンからだけの情報では、まだバーストの事実を確認できていないし、現状ではシステムに異常も見つかっていないので不安はありますが、フライトを続行するという判断には同意しています」

ジュニアは、松波の顔を見ずに前を向いたまま答えた。

「判った！」

松波は頷《うなず》き、それ以上は問いたださなかった。

「キャプテンの顔色を窺わなくてもいい。自分の思うことは間違っていてもかまわないから言葉に出しなさい」

松波も前を向いたままだった。顔を見てしまえば親子の会話になってしまうので、どちらも意識して顔を合わさなかった。

「経験が少ないのは、よく判っている。しかし、反面キャプテンが忘れかけている知識を鮮明に記憶しているという若さの利点もある。自分が正しいと思ったら、自分が納得するか、キャプテンが納得するまで言い続けなさい。それが副操縦士の仕事でもあるんだからな」

と諭すように言った。

「はい、判りました！」

ジュニアは頷いて松波に顔を向けると、そこには、ラスト・フライトを指揮しているグレート・キャプテンの顔があった。

「ピポーン！　ピポーン！」

黄色の警告灯の点灯とともに、セルコールが鳴った。

すでにカンパニー・ラジオは、ニューヨークから直接届かない距離になっていたので、ARINC（AERONAUTICAL RADIO INCORPORATION）で呼び出された。アメリカ大陸に配備されている地上局を経由した通信である。

——安全という狭い回廊を無事故で通り抜けてゴールに達するには、愚直なまでの確実さで日々の運航に携わる覚悟が必要なんだよ——

松波はすでにリタイヤした尊敬する先輩から、よく聞かされていた言葉を思い出していた。自分は狭い回廊のまっただ中にいる。リタイヤというゴールの光はそこに明滅しているのに、無事通り抜けられるのだろうか？　満席の乗客とその家族、そしてキャビンを含めたクルー全員の命運が、キャプテンとしての自分の判断に重くのしかかってくるのを感じると松波は胃が痛んだ。

このまま成田に向かうのが愚直なまでの確実さなのか？　それとも判断の誤りなのか？　松波は成田空港まで行くと宣言していても、心の中ではまだ葛藤が続いていた。

「タイヤの件だろう。俺が出よう！　ユー・ハブ！」

ジュニアに操縦を任せて、松波はマイクを取り応答した。

「こちら、日本航空5便です、どうぞ」

―― 二〇〇七年三月二九日　三宅島上空試験飛行空域　キャビン与圧試験 ――

「これからキャビン高度を上昇させて、与圧システムのチェックを実施します。併せて酸素マスクの落下テストを行いますので、全員配置についてください。激しい動きは酸欠で倒れる可能性がありますので、移動はゆっくりお願いします」

運航技術部のテクニカル・エンジニアの松尾が、次に行うテスト項目の注意事項をキャビン・アナウンスした。

キャビンには、オートパイロットなどの各システム担当のメカニック五名が待機していた。フライト・テスト中にシステムに不具合が判明したときに備え、機上で原因探求と解決に対応するためである。飛行機は空中を飛んでいるときが、正常な状態である。空中でのみ作動するシステムの不具合は、地上に降りてからでは再現できないことがある。そのために実際に飛行しながら不具合の原因を探る必要がある。売却フライト・テストなら、なおさらのこと原因探求に正確な判断ができないと、契約上の問題が生じることがある。搭乗するメカニックもベテランを選りすぐっているのはそのためである。

コックピットには試験飛行室のキャプテンになった松波キャプテンことジュニアが、キャプテン・シートに座り、今回の８−６２号機のフライト・テストの指揮をとっている。

副操縦士シートには、同じ試験飛行室の青木キャプテン、フライト・エンジニア・シートには多嶋が座っていた。キャプテンのすぐ後ろに位置するオブザーブ・シートでは、テスト項目の確認と飛行データ採取、そのときの注意事項などをアナウンスしたりして、フライト・テスト全般をコーディネートする役目も兼ねるテクニカル・エンジニアの松尾が席を占領しているといった風に存在感をにじませていた。

そのため、彼の座っている席のそばには、データ書類がびっしり詰まったフライトバッグが二個並び、キャプテン・シートの背面には、注意事項が書かれた付箋がテスト項目の順番に貼られていた。また首からは計測のためのストップウォッチをぶら下げていた。

８−６２号機のフライト・テストが、適正に行われているかを監視するバイヤー（買い主）の代理人、ロシア人のイワン・クライムコフ氏は、松尾の席の後方にあるセカンド・オブザーブ・シートに、航空身体検査では絶対合格しない太った体を押し込めて座り、テスト項目の進捗状況と独自のデータを記録していた。コックピットに

三宅島試験飛行空域図

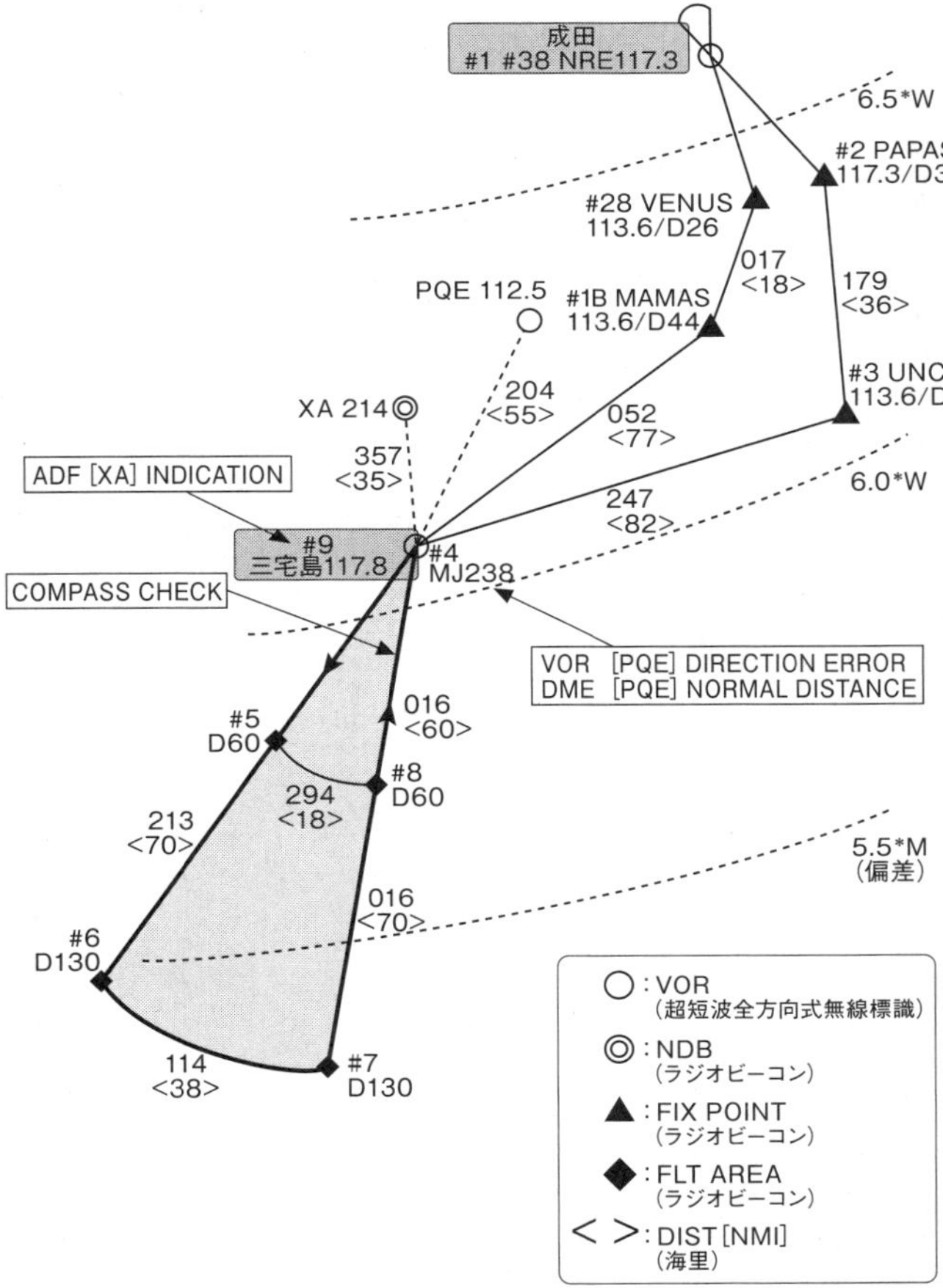

成田
#1 #38 NRE117.3
6.5*W
#2 PAPAS
117.3/D33
#28 VENUS
113.6/D26
017
<18>
179
<36>
PQE 112.5
#1B MAMAS
113.6/D44
#3 UNCI
113.6/D
XA 214
204
<55>
052
<77>
357
<35>
ADF [XA] INDICATION
6.0*W
247
<82>
#9
三宅島117.8
#4
MJ238
COMPASS CHECK
VOR [PQE] DIRECTION ERROR
DME [PQE] NORMAL DISTANCE
016
<60>
#5
D60
#8
D60
294
<18>
213
<70>
5.5*M
(偏差)
016
<70>
#6
D130
114
<38>
#7
D130
: VOR
(超短波全方向式無線標識)
: NDB
(ラジオビーコン)
: FIX POINT
(ラジオビーコン)
: FLT AREA
(ラジオビーコン)
< >: DIST [NMI]
(海里)

ある五席は満席で、メカニックがいつでも出入りできるように、コックピット・ドアは開放されたままである。

ニューヨーク路線を次世代ジャンボ機、ボーイング747―400型機（フライト・エンジニアが乗務しない）に明け渡してからは、キャビン・スペースの半分以上がファーストクラスとビジネスクラスの席で占められていた「エグゼクティブ・エクスプレス」と呼ばれた栄光のニューヨーク機材、8―62号機とその姉妹機8―61号機、8―69号機は、自慢の増設した燃料タンクを満タンにする機会もなく、ファーストクラスは取り払われ、エコノミー席を増やして東南アジア、オセアニア路線などに就航していた。

その後、8―61号機と8―69号機は、貨物機に改造されて日本航空に残ることになったが、唯一旅客機として活躍していた8―62号機はロシアに売却されることになった。その売却輸出証明を得るために、新たな耐空証明が必要となり、要求される性能が満たされているかを確かめるための売却フライト・テストが実施されることになった。

ジュニアは父親との思い出深い機体を操縦できる最後の機会だからと、先輩の青木と相談して指揮を譲ってもらった。8―62号機は、エンジン・スタートから上昇中

フライト・テストの山型プロフィール

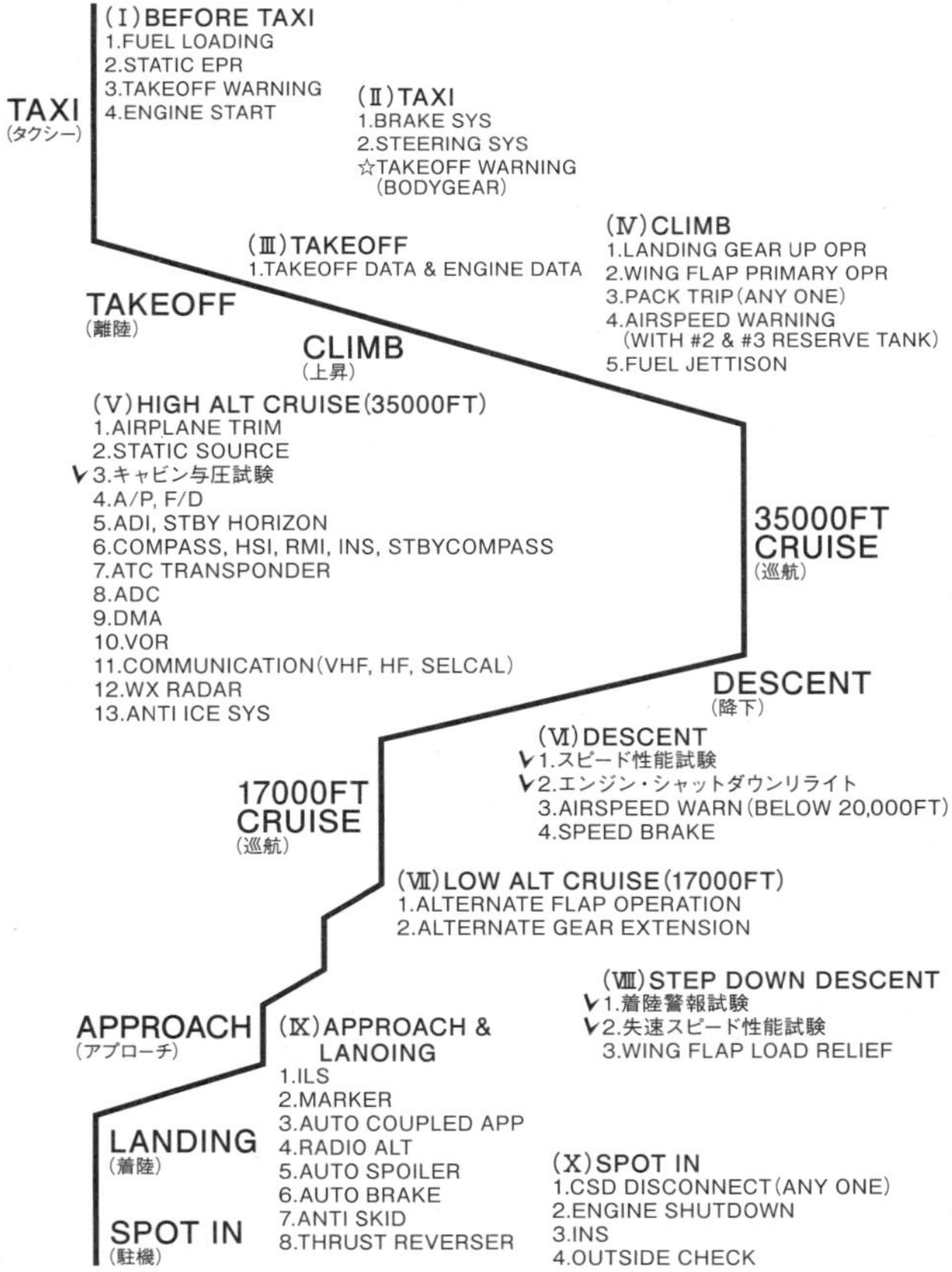
(Ⅰ)BEFORE TAXI
1.FUEL LOADING
2.STATIC EPR
3.TAKEOFF WARNING
4.ENGINE START
TAXI
(タクシー)
(Ⅱ)TAXI
1.BRAKE SYS
2.STEERING SYS
☆TAKEOFF WARNING
(BODYGEAR)
(Ⅲ)TAKEOFF
1.TAKEOFF DATA & ENGINE DATA
TAKEOFF
(離陸)
(Ⅳ)CLIMB
1.LANDING GEAR UP OPR
2.WING FLAP PRIMARY OPR
3.PACK TRIP(ANY ONE)
4.AIRSPEED WARNING
(WITH #2 & #3 RESERVE TANK)
5.FUEL JETTISON
CLIMB
(上昇)
(Ⅴ)HIGH ALT CRUISE(35000FT)
1.AIRPLANE TRIM
2.STATIC SOURCE
✓3.キャビン与圧試験
4.A/P, F/D
5.ADI, STBY HORIZON
6.COMPASS, HSI, RMI, INS, STBYCOMPASS
7.ATC TRANSPONDER
8.ADC
9.DMA
10.VOR
11.COMMUNICATION(VHF, HF, SELCAL)
12.WX RADAR
13.ANTI ICE SYS
35000FT
CRUISE
(巡航)
DESCENT
(降下)
(Ⅵ)DESCENT
✓1.スピード性能試験
✓2.エンジン・シャットダウンリライト
3.AIRSPEED WARN(BELOW 20,000FT)
4.SPEED BRAKE
17000FT
CRUISE
(巡航)
(Ⅶ)LOW ALT CRUISE(17000FT)
1.ALTERNATE FLAP OPERATION
2.ALTERNATE GEAR EXTENSION
(Ⅷ)STEP DOWN DESCENT
✓1.着陸警報試験
✓2.失速スピード性能試験
3.WING FLAP LOAD RELIEF
APPROACH
(アプローチ)
(Ⅸ)APPROACH &
LANOING
1.ILS
2.MARKER
3.AUTO COUPLED APP
4.RADIO ALT
5.AUTO SPOILER
6.AUTO BRAKE
7.ANTI SKID
8.THRUST REVERSER
LANDING
(着陸)
SPOT IN
(駐機)
(Ⅹ)SPOT IN
1.CSD DISCONNECT(ANY ONE)
2.ENGINE SHUTDOWN
3.INS
4.OUTSIDE CHECK

㊟本書に記された試験項目には✓マーク

までのテスト項目を終え、三宅島の沖合に設けられている試験飛行空域の中を三万五〇〇〇フィートで水平飛行に移って、巡航時の最初のテスト項目を終えたばかりだった。

最初のテスト項目は、搭乗している誰もが最も嫌うものだった。キャビンの与圧を作るために三基のＰＡＣＫ（AIR CYCLE MACHINE）が作り出す毎分一五〇立方メートルの空気は、キャビンを循環した後、唯一の出口である機体後部に設けられた二個のアウトフロー・バルブ（圧力調整弁）から排出される。与圧とは、飛行機が高度一万メートルを飛行していても快適性を保つため、風船のようにキャビン内の圧力を高めて高度を約二〇〇〇メートルに維持していることをいう。

多嶋が手動で両方のアウトフロー・バルブを閉め気味にして、圧力調整の不具合を意図的に作り出すと、空気は容量一六〇〇立方メートルのキャビン内に封じ込められて機体をゴム風船のようにもっと膨らまそうとする。しかし、ジュラルミンで覆われた胴体は、ゴム風船のようには簡単に膨張しないので、代わりにキャビン内の圧力は増加し続けることになる。

テストはアウトフロー・バルブの作動異常でキャビン圧力が異常に高くなったとき、センサーが圧力異常を察知して二個のリリーフ・バルブ（安全弁）をオープンさ

胴体後方下部にあるアウトフロー・バルブ（圧力調節弁）。この開度はコックピット内の計器で表示される

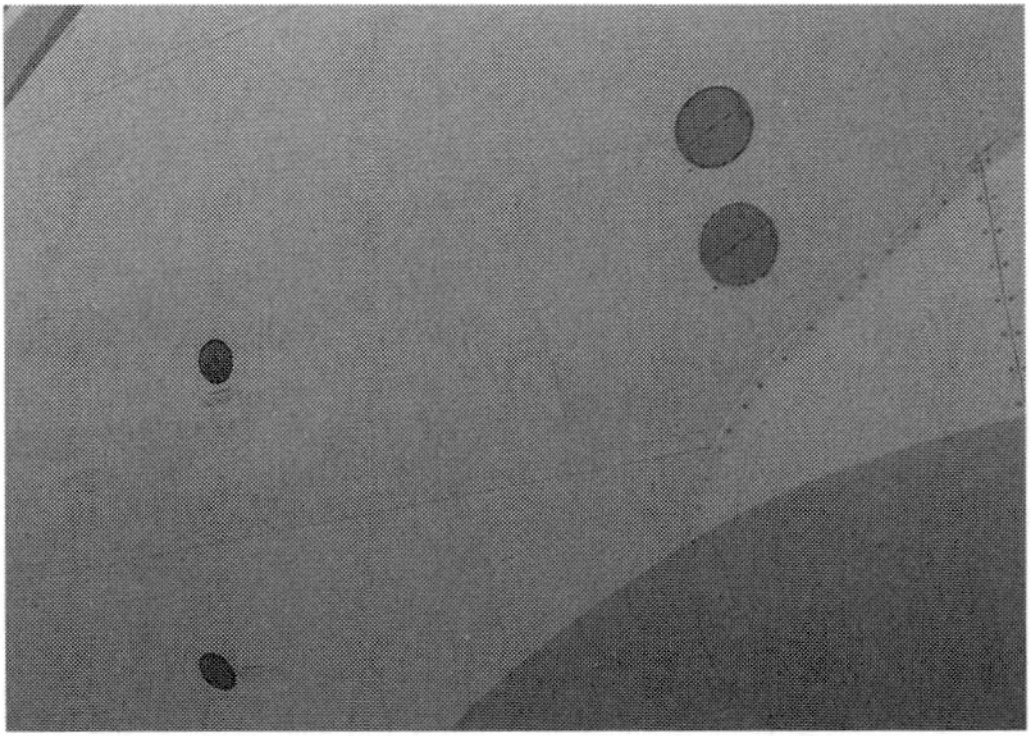

左翼前方にある2個のリリーフ・バルブ（安全弁）。左側にある小さな丸は気圧を測る静圧ポート

せ、キャビン圧力を自動的に下げる機能が正常に作動するかをチェックすることである。

キャビン圧力計が、徐々に上昇してリミット（限界値）に近づいていく。数値を読み上げる多嶋の声でコックピット全員へ緊張が伝わっていくのが判る。全員が、時限爆弾のカウントダウンを読み上げているのを聞いているかのような心境になっているのだ。

多嶋が慎重に圧力計を見ているので、機体が万が一にも風船のように破裂しないと信じてはいても、見落としている胴体の亀裂がもしあれば、機体は一瞬にして破裂するかもしれないという不安が胸をよぎる。フライト・テストを経験する誰もが最も嫌う瞬間である。

一九八一年に作家の向田邦子が遭遇した台湾上空での機体破裂事故、一九八五年の圧力隔壁破裂による日航機墜落事故など、与圧テストを実施するときには誰もが、もしかしたら同じ運命になってしまうかもしれないと頭の片隅に描いてしまう。

だが結果はあっけないものだった。耳への違和感もなく、リリーフ・バルブがオープンしたことを示すライトは点灯した。多嶋が記録したデータを松尾に伝えた。

「キャビン高度四三五〇フィート（一三二五メートル）、キャビン圧力一平方メート

キャビン与圧パネル。上段の丸い計器は、左よりキャビン高度昇降計、高度計、圧力差圧計（9の数字の上にある線が限界値）

アウトフロー・バルブが両方ともフルオープンを表示している。グラウンド（地上）モードになると自動的に全開する

ルあたり六・四トンでリリーフ・バルブは正常にオープン！」通常与圧の一五パーセント増しである。

松尾はノートにデータを転記し、次の項目に進んでもいいか代理人に尋ねた。

「オーケー、オーケー！」

代理人はすぐに右手の親指を立てて、全世界共通の了承のサインを出した。代理人も与圧テストの緊迫感から解放されたかったのか、次へ急がせるようなゴーサインだった。

胴体の外板の厚さ二ミリのジュラルミンが、よく耐えてくれたと多嶋もほっとした。家庭の食卓の上に自家用車を六台も載せているのと同じ圧力に8－62号機は耐えたのである。

コックピットは安堵感にひたる暇もない。松尾は次のテストのために、冒頭の注意事項を声を大きくして読み上げた。遊覧飛行ではないから、一分一秒でも燃料を無駄にするなと上司から指示を受けているのだ。

これから始めようとしているのは、キャビン圧力が高くなったときと正反対のチェックである。アウトフロー・バルブのオープン方向への異常でキャビン内の空気が放出されすぎて、キャビン圧力が異常に低くなったとき、または窓が割れた等の機体損傷でデコンプレッション（急減圧）になったときの警報作動と、キャビン内の酸素マスク落下チェックである。多嶋はアウトフロー・バルブを今度は開け気味にして、キャビン高度を毎分一五〇〇フィート（四六〇メートル）で上昇させるようにセットした。キャビン高度が、異常上昇するという事故事例は数年に一度くらいの頻度で起こっている。社内安全誌に掲載される世界事故レポートでも目にすることがあるので、多嶋も真剣だった。

「まもなくキャビン高度が一万フィート（三〇〇〇メートル）になります」

多嶋がジュニアに報告すると、ジュニアと青木は酸素マスクを取り出し、頭から被ってハイポキシア（低酸素症）に備えた。

高い高度に慣れているパイロットにとって、富士山とほぼ同じ高度の一万二〇〇〇フィート（三六五〇メートル）未満では、顕著な症状は現れないと言われているが、体調如何《いかん》によっては自らがその兆候を認識しないまま、ハイポキシアと呼ばれる低酸素症に陥ることもあるからだ。

通常の旅客フライトでも、高度二万五〇〇〇フィート（七六〇〇メートル）以上をクルーズ（巡航）していて、どちらかのパイロットがトイレなどで離席する場合、残ったパイロットは酸素マスクを装着して、急減圧に備えて操縦しなければならないと航空法で定められている。

「プープー!」

キャビン低圧警報音が鳴った。

多嶋は警報音停止ボタンを押して、警報の作動したキャビン高度一万三〇〇フィート(三一四〇メートル)をデータとして記録するように松尾に伝え、酸素マスク落下テストのため、さらにキャビン高度を上昇させ続けた。

多嶋は、酸素マスクをフックから外して手元に置いた。ハイポキシアの前兆である顔が火照っているような気がしてきたのだ。

通常の旅客フライトではどんなに高度を上昇させても、キャビン高度一万フィート(三〇〇〇メートル)を超すような操作はしない。「ポーン」という音と共に、パイロット・パネルにある「OXYGEN(酸素)」と記されたライトが点灯した。

キャビン高度一万四三〇〇フィート(四三六〇メートル)で、キャビンの床下に設置されている酸素ボトルをオープンさせる圧力スイッチが作動したのだ。キャビン内の乗客用シートの天井にある酸素マスク収納フックを外すために、高圧酸素が一瞬流れて、マスクを落下させ、その後は呼吸用の低圧酸素が流れる仕組みになっている。

開けっ放しにしてあったコックピット・ドアからアッパーデッキ(二階席)のキャ

フライト・エンジニア・パネル上方のフライト・エンジニア用酸素マスク。上方にある８本の筒状のものは、コックピットからの脱出用具

747シミュレーター６号機。急降下の訓練中

ビンを見ていた松尾が、マスクの落下を確認していた。しかし、酸素マスク落下と同時に自動的にアナウンスされるはずの緊急用録音テープの声が流れてこなかった。

巡航高度三万三〇〇〇フィート（一万メートル）の上空で急減圧となって、キャビン高度が急激に上昇するとキャビン・アテンダントも酸素を吸うためにマスクを装着しなければならないため、すぐに乗客に対する緊急アナウンスを実施することができない。

キャビン・アテンダントに代わり「当機は緊急降下中」、「シートベルトを締めて」、「タバコは消して」といった内容の数ヵ国語に翻訳された録音テープが、自動的に作動してアナウンスすることになっている。

急減圧になった場合、コックピットではフライト・エンジニアがすぐさま酸素マスクを装着して「アウトフロー・バルブの異常か？」「貨物室のドアが突然オープンしたか？」「キャビンの窓が破損したか？」など緊急時操作に規定された項目を、エンジニア・パネルの計器と警告灯を見て原因調査を始める。

システムの異常が発見できなければ機体の損傷と見なし、システム的に回復が不能なことをキャプテンに告げる。報告を受けたキャプテンは、毎分約六〇〇〇フィート（一八三〇メートル）を超える急降下率で、一秒でも早く酸素マスクがなくても呼吸ができる一万四〇〇〇フィート（四三〇〇メートル）の安全高度まで機体を降下させる必要がある。高度をさらに低くすれば呼吸が楽になるが、仮に太平洋の真ん中で起こったとしたら、今度はエンジンの燃料消費が多くなって、緊急着陸のための空港にたどり着けなくなる。この高度が、人間の生存と飛行機の性能の限界なのだ。

機首を一五度以上も下に向けて急降下させるので、マイナスのＧ（重力）がかかってシートから身体が浮き上がったり、キャビン内に酸素が自動的に流れ込むので、タバコの火が激しく燃え上がるなどの危険がある。緊急アナウンスが自動的に流れない事態は、乗客への二次被害の誘因となる重大事で大きな欠陥とみなされる。

「客室担当のメカニックは、コックピットへ来るように」

多嶋の意を受けて、松尾がキャビン・アナウンスを流した。

「ゆっくり歩いてくるように」

と付け加えることも忘れなかった。これ以上キャビン高度が上昇すると危険なので、多嶋はキャビン高度を一時的に下げ、キャビン内を歩き回ってチェックしているメカニックの酸欠を防ぐ操作をした。

売却整備に備えて地上で入念にチェックしていても、作動するべき時に正常に作動しないシステムが出てくる。日頃の激しい訓練の成果を本番の試合で発揮できないことがあるように、飛行機も精密になれば人間のように、緊張に耐えられなくなるときがあるのだろうか。

フライト・エンジニアとして酸素システムの仕組みを理解していても、フライト・テスト時に不具合が発生したときの処置はメカニックが担当する。息を弾ませながら客室担当メカニックの平田が、整備マニュアルを持ってコックピットに現れた。ゆっくりと言われていたにもかかわらず螺旋階段を駆け上がってきたのが判る。

「大丈夫ですか、深呼吸をしてください」

多嶋は、平田に一息ついてもらってから、考えられる原因を推測して尋ねた。

「原因は圧力スイッチですか？　それともテープレコーダーですか？」

「間もなくLードア（左側最前方ドア、チーフパーサーの座席近く）の操作パネルから、録音テープを手動で作動させます。しばらくお待ちください」

平田が言い終わらないうちに、アナウンスが流れ始めた。下で待機していたメカニックが操作パネルのスイッチを平田の指示を受ける前に入れてしまったのだ。

「流れたじゃない」

スピーカーから聞こえる音声に多嶋も安堵し、思わず振り返ってイワンの様子を確かめてみた。

「恐らく原因は圧力スイッチです。減圧になっても作動しなかった可能性が大きいですね」

　おおよその原因が見当ついたので、平田もほっとして答えた。額の汗も引いていた。実際に急減圧が起こり、今回のように録音テープが自動的に流れなかったときのために、キャビン・アテンダントが操作する手動操作スイッチが、Lードア付近に設置されているのだ。

「圧力スイッチがスタック（膠着《こうちゃく》）していたのかもしれない。このスイッチの作動チェックを地上で確認できますか」

　多嶋は平田に確認した。

「当該部品を取り外して、整備工場の減圧室で、高度一万四三〇〇フィートを再現させてチェック可能です」

　平田は答えた。フライト中では圧力スイッチの交換はできない。もちろん壊れると考えていないから交換部品も用意していない。

　現在、機体に装備されている圧力スイッチを地上に戻って取り外し、地上の減圧室のチェックでも同じように作動しなかったら、圧力スイッチが原因だったと確定できる。もし正常に作動したなら、スイッチから録音機までの導線の断線が可能性として残るが、これも地上でのテストは可能であると平田はマニュアルのダイアグラム（図表）を指さして説明した。

多嶋はいままでの状況をジュニアに説明し、再度フライト・テストをしなくても地上で圧力スイッチのチェック、断線チェックが可能であることを付け加えた。

フライト・テストを再度設定するには、成田の発着枠、テスト空域の確保などで今日がダメだから明日にできるとは限らない。売却テストの場合は、外国との取引で日程が迫っていることもあり、可能な限り設定した日程で完遂することが望ましいのだ。しかし、難題は代理人にも再フライトは不要であることを、納得してもらわなければならないことである。松尾は代理人のイワンに英語で事情を説明し、このテスト項目を未完として残して、地上での再現チェック確認後に完了としたいが同意してくれるかと、了解を求めた。

「オーケー、ラジャー（了解）、ネクスト・アイテム、プリーズ！」

代理人は多嶋に顔を向け、すぐに了承してくれた。

在来747型機の退役が多くなって、売却フライト・テストに立ち会う機会も多い代理人のイワンも、日本航空の整備を信頼してくれているのだ。

やりとりを聞いていた平田は、安堵したような表情でコックピットから出て行った。

「ご苦労さまでした」

多嶋が平田の後ろ姿に声をかけ、礼を述べ、キャビン・システムのテストは、すべて終了したことをジュニアに告げた。松尾はやり残したアイテムがないか、データをチェックした。

「大丈夫です、三万五〇〇〇フィートでのデータ漏れはありません。降下はいつでも可能です！」

青木が航空管制に、一万七〇〇〇フィートまでの降下許可をもらった。

スピード性能試験

「モディファイ（変更）！」

副操縦士役の青木が、カナディアン・マルコニー社製ＦＭＳ（FLIGHT MANAGEMENT SYSTEM、飛行管理システム）型式ＣＭＡ９００のスクラッチパッド（キーボードのようなもの）を操作して、ＰＭＳ（性能管理システム）の降下モードを設定したと応えた。ジュニアは表示されたデータを見て再確認した。決して青木の操作を信用していないわけではない。従来のジャンボ機であれば、どのように降下するかはキャプテンの頭の中にあって、その通りに自分が操縦することができた。しかし、航法システムがＩＮＳからＦＭＳに換装されてからは、ＦＭＳとＰＭＳがキャプテンに代わって飛行機を自動操縦することになる。降下中の予報された風のデータ等の入力ミスがあれば、キャプテンの意志と異なる地点からの降下を開始してしまう。そのために正しいデータが入力されているかを慎重に相互確認することが、新しい手順としてマニュアルに導入されたのだ。

「エクスキュート（実行）」

データは正しく入力されていた。ジュニアの声で青木は実行キーを押した。ＦＭＳがジュニアに代わって、８－６２号機を降下させるための操縦を開始した。

ＰＭＳがジュニアの考えていた同じ地点で、スラスト・レバーを絞るコマンド（指令）を出し、オートスロットルがスラスト・レバーを引き始めた。８－６２号機はゆっくりと降下モードに入り、高度を下げていった。

一九七〇年代に、ＩＮＳ（慣性航法装置）が装着された当時は、ライフル銃で一〇キロメートル先の蠅《はえ》の目玉を狙うことができる精度より優ると喩《たと》えられる驚異的な航法精度だった。しかし、太平洋を八時間もかけてフライトすると、途中でデータ補正

手前が六分儀用の穴。機体の中心線にある。後方の四角はGPSアンテナ。新旧の航法用機器が並ぶ

するための地上航法施設もないので、往年の精度は落ちていないのにもかかわらず、コースを大きく外れていると管制官より指摘されるようになっていた。機械式ジャイロ独楽の積算誤差を解消することができなかったことが原因だったが、新型機がより正確な位置情報を得ることができるＧＰＳ（衛星位置航法システム）を装備するようになっていたので、比較されることで余計に誤差が目立つようになっていた。ＩＮＳはジャンボ機の就航当時から実用化されていたが、設計時には船と同じように星と太陽で位置を決める天測航法が想定されていた。そのためにペリスコピック・セクスタント（潜望鏡型六分儀）を装着するための穴がコックピットに残っていて、現在ではコックピット火災時の排煙する

ための穴として利用されている。

一九六〇年代からの技術革新の時代の中で、ジャンボ機は生きながらえようとして、天測航法、ＩＮＳからＧＰＳへと三世代の航法システムを柔軟に取り込もうと模索していた。

二一世紀になってもジャンボ機を現役として運航させるという会社の方針は、二〇〇〇年当時まだ根強かった。デジタル技術を用いたコミュニケーション（通信）・ナビゲーション（航法）・サーベイランス（飛行監視）の頭文字をとった「ＣＮＳ」機能と航空管制管理「ＡＴＭ」機能を付加した航法システムに改装しようとしてプロジェクト・チームが結成され、運航本部と整備本部合同で結成検討された結果、換装計画にゴーサインが出された。

二〇〇三年にカリフォルニア州ロサンゼルス郊外にあるヴィクタービル空港で、改良初号機の８―７７９号機に対して、ボーイング７４７―４００型機、７７７型機などの新しい機材が備えているＧＰＳとリットン・システム・カナディアン社製のレーザー・ジャイロを用いたＩＲＳ（位置基準システム）を主体とする航法システムに、換装されるジャンボ機の延命手術が行われた。レーザー・ジャイロは従来のジャイロ独楽を使用した機械式でないため、格段に精度が上昇することになった。多嶋はレーザ

センター・ペデスタルにINS（慣性航法装置）に代わって新設されたNO.3 FMS

カリフォルニア州ヴィクタービル空港にて改修中のJA8179号機

ー光線がどのような仕組みで回転して加速度を検知しているのか、何回説明を受けても理解できなかった。

しかし、一九六〇年代に開発されたジャンボ機のフライト・コントロールを集中管理しているナビゲーション（航法）の頭脳でもあるSPZ―ー型オートパイロット（自動操縦装置）は、アナログ回路だったのでデジタル回路への変換は技術的に不可能だった。同じようにアナログ回路で直結して、シグナルを共有しているPMSも取り外せなかった。それは人間が年老いても脳、心臓などの移植ができず、若返りにも限界があるのに似ていた。

それでも最新鋭のデジタル機器であるFMSと、四〇年以上前に開発されたアナログ機器のオートパイロットが混在する機体になったが、GPSを三基備えた航法システムの精度は格段に増し、二一世紀を現役として飛び続けられるとジャンボ機に乗務するパイロット全員が拍手喝采して喜んだ。ところが現実は厳しく彼らの思い通りにはならなかった。

改修が行われたヴィクタービル空港には、一時経営状態が悪くなった欧米の航空会社の新型機が、多数運航されることもなく放置されていた。ジャンボ機の行く末の前兆はすでにその当時からあったのかもしれない、と多嶋はあの頃の情景を思い返してみることがあった。

「苦労してＦＭＳを付けたのに売却してしまうのは残念だよな」

青木がジュニアに言った。

「青木さんがいなかったら、ジャンボ機のＦＭＳ化をこんなに早く乗員に定着させるのは無理でしたからね」

ジュニアは青木が残念がっているのを理解できた。

青木はジャンボ機でもジュニアの先輩だったが、二年前に新型機種に移行してＦＭＳによる操縦の経験を積んでいた。その経験を買われて７４７型機ＦＭＳ換装プロジェクト・チームのパイロット側リーダーとして呼び戻されたのだ。本人はまたジャンボに出戻りかと言って不満げだったが、周囲は青木の嬉々としたチームへの取り組みを見て真意ではないと判っていた。

デジタル計器にまったく慣れていなかった在来ジャンボ機のパイロットたちへの教育マニュアルの翻訳作業など、ＦＭＳ経験者の青木がいなかったらもっと時間がかかり要領を得ないものになっていたとジュニアは思っていた。

「まだまだジャンボ機は現役で飛べますよね。仲間もそう言っています」

多嶋が会話に加わってきた。在来ジャンボ機が売却されると、多嶋を含めた仕事仲間であるフライト・エンジニアという乗務職もなくなってしまうからだ。これで新型機に負けることはないと、新しい航法システムの換装を一番喜んだのも彼らだった。

「突然、燃料が八〇ドルに高騰したので、四発機のジャンボ機は大飯喰らいといって経営陣からも評判がよくないし、あれほど持て囃された時代が嘘のようですね。これも時代の流れで仕方ないのかな」

原油高という予想もしなかった現実の厳しさを目の当たりにして、どこにも持って行けないいつかえのようなものを吐露した。恐竜が絶滅したときも急激な自然界の変動が理由であると言われている。ジャンボ機もある意味、一九六〇年から一九七〇年にかけて経済がバラ色、消費は美徳だと思われた時代に開発された。しかし、地球環境が重視されて自然保護が叫ばれるようになってきた現代という時代の変化に受け入れられなくなり、恐竜と同じ運命をたどっている。時代がジャンボ機を誕生させ、同じ時代がまたジャンボ機を消滅させようとしているのだと多嶋は思った。

「マッハ〇・九三を超えてもクラッカー・サウンドが鳴らない場合は、テストを中止してください」

松尾が次のオーバースピード・チェックの注意書きを、パイロット達の雑談を無視して読み上げた。

スピード計。周りにある５個の白いバグで着陸スピードなどの目印にする。斜太線の針がバーバーポール。最大スピードを表示する

気流の急変などでジャンボ機のスピードが運用限界を超えようとする直前に高音で「カタカタ」という打楽器のカスタネットを鳴らしたような警報音を鳴らし、飛行機が設計速度以上になるのをパイロットに警告するシステムのテストである。

　機体が降下中のスピードが出しやすいときに実施しなければならないので、松尾が急がせたのだ。

「ジャンボ機も音速が出せるらしいよ」

　青木がジュニアの顔を見て意味ありげにニヤリと笑って言った。イスラエルのエルアル航空のジャンボ機が急降下を利用して音速を超えたという航空雑誌の記事があったのを教えたのだ。

「それでは我々も挑戦してみましょうか?」

ジュニアはスピードを増加させるために機首を下げ、スラスト・レバーを少し押し気味にした。機体は急激に坂道を下るようにスピードを増していった。

「それはダメですよ」

松尾が驚いて真剣な顔になって制止したが、青木は笑って見ているだけだった。

スピード計の針が運用限界スピードを示す赤白のバーバーポールと呼ばれる針に重なる直前、「カタカタカタ」と連続した高音のクラッカー・サウンドがコックピットに響き渡った。鳴った瞬間、ジュニアと青木、そして多嶋が、それぞれのスピード計と高度計の値を読み上げ、松尾がそれを記録した。ジュニアはゆっくりと機首を引き上げ、スラスト・レバーをアイドルに戻してスピードを減速させた。

「音速までもう少しだったんですけどね」

ジュニアは言ってから、ニヤリとして青木を見返した。

「まあ、気持ちはわかるし、音速に興味もあるだろうけど、それをあえてやらない。やってはダメと決められていることは決してやらない、というのもテスト・パイロットの大事な資質だからね」

青木はジュニアの予想通りの結末と言葉を聞いてそう言い、ヒヤヒヤしながらスピード計を覗いていた松尾を安心させてやった。

飛行機の運用限界ぎりぎりの領域で操縦しているにもかかわらず、試験飛行室のパイロットはそんな気配を全然見せない。「いつものこと」のように飛んでいるのが地上職の松尾には理解できず、彼らが不思議な人種であるように感じられた。運用限界の領域外を飛ぶとは、地上職の松尾にとっては飛行機の性能も安全性も保証されていないと同義なのだ。地上で机を並べて仕事しているときでも一様に控えめで、事実だけを重んじ声を荒らげているところを見たことがない。もし音速を超すようなことがあったとしても、彼らとなら超してしまいましたねと気軽に会話を交わすことができるような錯覚すら覚えた。

「ウイズィン・リミット（許容範囲）です」

ボーイング社から発行されたチャートを見て値をチェックしていた松尾がジュニアに言い、システムが正常に作動したことを代理人のイワンにも報告した。

「では四番エンジンのシャットダウン（停止）とリライト（再着火）を始めます！」

多嶋が最後になる四番エンジン・リライト・テストの実施をパイロットに告げた。ジュニアと青木のパイロット二人は前方を向いたまま操縦に専念している。ジュニアはエンジンがシャットダウンされることによる推力の左右非対称をラダー・ペダルで補正して、８１６２号機をコントロールし、青木はキャプテン航法装置の一部が緊急用エンジン点火装置への電源回路切り替えのため不能になるので、副操縦士側の航法計器でジュニアを補佐しなければならなかった。

多嶋とテクニカル・エンジニアの松尾だけで、試験飛行用のプロセジャー（手順）・リストを読み、エンジンを遮断して再着火させる操作と計器の確認を実施した。

イワンはエンジンの状態が売買契約に示された状態であるかを確認するために、オブザーブ・シートから身を乗り出してこれまで以上に真剣な目でエンジン・パネルを見ていた。データ・シートから８１６２号機に装着されているのは、どれも整備済みのＪＴ９Ｄ－７Ｒ４Ｇ２だった。自動車でもセル一発で始動するのがいいエンジンと言われるように、イワンは空中で問題なくリライトすることを確認してバイヤーにいいエンジンであることは実証済みであると言いたかった。新しいバイヤーはエンジンの整備工場を持っていないので、整備済みのいいエンジンが必要だと主張していたからだ。

多嶋は試験飛行用のエンジン・シャットダウン・プロセジャー・リストを読み始めた。一番エンジンから開始してこれが最後のリライト・テストである。エンジン番号が変わっただけでプロセジャー・リストの内容は同じだった。プロセジャー・リストを読み直さなくても手順は覚えているが、多嶋は最初の項目からまた読み始めて、記載されている通りの操作を確実に実施して現象を確かめる。

「スタート・レバー、……カットオフ！」

多嶋がスラスト・レバーの下側にあるスタート・レバーを手前に引っ張って、ラッチを外しカットオフ（遮断）位置にすると、燃料タンクからエンジンへ通じるエンジン側バルブ（遮蔽弁）がクローズして燃料パネルにある白色の警告灯が点灯した。エンジンに燃料が届かなくなりEGT（排気温度）が急激に下がり、推力を発生していたファンブレードの回転も緩やかに落ち、発電機の出力が低下して自動的に機体電源から切り離された。すべてプロセジャー・リストに記載されている通りの現象が再現され、多嶋が計器と警告灯を目で追って一つ一つ確認してから次の項目に進んだ。

「エンジン・ファイア・スイッチ……プル！」

オーバーヘッド・パネルに突き出ている四本のファイア・スイッチの中から「4」と書かれているスイッチに手をかけ、もう一度「4」を視認してから引っ張った。違う番号のファイア・スイッチを引いてしまえば飛行中に二基エンジン停止となり、テスト・フライトといえども緊急事態を航空管制に宣言する事態ともなりかねない。

飛行中にエンジン火災が実際に発生した場合、コックピットに鳴り響く警報音とともにエンジン・ファイア・スイッチが紅く点灯して、パイロットに火災を気づかせる。火災が発生しているエンジン番号をファイア・スイッチの数字で確認したあと警報音停止ボタンを押し、パイロットとフライト・エンジニアは、緊急時操作のエンジン・ファイア・チェックの操作を記憶した手順に従って協同して行う。一刻を争って消火作業を実行しなければならないので、チェックリストを読まないで全ての操作は記憶で行うと規定されている。ファイア・スイッチを引くと、エンジンに通じる燃料のタンク側遮蔽バルブと高圧空気の取り出しバルブの両方を遮断し、エンジンの回転を駆動力としているハイドロ（作動油）ポンプと発電機の発電を強制的に停止させる。ファイア・スイッチを引っ張ることで、火災の原因となりうる燃料システムや高

NO.3とNO.4エンジン用ファイア・スイッチ。火災のときは点灯するとともに警報音が鳴る

エンジン火災検知パネル。独立した2本の「A」「B」温度センサーがエンジンにはりめぐらされ、2本が同時に温度上昇を感知したときにのみファイア・スイッチを点灯させる

圧空気などをエンジンから切り離しているのだ。それでもスイッチの紅い点灯ランプが消灯しないときは、スクイブ（squib）と呼ばれる爆薬を爆発させて消火剤ボトルの密閉バルブを破壊して消火剤をエンジン周りに放出して消火する。

テスト・フライトではエンジン火災を再現していないので警報音は鳴らないし、消火剤の放出もしない。ファイア・スイッチを引っ張ったあとに、それぞれのシステムが正常に切り離されることを確認することが目的である。切り離しが正常にされないとエンジン火災は消火できない可能性がある。多嶋はチェックリストに記載されている通りに計器と警告灯がなっていることを確認してから、松尾にスイッチの機能に異常のないことを目で合図した。

エンジンをリライトさせる前に、多嶋はエンジンを停止させていた時間とそのときの油圧を松尾に記録させた。整備が状況を知るために欲しいといっていたデータである。規定時間以上に油圧ポンプを止めていると、エンジンの再整備が必要となるのだ。

「ファイア・スイッチ、……プッシュ！」

多嶋はスイッチを元の位置に戻し、切り離していたそれぞれのシステムを飛行機のシステムに復活させ、リライトのために用意していたチャートを広げた。

「それではリライトさせます！　高度とスピードを教えてください」

「高度三万二〇〇〇フィート、スピード二六〇ノット！」

　スピード性能試験のために降下したが、まだ三万フィート以上の高度を維持していた。

　多嶋はボーイング社の発行したチャートをチェックして、ウインドミル（風車）・スタートになることを告げた。風圧だけでファンブレードが十分に回転しているため、始動モーターを作動させなくてもエンジンの再着火が可能な領域だった。

「スタート・レバー、アイドル」

　多嶋がスタート・レバーをカットオフ位置からアイドル位置に戻すと、今度は白色に点灯していた燃料バルブの警告灯が消灯し、エンジン・パネルにある燃料流量計の針が動き出した。すぐにＥＧＴ計（排気温度計）の針もゆっくり右に回り始めてエンジン内で燃焼が始まったことを示した。

　松尾がリライトまでの時間を計るためにストップウォッチを構えていたが必要なかった。規定では三〇秒以内でライトアップしなければならない。

「エンジン！　ライトアップ！」

　ジュニアがエンジン再着火を確認して、スラスト・レバーに手を乗せた。

「スラスト・レバーを出すのはもう少し待ってください！」

松尾があわてて、ジュニアに声をかけた。

「判っているよ、手を乗せているだけだよ」

ジュニアが松尾に向かって笑った。

JT9D—7R4G2エンジンの特性で、アイドル状態を二分間以上維持しなければならないという注意事項は知っているとジュニアは言っているのだ。

JT9Dシリーズの最終型である7R4G2は、効率を高めるために研ぎ澄まされた繊細なエンジンだった。ニューヨークまでジャンボ機を飛ばすために燃費の向上と推力は大きくなったが、その反面、若干の強靱さに欠けていたので、飛行中にキャプテン、フライト・エンジニアに特殊な運用を強いるときがあった。

燃焼室後方の低圧タービン・ケースの形状がこれまでのJT9Dエンジンと異なったために、エンジン始動してすぐにスラスト・レバーを前に出すと、停止中にケースに溜まった燃料がタービン内で異常燃焼を引き起こし、エンジンを損傷させる可能性があった。そのために二分間のアイドルを維持して、燃料を蒸発させなければならなかったのだ。

しかし、クルーをもっとも悩ませたのは、高高度で飛行中に雲の中に突入すると推

パイロット・パネルのエンジン計器。上よりEPR（エンジン圧力比）計、N1回転（ファンブレード回転数）計、EGT計（排気温度計）、燃料流量計

スラスト・レバーと燃料S/O（遮断）スイッチ。数字はエンジン番号

力が突然なくなり、スラスト・レバーを動かしてもエンジンが反応しなくなる事態がしばしば起こったことである。コンプレッサーの性能劣化によって、エンジン前方の空気流入口から入った雲の水分が、圧縮過程で発生する急激な温度上昇のために異常膨張して燃焼室への空気の流れを閉塞させてしまうことが原因と疑われた。

整備がコンプレッサーの性能を向上させた整備済みのエンジンに換装するまでの間、JT9D—7R4G2エンジンを装備しているジャンボ機の運航を三万五〇〇〇フィート以下の飛行計画で作成し、乗員部と運航技術部が共同で対策を錬って、万が一この現象に遭遇したときでも万全の策で克服するようにした時期もあった。

一九八五年二月、チャイナエアのロサンゼルス行きジャンボ機が、三万九〇〇〇フィートで飛行中にエンジン推力が突然低下した。本来ならばオートパイロットを解除してからエンジンに対する処置をするのだが、そのままにしていたために、失速状態に陥り二分間で一万メートルも、きりもみ状態で垂直に降下して機体を損傷させるという事例があった。偶然にも落下中にランディング・ギア（着陸装置）が飛び出して飛行可能となり、サンフランシスコ国際空港に緊急着陸することができたが、推力のなくなった原因は、説明したとおりの7R4G2エンジン特有の現象だったと言われている。

「もう大丈夫ですよ！」

ストップウォッチで計測していた松尾が、二分経過したことをジュニアに知らせた。

ジュニアはゆっくりスラスト・レバーを前に出し、他のレバーと一直線に並べた。

「やっと足が楽になった」

もうラダー・ペダルを踏んで、推力の非対称を補正する必要がなくなったのだ。

多嶋はエンジン・シャットダウン・リライトのために操作していたスイッチ類をプロセジャー・リストに従って、元の位置に戻してテスト項目の終了をジュニアに告げた。

代理人のイワンにも、テスト項目の終了したことを親指を立てたサインを出して知らせた。

「オーケー、オーケー」

イワンはすべてのエンジン状況の一部始終を真剣に見ていたため、多嶋の合図をすぐ了解し、満足げに笑って返事を返した。

降下中のテスト項目は多く、降下時間は短い。松尾は次のテスト項目の準備のために、シートの周りに置いてある鞄の中からチャートを引っ張り出していた。

松尾もまた飛行機のスピードより、少し速く考えているのだ。

一九九〇年五月二一日四時三〇分　大田区蒲田　マンション・ルネッサンス――


「ルルルウー、ルルルウー」

　昨夜の残業でマンションに帰り着いたのは午前様だった。美容に悪いと知りながら簡単に洗顔して化粧を落としただけでベッドに潜り込んだ渋谷美咲の耳には、電話の呼び鈴がしばらくは夢の中の出来事と重なっていた。夢の中の電話はパリからだった。

「ウイ」

　伸ばした手で枕元に置いてある電話の受話器を探りあててフランス語で答えた。男性の眠そうなくぐもった声が聞こえてきた。

「もしもし、渋谷さん、こんなに早く電話して申し訳ない。さっそくだが」

　まだ半分眠っている頭に日本語が聞こえてきた。パリからだったら「ミサキ！」と呼んでくる。仕方なく現実に戻って「はい」と日本語で言い直した。

「ニューヨークで5便のタイヤがバーストしてね。そのまま成田へ直行して来るらしいんだ。タイヤ以外の被害は、いまのところなさそうなんだがフォローするようにと部長から指示があってね。申し訳ないが、いまから出社してくれない?」

「はい」

と言いながら寝ぼけ眼で枕元の目覚まし時計を見たら午前四時半だった。パリ時間なら夜の九時半と無意識で考えてしまう癖がまだ抜けない。カーテンの隙間から見える外はまだ暗かった。電話の前で村上が手を合わせているのが口調で判った。いつも会社で人にものを頼むときにする村上の仕草である。昨日もその仕草で頼まれて午前様になった。

「僕もいまから支度して行くけど、渋谷さんの方が早く着くと思うから機体の整備履歴を調べて、ファースト・コンタクトが取れたら5便と直接情報を交換しておいてよ」

黙って聞いてから「はい」と答えて電話を切った。

昨夜というより今朝方、椅子に放り投げていたままの服に無意識に腕を伸ばした。布団の中に潜り込んでいた愛猫のピエールがミャーと鳴いて顔を出した。もう朝なのと不思議そうな顔をしている。

フランス留学していたときに付き合っていた男性の名前がピエールだった。日本に帰国した当時は、この早朝の時間帯にパリからよく電話をくれたが、思い出したようにしかかってこなくなって半年が過ぎた。最初は寂しくて猫を飼った、恋しくてピエールと名付けた。しかしラテン系の浮気性だけが似てしまったようで、ピエールと呼んでも最近では気ままな性格になってしまって近寄ってこないことも、時々外泊して帰ってこないこともあった。付けた名前が悪かったのだと思うときがある。

村上チーフには結局「はい」とだけしか答えなかった。向こうは言いたいことだけ喋って確認も取らずに電話を切ってしまった。私が本当に起きたとチーフは信用しているのかしらと疑問だった。あの上司は自分のことしか考えないのが欠点だわ、と村上の顔を思い浮かべて可笑しくなった。

急いで玄関を出るとき、ピエールはミャーと鳴いていただけで、ベッドに潜り込んでいて見送りにも来なかった。ピエールの名前を本気で変えようと思った。だが連日同じ服装で出勤しても誰も何も感じてくれない男性中心の職場でがむしゃらに働く生活がいつまで続くのか、という悩みをやさしく電話で慰めてくれたのもピエールだった。親が実家に戻ってこいという言葉を考えてみてもいいかな、と最近では弱気の性格が表に顔を出すことも多くなった。

五時二〇分　羽田空港オペレーションセンター　運航技術部

会社の技術部専用の駐車場に車を止めてから、運航技術部の部屋の鍵を返却した守衛室によって声をかけた。数時間前に「お疲れさま、お休みなさい」と労ってくれた同じ守衛さんが「何か忘れ物でも……」と怪訝な顔をしてのぞき込むようにして尋ねてきた。

「イヤ、急に仕事が入りました。大変なんですよ」

と手短に作り笑いをして答えた。

「ご熱心ですね、お仕事。さっき帰ったばかりじゃないですか。まだ外は暗いのに」

と今度は哀れむような顔をされた。鍵を受け取っているときに、これでは当分、嫁にも行けそうにないと考えているような視線を感じたが、無視してエレベーターの方に歩いて行った。エレベーターを待っているときに、壁についている鏡に映った素顔のままでシーツの跡が頬にかすかに残っている自分の容姿を見ると、守衛さんがじーっと自分の顔を見つめていた理由がわかった。そして自分がそのときに感じた直感にも納得した。もう肌の張りもなくなってきている。親の声がまた聞こえたような気がした。このままだと女であることを忘れそう、とぼやきたくなった。

明日までにボーイング社から発行されたサービス・ブリテン（提案書）を処理して と村上チーフから頼まれた書類の山が、机の上でそのままだった。人使いの荒い上司だなと思って書類を少しだけ横にずらしてスペースを作った。何から手を着けようかと考えて、まずはコンピューターのスイッチを入れた。起動するまでの間にお茶を飲むために湯沸かしポットの置いてある場所に向かった。電源を切って帰ったのが数時間前だったから、ポットのお湯はまだ温かかった。お湯が沸騰するまでのあいだ、テレックスが入っているだろうと思って見に行った。広い部屋で一人っきりだったので、無駄とは知っていたが全部の蛍光灯を点灯させ部屋中を明るくした。テレックスからは沢山の紙がはき出されていた。ニューヨークから入電していた箇所だけを引きちぎって残りをそのままにして机に戻った。タイヤの破片が見つかって、そこに「……STONE」の文字が読めるという内容だけの第一報だった。

「これじゃあ、まだうちの5便だとは限らないじゃん」

ふてくされたように独り言をつぶやいてお茶を淹れに立った。濃いめの紅茶ですっきりしようと思って引き出しから紅茶缶を選んで取り出した。そのときの気分で紅茶のテイストを選べるように、引き出しの中には数種類の自分専用の紅茶が小さな缶に詰め直して用意してあった。フランスに留学しているときからフォションの紅茶がお気に入りのブランドだった。アップル・ティーの金色の小さな缶を選んでスプーンで蓋をあけた。

紅茶カップから一口飲んでそれを机の端に置いて、今日の5便は何号機を使っているのかしら、キーボードを叩いて整備のデータベースに入っていった。

8162号機と判ったので、最近のトラブルを検索した。ギア関係のトラブルは見つからなかった。「STONE」からブリヂストン製のタイヤが装着されているのかを調べるために別の検索ページをめくった。航空機用タイヤのメーカーはブリヂストン製以外にも、ヨコハマ、ミシュランなど内外のメーカーがあったことを思い出したからだ。記憶ではアメリカ製のファイアストンは使っていないはずだった。一八本中一〇本にブリヂストン製のタイヤが装着されていることが判った。

ディスプレイには個々のタイヤの装着位置が記号で表示されていて、その横に併記してシリアルナンバー（製品識別番号）とリキャップ（更生）の回数が表示されていたのでプリントアウトした。リキャップ五回目と六回目のタイヤが同じ車軸に並列で装着されていて、どちらもブリヂストン製であるのが判った。タイヤは更生回数六回を越えると廃棄処分になる。偶然、使用頻度が多いタイヤが重なって装着されていたのだ。

７４７整備マニュアルを机の上に広げてギア関係のページを開いてシステムをレビューして着陸装置とタイヤの位置を頭の中でイメージし、整備工場で見たジャンボ機の着陸装置と重ね合わせた。ここまで調べてから、ニューヨークの整備に連絡して最新の情報をもらおうと社内電話帳を机の引き出しから取り出した。

ニューヨーク整備主任の浅田に繋がった。

ニューヨーク空港事務所から先ほど回収した破片の中にシリアルナンバーらしき数字の入った破片が見つかったと言うので読み上げてもらった。先ほどプリントアウトした紙を横目で見ながらチェックしていると、同じ番号が記載されている箇所を見つけて指が止まった。ブリヂストン製でしかも先ほど見つけたリキャップ五回目のタイヤだった。装着場所は右側ウイング・ギアの右側後輪と記されていて、ペアになっている左側後輪タイヤは六回目だった。浅田は会話の中で、回収したタイヤ破片の量から、バーストしたのは一本だろうということだったが、渋谷は、この判断は現時点ではできない、村上チーフが来てから相談すると返事をした。

「東京の運航技術部から５便の方に連絡しようと思いますが、ニューヨークからの方がいいですか」

と確かめてみた。村上チーフに5便に連絡するようにと電話で頼まれたのは覚えていたが、できることならニューヨークに対応を任せたかった。そうすれば、もう少し考える余裕ができると思ったのだ。

「こちらの整備部門で出社しているのは私だけが日本人で、メカニックはユニオン（労働組合）の関係でアメリカ人ばかりです。駐在の日本人メカニックはいるんですが、ヘルプのような形でのみ働くことが許可されている状態で、あいにく今日は非番です。支店航務部の渡辺とも相談した結果、可能でしたら運航技術部が直接5便に連絡していただけるとありがたいという結論になりました。新たな情報が判れば、運航技術部に直接連絡を入れますから、よろしくお願いします」

東京からの5便へのコンタクトを頼まれた。こうなることを村上は知っていたのだ。運航技術部の窓際には、フライト中の飛行機に直接連絡が取れる三台の電話と無線装置が並べて置かれている専用施設が備わっていた。今回のようにフライト中のパイロットと直接連絡を取って運航支援をするためのものである。運航技術部なら誰でも使えるようになっていたが、渋谷は一人で対応するのは初めてだったので、備え付けの使用方法のパンフレットを見ながらおそるおそる5便に電話をかけた。

「悪い、悪いねー、こんなに早く」

電話をかけ終わってぐったりしているときに、大きな靴音を響かせながら村上が入ってきた。今までの経過を報告しようとすると、

「うん、まずはコーヒーでも飲んでからね」

と言ってポットの方に歩いていった。

「お湯はもう沸騰していますよ」

村上の背中に渋谷は半分イヤミを込めて、大きな声をかけた。村上はしばらくしてカップを熱そうに持って戻ってきて、自分の椅子に座った。紙コップのインスタントコーヒーを飲みながら渋谷から5便に関する報告を聞き終わると、目をつむって少し考えてから、

「今までにも離陸中にタイヤ・バーストした事例があったと思うんだ。報告書が裏の書籍棚の中にあるはずだから探してきてよ。三列目の上から二段目かな、参考になるかもしれないから」

コーヒーを飲み直した。

「そうか、このまま成田まで飛んでくるか……長い一日になりそうだな」

村上は渋谷の後ろ姿を見ながら独り言をつぶやいた。

「二件見つけました！」

しばらく裏の書庫でゴソゴソしていた渋谷が、キャプテン報告書を二冊抱えて持ってきた。大きな機材の不具合や運航上のトラブルに遭遇したとき、キャプテンはその顚末を報告書として残しておくことが規定で定められている。しかし内容は事務作業に慣れないパイロットが短時間で書き上げようとするので事実関係だけを箇条書きにした無味乾燥な文章で綴られていることが多かった。トラブルが発生したときのキャプテンの機上でとった処置、地上からの支援がどのようなものであったか等の詳細はキャプテン報告書を読み慣れていないものには判りづらい。

しかし、これを整理しておくことは運航技術部の財産でもあり、その行間を読み解けるのは村上のようなベテランの運航技術部の人間か、同じ体験を共有できるパイロットだけである。

「さすが村上さん、運航技術部の生き字引ですね、伊達に運航技術部勤めが長くないんですね」

遠慮しない言葉で感心しながら渋谷は棚で見つけたファイルの一冊を村上に渡し、残りの一冊を「読んでいいですか？」と断って、自分の机に置いた。どこの職場もそうだが、長く勤め上げるにはそれなりの才能が必要である。

村上はメカニック出身なので飛行機の専門知識も豊富で試験飛行室のパイロットと接する機会の多い運航技術部勤務も長かった。気むずかしいと言われているパイロット気質もよく判っていたので、何事に対しても自分なりの意見を持っているパイロットからも一目置かれる存在で信頼もされるようになっていた。地上職の上司も村上のパイロットと地上職の両方の専門知識を兼ね備えていることを重宝がり、彼を運航技術部に長く留めておく理由にしていた。

しかし、地上職としてもう一段ステップアップして部長になれなかったのもまた、両方の知識を持っているがゆえだった。ときとして正論でパイロット寄りの意見を主張し過ぎて、地上職の上司から反感を買うこともあったからだと言われている。その些細な対立を厄介に感じて方針を変えようと思ったこともあったが、相手を無視して自分の考えることだけを主張してしまうB型と理数系の悪い癖が出て、村上は融通を利かせるということができなかった。それよりも自分の飛行機の知識を重宝がってくれるパイロットがいる現在の環境が自分には好ましいと考えるようになって、転属願いも出さないできたのだ。

パイロットはそういう現場の気持ちを理解できて一匹狼的な存在になった村上の中に、パイロット気質を感じとって、地上の力強い仲間だと思うようになっていた。

「一件はシカゴで、離陸直後にタイヤのゴム片が、フラップの駆動シャフトを直撃してフラップが収納できなくなって引き返しています。二件目は、ロンドンからの便が巡航中に地上からの連絡で、タイヤ・バーストが判明しています。こちらの方はそのまま飛行を継続して成田に戻っています。今回のケースと似ていますね」

「今回はアンカレッジが中間地点としてあるが、ヨーロッパからだとシベリア上空は太平洋と同じで着陸できる空港がないのに……」

忘れかけていた記憶を呼び戻すために、もう一度「見せてくれ」と言って渋谷からファイルを受け取った。このときはソ連の通信事情が悪かったので、日本に近づくまで連絡が取れなかったことを思い出した。村上は面識のない5便のパイロットの思考を慮《おもんぱか》って、自分がパイロットだったらどう考えるだろうかと、自分の思考をその上に半分だけ重ね合わせようとした。村上のいつもの地上支援態勢の基本の考え方である。飛行機を安全に飛ばすことにパイロットは機上で百パーセント責任を持つが、かといって複雑なシステムを持っているジャンボ機を地上職の援助なしで安全運航させるのは不可能である。

地上と空中が役割分担をわきまえて自己主張し過ぎないことが、トラブルが発生したときにはなおさら重要だということを村上は長年の経験から判っていた。だから地上からの支援態勢を自己主張し過ぎないように自分の思考の半分をパイロットの要求に重ねて妥協点を見つけて協力していく。村上のこのような思考法は、安全運航には必要なことだと試験飛行室の乗員は理解している。しかし机の上で考える者に飛ぶことの何が判るのかと、一切の地上からの支援を無視し、こちらの要求することにだけ応えよ、と考えるキャプテンも多い。

「アンカレッジに近づいたらもう少し詳しい連絡が入るかもしれません」

渋谷は自分の机に戻り少し目を閉じて、先ほどの電話での5便との会話を思い出していた。

五時三〇分　北緯55度157、西経82度158

「こちらは羽田運航技術部の四発グループ、ランディング・ギアのシステム担当の渋谷と申します。さっそくですが、ニューヨークからのテレックスと電話でそちらの現状を伺いました。回収した破片の中からシリアルナンバーが見つかり、照合したところ、８１６２号機の右ウイング・ギアの右側後輪に装着されたブリヂストン製のタイヤであることが判明しました」

フォンパッチと呼ばれる電話と航空無線を繋いだ回線から女性の声が明瞭に流れてきた。北米大陸はＶＨＦ（超短波帯）が完備されているのでＨＦ（短波帯）のように雑音が混じらない。

「滑走路上のタイヤ回収は完了したのですが、ホイールと接しているビード部と呼ばれている部分のゴム片は回収できなかったそうです。飛行場内に散乱しているか、ギア・アップのときに一部が機内に収納されてしまった可能性もあります。タイヤの経歴はリキャップ五回目でした。関連システムに異常は無いと聞いておりますが、その後の状況はいかがでしょうか」

聞き取りやすいように、ゆっくりとした口調である。機内に巻き込んだタイヤの破片がギア格納庫にある油圧パイプライン、フラップ駆動装置などに損傷を与えていないのかを心配しているのだ。無線に応えてくれている女性はマニュアルの図面を机の上に広げて、被害の及びそうな箇所を一つ一つ確認しているに違いないと多嶋は会話を聞きながら想像した。

航空機用タイヤは高荷重の機体を支えて大きく変形しながら高速回転して、過酷な気象条件や荒れた路面にも耐えなければならず、表面のトレッドは着陸時に滑走路との摩擦で溶けて摩耗し、二〇〇から三〇〇回位の離発着回数で、トレッドの溝がなくなりリミットアウトして交換となる。しかし、離陸と着陸でタイヤが回転して高負荷になるのは短時間なので、サイド・ウォール部にはまだ強度が残っている。摩耗したタイヤは交換されてリキャップと呼ばれる外周のトレッド部分だけを張り直して再利用を繰り返すが、このリキャップも最大六回までと規定されている。渋谷はバーストしたタイヤが新品ではなく、更生したタイヤであると言っているのだ。

整備からの地上技術職とパイロットやフライト・エンジニアが試験飛行室の乗員として在籍している運航技術部は、整備サイドと運航サイドが意見を交換しながら航空機の運航マニュアルを作成、日常運航で発生する技術問題を解決する部署であるが、今回のような運航トラブルが発生したときには、地上から飛行機に直接援助できるような態勢をとることもある。整備技術部という整備専門の技術集団も別組織としてあるが、運航中のトラブル発生の場合は、試験飛行室のパイロットも配属されていて運航の知識も持ち合わせている運航技術部が主導権をもっている。

運航技術部の地上職の主要なメンバーには、緊急の場合に備えてポケベルが支給されている。おそらく彼女もシステム担当として、上司から自宅のベッドの中で呼び出されたのだろうと、松波はすでに日本時間にセットしている腕時計を見て思った。

「現在はシステムに異常は見つかっていない、離陸中にキャビンでも大きな音とか振動はなかったことは確認した。フラップも正常にアップしてハイドロ（作動油）も大丈夫だ」

「今、図面を見てお話をしているのですが、ギア周りにはエンジン・コントロールのケーブル、真上には燃料タンクもあります。これらにも異常が見つかっていないと理解してよろしいですね」

「キャビンから翼上を見てもらったが、燃料が漏れている形跡も飛沫《ひまつ》も見つかっていない。エンジンも順調に、スラスト・レバーの動きもスムーズにコントロールできているようだ」

話し終えてから松波は多嶋を振り返り、これでよかったよなと暗黙の了解を得た。

これから太陽を追いかけるように西に向かって飛び続けるので、成田空港に着陸するまでは明るいままである。チーフパーサーの斉藤にキャビン・ウインドウから外部を覗いて、時々翼上をチェックしてもらう必要があるな、と松波は考えた。渋谷への応答は松波一人に任せているが、会話のやりとりは全員がモニターしていた。傍目八目《おかめはちもく》という言葉があるように、このような場合は全員が参加するより会話は一人に任せ、会話の中から重要なヒントを見逃さない冷静な第三者が必要だった。さまざまなケースや状況を設定して解決方法を用意しておく。想定外のことが起こることが、一

前方より４本のメイン・ランディング・ギアを見る。手前の三角形のものはPACK用冷却空気取り入れ口

タイヤ・バーストしたとされる右ウイング・ギア

番危険であると多嶋も知っていたから、地上からの冷静なアドバイスを歓迎した。

ジュニアは熱心に会話を聞いているあまりに、管制官が自分たちの便名を呼び出しているのを一回聞き漏らした。多嶋の指摘で、ジュニアはもう一度管制官に聞き返さなければならなかった。

「この狭いコックピットには三人しかいない。議論に加わりたい気持ちは理解できるし無理もない。しかし、キャビンには我々に命を委ねている乗客のいることを忘れないように。飛んでいることを忘れてはいけない」

ジュニアに向かって、松波が管制を聞き逃したことに忠告を与えた。

一九七二年一二月、フロリダ州マイアミ国際空港に着陸しようとしたとき、ランディング・ギア（着陸装置）が確実に降りて、ダウン・ロック（固定）されたことを示すグリーンのランプが点灯しなかった。コックピットの三人全員が、原因探しに夢中になってオートパイロットが外れているのに気づかずに、フロリダの沼地に墜落してしまうという事故が起きた。原因はランプの球切れで点灯しないだけだった。この事故をきっかけとして多くのパイロットが一点集中に陥ることの危険を学んだ。

ジュニアはこれ以降飛行に専念することになったが、一番身近な第三者としての聞き役を兼ねることも忘れてはいなかった。しかし、思っていることを黙ったままにしておくことは、副操縦士の任務ではないと言う父親の先ほどの教訓も肝に銘じていた。一を聞いて十を知ることは理想だが、少なくとも一を聞いたらその一は忘れてはいけない。二を聞いたらその二を忘れてはいけない。二を聞いて一を忘れるということはパイロットとしては失格なのだ。一を聞いて一を忘れる人間は、どんなに望んでも旅客機のコックピットの席に座ることはできない。

「こんな時間に運航技術部には女性が出勤しているのか？」

日本時間では午前五時半になろうとしていた。ニューヨークとは一三時間の時差がある。マイクを覆って声が聞こえないようにした松波の言葉に多嶋も驚きの表情で応えた。

「離陸してから約二時間が経過している。バーストしたタイヤが、一部機体内に収納されているかもしれないという件は了解した。バーストした破片が、どのように飛散したかは判らないが、単純に考えてその後方にあるフラップ、尾翼のエレベーターなどに影響があるかもしれないが、今のところ損傷はないと考えている。コックピットで相談した結果、万が一の場合は途中のアンカレッジにもダイバート可能なので、このまま成田への直行を決断した」

松波がこれまでコックピットの出した結論を伝えた。

「これ以外でも何か情報があれば些細なことでもいいから教えて欲しい。いつ呼んでくれてもかまわない」

「判りました。村上チーフにも緊急呼び出しがかかっているので、羽田に向かっているところです。これからは運航技術部が、この件の窓口になったとお伝えするようにとの伝言をもらっています。こちらは今から常時スタンバイしていますので、必要なときはいつでもお呼びください。それでは通信を終わらせていただきます」

渋谷は電話番号を知らせてから通信を切った。5便から呼び出す場合、地上の無線局が交信を接続するために電話番号が必要なのだ。

「いやに簡単に会話は終わってしまったけど、彼女は我々の状況を理解できているんだろうね」

松波は女性が航空機のメカニックになって、しかも運航技術部でシステム担当をこなしているというのが信じられない様子だった。飛行機が運航しているときにトラブルが発生した場合、その原因や対策などの疑問に対応する窓口が運航技術部であり、パイロットは短い時間で納得できる簡潔で的確な回答を要求する。女性が務まるような職場ではないと松波は考えているのだ。

「僕は彼女とは同年入社でしたので少し知っています。これからは女性の繊細な細や

コックピットからは外側のエンジン（NO.1とNO.4）のみしか見ることができない（富士山上空にて）

かさで飛行機の整備も見る必要があると いう方針で、女性採用を決めたと聞いています。整備女性総合職で才媛。しかも美人ですよ」

ジュニアは、彼女の名誉のために最後に付け加えた美人という言葉は余分だったかなと思い、彼女の顔を思い浮かべてみた。口が滑ったとはこういうことだったが、父親とは顔を合わす機会もないだろうと考えて、あえて言い直さなかった。

「もしもだよ、タイヤの破片がギア・ウエル（格納庫）に残っている場合、ギアを降ろしたときにはどうなるんだ」

松波が多嶋に相談した。降下してから の飛行機の形態を頭の中で思い描いてから、多嶋はゆっくり喋った。

「フラップは通常通りに展開できると思いますが、ギアは早めに降ろす必要がありますね」

「そうだな、海上で降ろす必要があるな。もし、タイヤのゴム片が民家にでも落ちたら大変だし、今日は北の風が卓越していたからランウエイは『34』だな。『コスモ』(九十九里浜上空の位置通報点)までに降ろせばいいだろう。うーん、もっと手前の方がいいかもしれんな」

松波も着陸を思い描いていた。ランウエイ「34」は海側から北に向いている滑走路である。

「ローパス(低空飛行通過)はどうかな?」

成田の滑走路上を高度五〇〇フィート(一五〇メートル)で水平に飛行して地上のメカニックからギアの状態を見てもらってはどうかと松波は言っているのだ。

「ギアのホイールの状況、破損状況などの確認には有効ですね。夕方の成田は混んでいますよ、やらせてくれますかね。それと、天候は大丈夫でしたか?」

「TAF(空港天気予報)では問題なかったです!」

ジュニアが、ディスパッチで渡された資料をファイルから抜き出して松波に見せた。シーリング（雲底）が低ければ、地上から管制官が飛行機を視認できないから許可されない。天候が良好ということが必要条件なのだ。

「エマージェンシー（緊急事態）とまでは言わないが安全のためだ。リクエストすれば管制官も駄目だとは言わないだろう」

松波が答えた。

「ギアはノーマルに降りるんですか？」

ジュニアが二人の会話を聞いていて疑問を挟んだ。

破片がギア・ロックに挟まっていれば降りない可能性もあると考えたのだ。

「そういう状況も考えていた方がいいな」

松波もすぐに同意した。機体に収納されているランディング・ギアは不意に降りないように機械的にアップ・ロックがかかっている。着陸時にはそのロックを外すために通常は油圧モーターを使う。

「もしギア・ロックが外れないと、代替手段のエレキ・モーターでも外れない可能性が大きいですね」

多嶋がシステム図を思い浮かべて、最悪の可能性を付け加えた。通常では油圧モーターでギア・ロックを外すが、ハイドロ・フェイリャー（作動油システムの故障）などの場合はエレキ・モーターでロックを外すためにチェックリストによる代替手段を実施する。しかし、ロックそのものが、タイヤの破片が挟まったりして固着して作動しないと仮定すると、代替手段でもギア・ロックを外せないかもしれないと多嶋は言っているのだ。

「右のウイング・ギアが降りなくても、性能的には着陸できます」

コックピットの性能マニュアルをチェックし直した多嶋が答えた。

「しかし、右のウイング・ギアが降りないまま着陸すると着陸時の衝撃で右側への踏ん張りが利かず、最悪の場合は右翼端が接地してしまう危険性があるので、正常な左側のウイング・ギアもアップにして着陸しなければならないと運航マニュアルで規定されています」

「そうだったな、左右のボディー・ギアだけでの着陸は横風制限もあったのでは？」

松波がシミュレーター訓練を思い出して言った。

「横風成分二〇ノット以下での着陸に限られます」

多嶋がマニュアルの注意書きを付け加えた。ボディー・ギアは胴体の下部両側に備わっているため、両ギアの間隔が約四メートルと両翼に取り付けられているウイング・ギアの一一メートルと比べて狭い。そのために着陸したあとにヤジロベエのよう

ペイントされていないジャンボ貨物機、JA8180号機。ペイントすると約350kgの重量増となる

な不安定な形となり、過大な横風成分を相殺させるために機体を傾ける必要のある横風着陸では左右のエンジン下部を滑走路面に接触させる危険があるのだ。

「まぁ、最初からパーシャル・ギア・ランディング（胴体着陸装置だけを使った着陸）をやる必要もないだろうが、もしギアが正常に降りなかったらその時に考えよう」

松波はやはりシミュレーター訓練から、その時になってからでも対処する時間的余裕はあると判断した。

「どうだ、何か抜けていることはないか？」

松波は多嶋との会話を操縦に専念しながら聞いていたジュニアに尋ねた。

「消防車とか救急車とかのリクエストはどうしますか？」

「救急車はともかく、消防車はリクエストしておいた方がいいかもしれませんね。ギアが正常に降りたとしてもタイヤがなくなったホイールが滑走路との摩擦で発火するかもしれませんから。三人寄れば文殊の知恵でしたね。さすがジュニア！」

多嶋がジュニアに向かって彼の傍目八目の結果出てきた言葉を褒《ほ》めた。

「映画で見たことあるんですが、泡消火剤を滑走路に撒《ま》いてもらうというのはどうなんですか？」

ジュニアが多嶋の言葉に気をよくしたか、新たな提案を付け加えた。

「火災防止でそれもいいかもしれませんね。父上のラスト・フライトが消火剤の白い絨毯《じゆうたん》の上へのランディング、というのも記念になりますよ」

多嶋が笑いながらジュニアに言うと、それを聞いて松波はつい口から飛び出てしまった。

「俺は『白い滑走路』の田宮二郎か？」

一九七四年にテレビ放映された連続ドラマの題名で、主人公の田宮二郎のパイロット姿に多くの若者が共感し、相手役の山本陽子のスチュワーデス姿に憧れた。『白い滑走路』に感化されてパイロットになった現役パイロットも多い。

「うまいこと切り返しますね、今日はアナウンスといい、言葉が冴えていますよ」

多嶋が答えた。松波はまんざら悪い気持ちにもならなかった。しかし、照れを隠すような仕事口調に戻って、

「判った、アンカレッジの近くでカンパニー・ラジオを通じて運航技術部へ連絡してもらおう。ローパスのリクエストと泡消火剤の散布だな。そのときにもっと詳しい情報も得られるかもしれない」

と言ってうまく話題を切り替えた。

「アンカレッジまであと五時間か。それまで腹が減っては戦はできぬ。食事でも用意してもらおうかな。メニューは置いてあったね」

振り返って多嶋の差し出すメニューに手を伸ばした。

「いつものメニューです。最後ですからお好きなものをどうぞ」

アッパー担当の村山が手描きした、牛と鶏と魚の絵で食事の内容が示されたメニューを渡した。

「そうだな、でもあみだくじで決めようか、好き嫌いはないから」

松波はしばらくメニューを見ていたが決められなかった。最後の晩餐《ばんさん》ならぬ、コックピットでの最後の食事である。松波は胸に迫るものがあった。

「これからは身体検査を気にしなくて、何でも食べられますね」

羨ましそうに多嶋が食事の話題を続けた。半年に一度の航空身体検査は老眼以外、年齢に関係なくパイロットになり立ての若者と同じ基準で検査されて合格ラインをクリアしなければフライトできない。年齢を重ねたキャプテンが若いパイロットたちに交じって日常生活のありとあらゆる場面で体力と健康維持に汗水を垂らしているのを多嶋は知っていた。

松波もキャプテンとしてラスト・フライトの指揮をとり、しかも自分の息子と一緒

クルーミール。紙のボックスにきれいに並べられている

に飛ぶために健康維持してきたに違いないから、人並み以上の努力をしてきたのだろうと多嶋は容易に想像できた。だからこのフライトが終われば健康のための食事制限も解除ですねと言って羨ましがったのだ。多嶋も例外ではなかった。暴飲暴食しても身体検査を合格していた若いときが懐かしかった。ラスト・フライトが終わったらトンカツを腹一杯食べるんだと言っていたキャプテンがいたことを思い出し、松波はいったい何を食べるのだろうと思った。データ・カードの裏にあみだくじの三本線を書いて多嶋は松波に差し出した。

「一番左にして」

いつものキャプテンの位置を指さした。副操縦士は右端、フライト・エンジニアは真ん中。コックピットのシート配置と同じ場所を選ぶ。余分なことには頭を使いたくない。それなら最初から欲しいものを選べばいいのだが、プロセスを重んじるというパイロットの習性がそうさせている。

「キャプテンはステーキに決まりました。今から温めてもらえますか、飲み物は日本茶でお願いします」

インターフォンを取りアッパーの村山に食事の用意を頼んだ。

「お待たせしました」

村山がトレイに載せた白い紙のボックスを持って、コックピットに入ってきた。

「ほら、噂をすれば5便の山本陽子さんが来ましたよ」

多嶋が『白い滑走路』のヒロインの名前を言って、用意していた乗客用の小さな羽毛枕を松波に渡した。食事といえどもフライト中は席を離れることが許されないので、羽毛枕を膝の上に乗せてテーブル代わりにし、その上にステーキとパン、デザートなどが寄せ木細工のようにうまく収納されている紙ボックスを置いて食事をする。

「キャプテンがこんな格好で食事をしているなんて、誰も思わないだろうね」

と言いながら枕を受け取った。

「山本陽子さんって、どなたですか？」

松波にボックスを載せたままでトレイを渡しながら村山が尋ねた。

「『白い滑走路』というテレビ番組知ってる？」

多嶋が答えた。

「母に聞いたことはありますが、私は見たことがありません」

泡消火剤のことは伏せて、テレビ番組のことだけを説明すると村山は興味深げに聞いていた。

「〝田宮二郎キャプテン〟の後は、どなたのお食事を用意すればよろしいですか？」

村山も笑いをこらえて、山本陽子を演じた。

「では、キャプテンが食べ終わってから僕の分をお願いしてもいいですか、僕の食事は何になりました？」

ジュニアが振り返って多嶋に確かめた。

「チキンになっています。私は健康のためにフィッシュになりました」

「判りました。ではまた後ほど連絡します。失礼します」

温めてもらう時間と飲み物を記入した先ほどのメニューを持って、村山はコックピットを出て行った。

会社の規定ではキャプテンと副操縦士はフライト中、食事の種類および時間が同一とならないように配慮すると定められている。これは一九五八年に発表されたアーサー・ヘイリーの小説『FLIGHT INTO DANGER』で、コックピット・クルー全員が食中毒のために操縦不能になるといった内容に由来しているらしいが、真偽のほどは判らない。

実際に食中毒でフライトができなくなったというレポートを見たこともないから、おそらく小説に由来しているのが事実だろう。食事中は他の二人が飛行機の操縦と管制モニターを任されるから、会話を楽しむということはない。独り黙々と食事を食べなければならない。早飯喰いもクルーの条件だと言われるのは、こういうことに由来している。

「ユー・ハブ!」

ジュニアに操縦を任せてから、松波は厚いステーキを頬張った。多嶋はこのフライトを最後にリタイヤする人間の食欲とは思えないと感じながら、エンジニア・シートを後方に下げてエンジニア・パネルのスキャニングをした。ライトをクリスマス・ツリーにしてから警告ライトが点灯していないか、油量が減っていないかをチェックした。まだ異常は見つからなかった。しかし、平静を装っていても、いつ様相を変えて牙をむき出すかも知れないという懸念がコックピットの三人の頭から消えることはなかった。

九時二〇分　アンカレッジの北　北緯66度、西経151度

「リクエストの件は、すべて東京に連絡しておきます。それではお元気で！　アンカレッジを忘れないで、また機会を見つけてサーモン釣りに来てください。お待ちしております！」

「ありがとう、支店の皆さんにもよろしくお伝えください！　何十年も飛んできたアンカレッジは忘れられません。またキング・サーモンを釣りにきますよ！」

白い陰影で浮き彫りにされたような三万三〇〇〇フィート（一万メートル）の高さから見る地表は、雪と氷に覆われた見渡すばかりの前人未踏の白い原野のようだったが、送電線か石油パイプラインが敷設されているのだろうか。飛行機の針路と直角になって見える南北に走る二本の並行する直線が、原生林を切り倒して白く刻まれ、すでに未開の地ではないことを表している。

その先にはアンカレッジの街と空港があるはずだが、目で追ってみても二〇〇キロ

メートルも南なので水平線の向こうになって見つけることはできなかった。

しかし、カンパニー・ラジオから聞こえてくる音声は、隣人と会話をしているかのように明瞭だった。対応してくれたアンカレッジ国際空港支店のディスパッチャー(運航管理者)の木村に成田空港まで直行することを知らせ、成田に着陸するときに準備してもらう用件もすでに伝達済みだったので会話の声は明るかった。離陸して約七時間経って飛行機のシステムに異常もその徴候も見つからなかったので多嶋とも相談して、後半七時間の洋上飛行も可能だろうと判断して飛行継続を決めていた。

アンカレッジとの最初のコンタクトは、通常の位置通報と航路上の気象状況の交換から始まった。その後に成田空港までの飛行継続を知らせると、

「もう一度お会いできると思っていましたのに残念です」

と木村は返答してきた。その声に潜むほっとしたような安堵感を松波は感じて、木村を親しみを込めて少しいじめたくなった。

「それでは、点検するという名目でそちらに寄ろうか?」

と切り返した。

「いや！　いま、旅客の食事の搬入先を探している最中でして……」

途端に歯切れが悪くなり、慌てている様子が窺えて気の毒になった。

アンカレッジに向かって、アラスカ上空

アラスカ上空から氷河を見る

「ラスト・フライトを設定し直すのは面倒だから、このまま成田直行は最終決定だよ」

今度は事務的に、

「判りました！」

とだけ返答してきた。

アンカレッジ国際空港支店は、松波の緊急着陸に備えてメカニックの準備は簡単に手配できたが、それ以上にやっかいなことは、満席の乗客の食事など寄港地が増えることによる追加手配だった。アンカレッジが給油地として多くの旅客機が寄港していた数年前までは、ケータリング（機内食製造）会社も数社営業していたが、すでにその多くは撤退していて、緊急に三〇〇食以上の機内食を手配することは難しく、地上で乗客をアテンドするグランド・ホステスもいなくなっていた。緊急着陸がなくなったのでこれらの手配が不要になったことが、木村をほっとさせていたのだとアンカレッジの事情を知っている松波は思った。

アンカレッジで松波が最後にステイしたのは、二ヵ月前にフレーター（貨物便）でサンフランシスコからの帰りに寄ったときだった。まだ三月だったので六月から始まるサーモン釣りのシーズンには早かった。それが唯一の心残りだった。寄港しないと

上空からのアンカレッジ国際空港。左手前方には山岳波の原因となる山々が連なる

まもなく位置通報点。コントレール（飛行機雲）が交差しているところで多くの飛行機が通過する

判ったあとの会話は、そのときに空港事務所で木村と来年には仕事ではなく遊びで来ると約束したことの再確認のような雑談に終始して、カンパニー・ラジオの交信は終了した。ジュニアは、カンパニー・ラジオの会話をモニターしながら、父親はリタイヤ後に何をするかを家族には明らかにしていなかったが、いろいろと考えていることの一端を知ることができてほっとした。

「いやな雲が見えてきました」

グレア・シールドから顔を突き出して水平線を見ていたジュニアが、松波に振り向いて知らせた。白い水平線のすぐ上に先行機が残したコントレール（飛行機雲）の残《ざん》滓《し》が薄く毛羽立って漂っているのを視認したのだ。気流の変化による擾乱《じょうらん》がある徴候であり、このまま飛行を続けると揺れる可能性があるということである。この雲の観天望気は、前々回フライトしたときのキャプテンから教わったばかりの知識だったが、ジュニアはそれを言わずにあたかも昔から知っていたかのような口調で話した。

「トロポ（トロポポーズ）はどれくらいだった？」

松波がマイクを置いてジュニアと同じ方向を見た。

「この辺りは、三万三〇〇フィートに下がっていますね」

今日の天気図から解析され、プリントアウトされた緯度経度に対する高度と温度が並んだ数字ばかりの表をファイルから取り出してジュニアが答えた。

地球を取り巻く大気層の中で、気象現象が起こる地表からの層を対流圏、その上層を成層圏といい、二つの層が接する圏界面をトロポポーズ（対流圏界面）と呼んでいる。成層圏は気流の乱れが少なく比較的スムーズな飛行を期待できるが、トロポポーズ近辺は、気流が乱れて揺れることが多い。トロポポーズは対流の勢いのある赤道近辺では五万フィートの高さにもなるが、中緯度地方では三万フィートまで下がることもあるので、ニューヨーク直行便のように高緯度を飛ぶときは、トロポポーズを突き抜けて成層圏を飛行することも多い。

「このウエイト（飛行重量）では、三万五〇〇〇フィートまでの上昇は可能です」

二人の会話を聞いていた多嶋が、性能チャートを調べて応えた。最初は離陸重量が重くて、三万一〇〇〇フィートまでしか上昇できなかったが、燃料を消費して飛行重量が軽くなっている。それにつれて、ジェットエンジンの燃費もよくなるので最適な重量になると飛行高度を段階的に上昇させてゆくのだ。

「サービスはどうなってたかな？」

松波はキャビンのサービス状況を尋ねた。

「食事サービスは終わって、映画をやっていると報告がありましたけど、時差と疲れで大半のお客様は眠っていると思いますよ」

多嶋は、食事サービス中のキャビン設定温度を体温が上昇するため少し低めに調整していたが、映画を始めたという連絡で、暖かめに戻して調整し直したばかりだった。

「揺らして、お客さんもギア周りのシステムも、寝た子を起こすようなことをしたくないから、上をもらってくれるかな」

松波は右手の人差し指を上に向けて、ジュニアに飛行高度変更の管制許可を貰うように指示した。七時間、何事もなく飛んできたが、やはり松波は心のどこかで機体のことを憂慮しているのだ。管制指示を待っている間に、「カタカタ」と軽い機体の揺れが始まったが、まだ、シートベルト・サインを点灯するほどの揺れではないと松波は判断した。

「この高度では山岳波の影響は無いと思いますが、先日シグメット（空域悪天情報）が出ているときに離陸したんですが、ひどい目に遭いましたよ」

多嶋がアンカレッジを離陸したときの経験を話し始めた。

「離陸してフラップを揚げた途端に何か壁にぶち当たったようなひどい揺れに遭遇し、スピード計が三〇ノットから四〇ノットも変動したんです。最大上昇推力にセットしても上昇しませんでした。仕方なくメカニカル・ストップまでパワーを出してやっと難を逃れることができました」

「そうなんだ。春の雪解け間近になってアンカレッジの東側にある山脈を越えてくる山岳波はパイロットにとっては鬼門だよ」

　松波も何回となく遭遇したことのあるこの山岳波の脅威をよく知っていて、多嶋の経験を自分のことのように納得して聞いていた。ジュニアは黙っていたが、この会話から山岳波のことをまた一つ学んだ。日本では報道されなかったが、このフライトの二年後、一九九二年三月にアンカレッジ国際空港を飛び立ったボーイング747型貨物機が、この山岳波に巻き込まれている。その結果エンジン一基が空中で脱落し、アンカレッジ市街に上空からエンジンの破片を散乱させてしまうという事故を起こした。パイロットの必死の操縦で貨物機は残りのエンジン三基でアンカレッジ国際空港に緊急着陸することができ、住民の被害も少なかったのでアンカレッジ以外では大きく報道されることもなかった。

　航空管制が三万五〇〇〇フィートまでの上昇を指示してきた。ジュニアは管制許可を復唱しながらアルチ・セレクターのノブを回し、「35000」とデジタル・カウンターにセットした。多嶋はキャビン高度を上昇させた後、

「クルーズデータです！」

と言って松波にデータ・カードを渡し、そのまま左手でスラスト・レバーを前に進めて上昇推力にセットした。エンジンの咆哮がかすかに大きくなり、松波の前の高度計の針が上を向き始めた。

トロポポーズを突き抜けるときに少し揺れたが、水平飛行に移るときには穏やかな気流になっていた。松波はグレア・シールドから水平線と太陽を見ていた。北緯六〇度を越すと太陽の速度（地球の自転速度）より飛行機の相対速度の方が速くなり、太陽が水平線に沈まないで止まったように見える。ヨーロッパ線がアンカレッジ経由の北極回りで飛んでいたときは、一度沈んだ太陽が西の空から昇ってくる不思議な現象を見ることができた。松波はこのまま時間が止まってしまったらいいのにと外を見ながら考えていた。

「クルーズパワー・セット！」

多嶋がエンジンを巡航推力にセットしたことを知らせても、松波はまだ外を見ていた。振り返らずに右手の親指を上に突き上げ、了解のサインを出した。

ウインド・シールドの外は黒みがかった青一色となり、宇宙の暗黒を反映する成層圏の中をＪＡ８１６２号機は飛びはじめた。

――二〇〇七年三月二九日　三宅島上空試験飛行空域　失速スピード性能試験――

「次はランディング状態でのストール・スピード（着陸形態での失速速度）・チェックになります。一万七〇〇〇フィートでのテスト項目はこれで終了です。ノーズ・アップ（機首引き上げ）になるので注意してください！」

松尾がこれまでのように、テスト項目の注意書きをキャビンにアナウンスした。

フライト・テストで実施する多くの項目は、通常のライン（旅客）・フライトでは決して経験することのない領域を人為的に作り、機体設計者の意図した通りの飛行性能を日常運航で使用していても維持できているかをチェックすることが主目的である。

三万五〇〇〇フィートで実施したキャビンの与圧テストは、飛行機のシステムが予期せぬ状態になったとき、危険な状態にならないように仕組まれた代替システムが、自動的に取って代わって作動するかのチェックだった。

日常運航で主として使われているシステムが作動しなくなったとき、乗員がチェックリストに従って、手動で別の代替システムに切り替えて作動させるオルタネート・

オペレーション（代替手段）のチェック項目もある。代替システムは通常のライン・フライトでもほとんど使われる機会がないので、フライト・テストではこれらのシステムが必要になったときに正常に作動するかどうかを確めることも重要なテスト項目である。

ハイドロ（作動油）が流出してなくなったときに、ランディング・ギアのロックを本来の油圧モーターの代わりにエレキ・モーターで外す項目、フラップを電動モーターで展開する項目。その他にもエンジンが空中で何らかの原因、例えば火山灰などでフレーム・アウト（失火）したときに、チェックリストにより再着火させるテスト項目もある。これは人為的に多嶋が空中でエンジンをストップさせてから、チェックリストを読んで再着火させて実施する。

代替手段に切り替えるチェックリストを通常のライン・フライトでも希にではあるが、一般の乗員が実施しなければならない状況が発生することがある。その希なときのために、いかなるときでも確実に作動するように整備されていることが求められるからジュニアも多嶋も少しの不具合も見逃さないように真剣である。

今回の売却フライト・テストでは、ギアはエレキ・モーターでロックを外し正常に降りた。フラップも正常の油圧ポンプなら四五秒でセットできるのに代替システムで

地上で前縁フラップのチェックをしている。トラックは燃料補給車

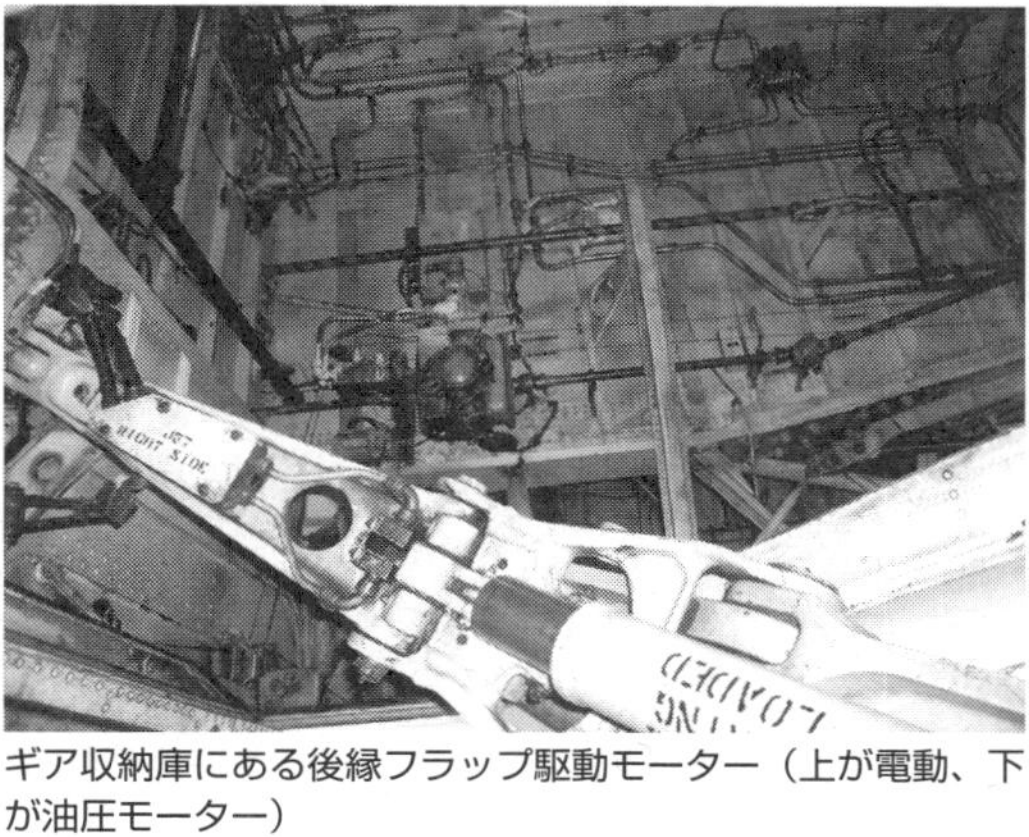

ギア収納庫にある後縁フラップ駆動モーター（上が電動、下が油圧モーター）

は六分以上要したが、規定の時間内に電動モーターで展開することができた。エンジンも規定されたスピードと高度ですべてのエンジンが再着火に成功した。これらのどの項目でも実際に乗客を乗せたフライトで起こると、半年に一度のシミュレーター訓練で技量を維持しているといえどもそのときのコックピットでは想像もできないような緊張感の中でチェックリストを読んで対処することになる。だが試験飛行室のパイロット達は、日常運航のように平然と対処してしまう。このことは小さな不具合を見逃す一因ともなるので、テスト・パイロットに任命されるには、技量だけではなく精神的にも弛まぬ人物が選ばれるといわれている。

しかし、これから実施しようとする実機でのストール（失速）・スピード・チェックは、フライト・テストでのみ実施される。訓練でもストールをパイロットは経験する機会はあるが、目的はストール状態に陥った状況からの回復操作の技量を養うためであり、飛行機の性能をチェックすることが目的ではない。

一九八三年に8－62号機が製造されたときの翼型特性を維持しているかのチェック、いわば飛行機の基本性能をチェックしようとしているのだ。

パイロットの航空身体検査基準が、肉体の経年変化に老眼以外は考慮していないのと同様に、二〇年以上も飛び続けてきた飛行機にとっても酷なチェックであることは

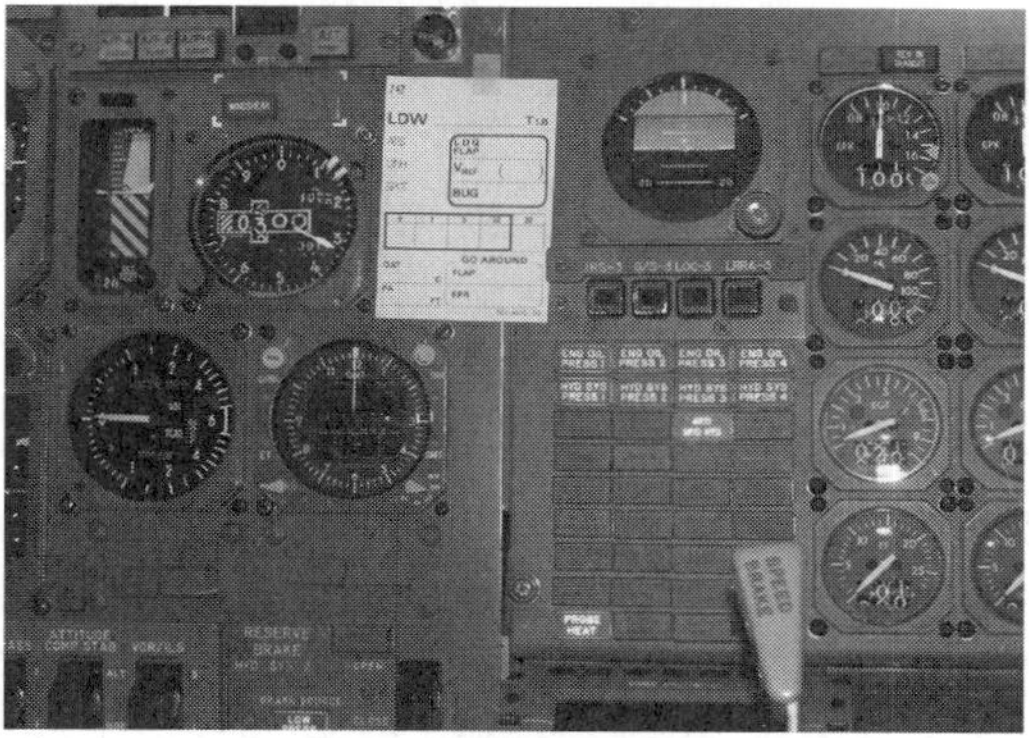

データ・カードはキャプテン高度計の右に、テープで貼りつける

シンガポール上空にて、フライト・テスト中のリゾッチャ・ジャンボ機。脚出しており機首上げ角が大きい様子からストール・スピード・チェックのために減速中

容易に想像できる。性能が基準を満たさなかったからといって、飛行機の翼を交換することはできないからだ。身体検査の基準に達しなかったからといって、パイロットに人体移植が許されていないのと同じことだと多嶋は思っていた。だからといって基準のハードルを下げるべきでないことも理解していた。人体も機体も安全には妥協を許さない一定の基準が必要だと考えているからだ。飛行機では日本航空の整備を信頼するしかないし、自分の身体では自分が管理していることを信じるしかない。

「飛行重量は二二七トン（五〇万ポンド）。重心位置は二一パーセントになります」

多嶋が残燃料から求めた値を聞いた松尾は、チャートからストール・スピードの数値を計算した。飛行重量から求めたストール・スピードを基に重心位置で補正しているのだ。重心位置が前にずれるとストール・スピードは大きくなり、後ろにずれると小さくなる。

「フラップ30のランディング・データです」

多嶋はジュニアにデータ・カードを渡した。

キャプテン高度計右横のスペースにテープで貼られたデータ・カードを見て、副操縦士役の青木が、まず自分のスピード計の周りに配置されている五個のホワイト・バグと呼ばれる目印を、各フラップ・スケジュール・スピードに合わせてスライドさせてセットし、次にオートパイロットに組み込まれたノブを回して、スピード計の赤バグを「Ｖｒｅｆ」と呼ばれるスピード、一三三ノットにセットした。

「ユー・ハブ!」

青木に操縦を任せて、ジュニアも自分のスピード計を同じようにセットした。

「セット・アンド・クロス・チェック（Set and Cross Check）!」

ジュニアは青木のスピード計を、青木はジュニアのスピード計を互いに見て正しくバグがセットされているかを声に出して確かめ合った。

飛行重量五〇万ポンド、着陸フラップ角三〇、ギア・ダウン形態、地上付近でのストール・スピードは一〇二ノット、その一・三倍がＶｒｅｆと呼ばれるフラップ展開のための基準スピードである。

日常運航のフライトでは、そのときの着陸重量によって算出されたこのＶｒｅｆスピードを守って、滑走路末端を通過することが定められているが、フライト・テストでは余裕を持たせて、ギア・アップでのストールをチェックすることになっていた。

「一万七〇〇〇フィート、重心位置二一パーセントでのストール・スピードは一〇九ノットになります。許容範囲は、プラスマイナス四ノットです」

「スピードが一〇五ノットから一一三ノットの間でストールになります。一〇四ノットになってもストールに入らない場合は即刻テストを中断してください」

松尾がテスト・マニュアルに書かれている警告を読み上げた。ジュニアと青木は先ほどの赤バグを「一〇4」にセットし直して絶対下回ってはならない目印とした。

「了解！」

「了解！」

「了解！」

ジュニアと青木と多嶋が同時に答えた。全員がストール・スピード・チェックの危険性を知っているのだ。飛行スピードがストール・スピード以下になって失速状態になるとは、飛行機は飛行するのではなく、自然落下する鉄のかたまりと同じになるということである。

ダグラスDC—8型機が、沖縄の洋上テスト空域でフライト・テストを実施しているとき、ストールから機体が水平に回転して、操縦不能になるフラット・スピンと呼ばれる失速状態に陥ったことがあった。幸運にもそのときは水平回転で発生した遠心力で、エンジン二基がパイロンから脱落して空力的バランスが狂い、奇跡的にスピンから回復することができて、那覇空港に緊急着陸したということがあった。この事例をストールの教訓としてジュニアも試験飛行室に配属になったときに聞かされていた。

「フラップ30！」

ジュニアが声を出すと青木が復唱して、フラップ・レバーを「30」の刻みにセットした。

「ブーブー」

大きな警報音が鳴った。センター・ペデスタルにある警報音停止ボタンを押しても鳴り止まない。

飛行機が着陸するときのフラップ角度（二五または三〇ユニット）になっているにもかかわらず、パイロットがランディング・ギアを降ろすのを忘れていることを知らせる警報音である。空中でフラップを着陸形態にするストール・スピード・チェックの合間に、ギア警報のチェックもすることになっていた。警報音を止める手段は、ギアを降ろす以外に方法はない。しかし、ギア・アップ状態でのストール・チェック中なのでギアを降ろすことはできない。

「ギア警報音のチェックは正常！」

多嶋は松尾に記録するように言ってから、エンジニア・パネル後方にあるギア警報音のサーキット・ブレーカーを抜いて電源を切り警報音を止めた。

スピードを読み上げる声が聞こえなくなるため、フライト・テストだけに許される行為である。テストが終了したあと戻し忘れないように、多嶋は指先の爪にテープを貼ってリマインダー（目印）とした。

「セット・N1、六〇パーセント！」

ジュニアがスラスト・レバーを引いて、ファンブレードの回転数を六〇パーセントに合わせるように指示した。エンジンのファンブレードの回転数は、標準大気の条件で最大推力を出しているときを基準に一〇〇パーセントとして、毎分何回転のようには表示されない。

「セット！」

多嶋が六〇パーセントになったことを告げた。このパワー・セットでは8162号機を水平飛行で維持させるだけの余剰推力はない。パワー不足で機首を下げて降下しようとする飛行機を水平飛行させるため、ジュニアはコラム（操縦桿）をゆっくり引き続けなければならなかった。水平飛行で高度を維持しようとする飛行機は徐々に機首が上がっていき、空気抵抗が増加して、その分スピードはさらに減少して着陸スピード以下になっていった。スピードが遅くなって機首が上がっていくと気流が翼表面で乱れて渦となって剝離を始める。失速の徴候であり揚力《ようりょく》の減少が始まる。

ノーズ・アップは一四度以上にもなって、8―62号機が水平飛行の限界に達したとき、気流が翼表面から完全に剝がれて翼は揚力を急激に失い、機体の動きが止まり機首は下を向こうとする。その直前にジュニアの操縦桿がガタガタと振動を始めた。キャプテン席の操縦桿の根本に設置されている偏心モーターが回転して振動を発生させているのだ。ストールの前兆を知らせるスティック・シェーカーの作動である。

「ストール！　マックス・パワー！」

ジュニアが叫んで全員に失速状態になったことを知らせ、右手でスラスト・レバーを一気に前に推し進め、多嶋がそれをアシストして着陸復行（ゴー・アラウンド）パワーに調整した。ジュニアは同時にコラムを握っている左手を少し押し、エンジンパワー増加分で生ずる機首上げモーメントを打ち消すように機首を少し抑えた。エンジンは翼の下に懸架されているので、急激な推力増加は機首を上に向かせるような力を発生させるのだ。沈着冷静な操作をしないと二次失速の危険性がある。

着陸時のストールを想定しているので高度を大きく降下させると地面に衝突する危険性がある。スティック・シェーカーの作動が止むまでこの状態で高度を維持してスピードが増加してくるのをじっと堪えて待つ。スラスト・レバーを握った手に汗がじんわりとにじんでくる。スピード計を見る、少しずつ増加している。昇降計を見る、上昇方向に戻りつつある。水平線を見る、機体は水平を維持している。高度計を見る、降下していない。ジュニアの視線だけが忙しく計器の針を追って、ストールからの機体の回復をチェックしている。昇降計の針が少し上を向いてきた、スピードが増加して揚力が発生してきたのだ。

「フラップ20！」

ジュニアが指示した。青木はそれを復唱してフラップ・レバーを「20」の刻みに押し込んだ。

「スピードは一一〇ノット、高度は一万六九八〇フィート！」

ジュニアが、ストールに入ったときのスピードと高度を松尾に知らせた。ストールで揚力を失い二〇フィート降下してしまった。

「ウイズィン・リミットです」

松尾は、先ほどのストール・スピードの許容範囲に入っていることを宣言した。

「フラップ・アップ！」

飛行機を落ち着かせてからジュニアは振り返って、代理人のイワンに向かって右手の親指を上に向けて差し出した。

「グッド・エアプレーン、テスト・オールコンプリート！」

マックス・パワー！

翼の形状をしているフラップ・レバーの握り。逆噴射用のレバーは飛行モードのときはロックが掛かる

ジュニアのすべてのテスト項目が終了したという声に、代理人も笑ってオーケーサインを出した。

「アイシー（了解した）。ジャパンエア、メンテナンス、ベリーグッド。アリガトウ、マツナミさん」

イワンは覚えたばかりの日本語で、いい買い物をしたときのように満足そうに答えた。松尾は代理人とこれまでのデータ漏れがないかを照合するために、コックピットから出て後方のアッパーデッキ（二階客室）に席を移動した。代理人のオーケーサインが出るまで、再テストを要求されるかもしれないので試験飛行空域を離れることはできなかった。

「一〇八ノットを過ぎたときには、ストールに入らないかと心配しましたよ」

コックピットに三人だけとなったので、多嶋がほっとしたようにジュニアと青木に声をかけた。

「二〇年以上も酷使しているのにボーイング社の決めたストール・スピードでストールに入るんだから。まだまだ現役で使える、ということですよ」

ジュニアが言うと、

「本当に、こちらは今度の身体検査が無事パスするかどうかも判らないし、最近、物覚えも悪くなる一方。こちらこそ脳みそでも交換して欲しいよ」

飛行機の頭脳とも言われているＦＭＳ化の換装で苦労した青木が答えた。

「ジュニアはまだ若いからそんな苦労も判らないよな？」

「そんなことはないですよ。血液検査の数値なんか右肩上がりで悪くなる一方ですよ」

身体検査の結果は一覧表で本人に渡される。ジュニアはそれを毎回グラフにしていることを教えた。

「悪くなれば部品を交換して、いつまでも現役で飛べる飛行機が羨ましい時がありますよ」

パイロット同士なら、身体検査の話題になると尽きることがない。

「それにしても父上は元気でしたね。最後までニューヨーク路線を飛ぶことができたんですから」

多嶋が身体検査の話に加わった。

「それなりに苦労していましたよ。食べたいものも食べず、好きなビールも身体検査の一ヵ月も前から控えていたようです」

「それだけの摂生で飛べていたんだから、やっぱり元気だったんですよ」

日常生活には何ら不都合がない不整脈や高血圧のために路線が制限されていたり、投薬治療中はフライトができないために、地上に降りている仲間が多いことを多嶋は知っていた。彼らも決して不摂生な生活をしていたわけではない……。だから六〇歳までの定期的な身体検査をパスすることは、本人の努力だけの問題ではなかった。

「そうそう、先日、かつて上司のお伴をしてニューヨークへ出張したという人たちが、ニューヨーク機材のこの8-62号機が間もなく退役すると知って、あちらこちらから情報を集めて国内線を飛んでいることを調べ上げ、懐かしさだけの理由で乗ってきたそうですよ」

ジュニアがニューヨークの話題が出たので最近一緒に乗務したキャビン・アテンダントから聞いた出来事を披露した。

「乗客が全部降りてから、チーフパーサーに頼み込んで、何回も螺旋《らせん》階段を昇ったり降りたりしながら懐かしがっていたそうです。フライト中に上司から呼ばれてアッパーデッキへ上がるとき、自分もいつかはこの螺旋階段の上にあるファーストクラスに座って出張したかったと話していたらしいんです。彼らにとって螺旋階段は憧れだったそうです。747—400型機の直線の階段ではその華やかさは感じないらしいんです」

アッパーデッキ

螺旋階段

多嶋がジュニアの言葉に頷き、ジュニアの父親とのフライトを思い出して言った。

「きっとその人たち、父上のラスト・フライトのときにも乗っていたんでしょうね。そうでないと一般の人がジャンボ機の何号機だなんて覚えていませんよ。もう少し時間があればそんな話題も出たかもしれませんね。最近はお客さんとゆっくり話もできないですからね」

二〇〇一年九月のアメリカのワールド・トレードセンタービルなどへの同時多発テロ事件以来、厳しくなった警戒体制を言っているのだ。飛行中のコックピットには乗客はもちろんのこと、社員でも許可証を持っていないと入れなくなった。

「その人たちはきっとこの二〇年間ずーっと、ニューヨーク機材のことを忘れていなかったんですね。でも自分がビジネスクラスで出張できるときには、もう螺旋階段の機材はニューヨーク路線から退役して飛んでいなかった。若い頃に頑張ろうと思った初心を確かめたかったのかなぁ……」

多嶋がその乗客たちの心境を想像して語るのを聞いて、ジュニアは彼らに直接会ってみればよかったと後悔した。

「親孝行したいときに親はなし。ちょっとこれとは意味が違うか。でもジャンボ機が人々の心にそういう形で残ってくれているのは嬉しいね。最近は会社でもジャンボ機の話題は暗い話が多いから」

二人の会話を聞いていた青木がしんみりと言った。

一時は世界で最も多くのジャンボ機を所有していた日本航空も、現在では在来型も十数機となり、売却でさらに機数が減り続けた。したがって747乗員部の仲間も新しい機種にどんどん移行していき、ミーティングでもかつての賑やかさはなくなっていた。


松尾がコックピットに戻ってきた。

「データの照合は終了しました。キャビンの一件だけがノーマークで残りますが、それ以外はイワンも了解してくれています。彼の仕事はもう終わったので、後ろの席で幕の内弁当が珍しいらしく、『うまい、うまい』と食べています。あの太った身体に折り箱一つでは足らないと思いますよ」

地上職の松尾も必要書類が揃ったことで、自らの仕事もほぼ終了し、雑談に加わる余裕ができた。

「螺旋階段のあるジャンボ機もこの機体で最後になります」

書類をめくりながら松尾も螺旋階段を懐しんでいた。

松尾はパイロットになりたかったが、目が悪くて断念した。仕方なく飛行機に接することができる職業としてメカニックになったが、飛行機のことなら戦闘機から旅客機までマニアとしての知識も半端ではなかった。

運航技術部のシステム・グループは、かつて飛行機のエンジン数によって細分化されていた。ジャンボ機は四基のエンジンを装備しているから四発グループ、DC―10型機は三発グループ、ボーイング767型機は二発グループである。戦闘機などの単発エンジンの飛行機に詳しい松尾は、運航技術部には存在しない一発グループのリーダーであると自称していた。新しく購入した家も大船からのモノレール沿線と、一という数字にこだわるユニークな人物である。

「寂しくなりますね。アッパーデッキに昇ろうとして螺旋階段の手すりに手をかけると、上からミニスカートのキャビン・アテンダントが降りてくる。螺旋階段は違う意味でも特別だったらしいですよ」

ニヤッとして多嶋が意味深に付け加えた。ジャンボ機就航のときにキャビン・アテンダントの制服が森英恵デザインのミニスカートに変わったことを言っているのだ。

「それは多嶋さんの楽しみだったんでしょ」

ジュニアが言い返した。

「いやいや、私はまだＤＣ—８の訓練生でしたから、ジャンボ機は知りませんでした。先輩からの話を羨ましく聞いていただけですよ」

多嶋は手を振って否定した。

「案外、ジュニアの父上の元気の素は、ジャンボ機の螺旋階段での目の保養だったかもしれませんよ。あの時、老眼鏡もまだ不要だと自慢していたじゃないですか」

「料理しながらくしゃみしていますよ、今頃。誰か噂をしてるのかなって」

「そうでしたね。父上はフライトでも味付けに凝っていましたからね。本物の料理でも具材や道具にこだわっているのが想像できますよ。機会があれば味わってみたいと伝えておいてください。久しぶりにジュニアの奥さんになった村山さんにも会ってみたいし」

多嶋はあのラスト・フライトで、いつもにこやかにコックピットに入ってきて和ませてくれたキャビン・アテンダントの村山和子の顔を思い浮かべた。父親のラスト・フライトでの出会いをきっかけに交際が始まったらしいが、結婚式の招待状が来るまで気がつかなかった。

「もうお子さんも大きくなったでしょう？」

多嶋が尋ねた。

「女の子二人だけど、今度上が中学受験するので、家に帰れば家庭教師のまね事をして大変なんですよ」

「パイロットになりたいと言っていませんか」

「まだわかりませんね」

ジュニアは少し嬉しそうな顔をして答えた。

女性にもパイロットへの門戸が開かれ、女性にとって航空身体検査の最難関と言われた握力検査も廃止された。日本航空ではすでに四人の女性パイロットが誕生して副操縦士として飛んでいる。

「成田までのクリアランス（管制許可）をもらってください、燃料セーブのために高度も上げて戻りましょう」

ジュニアが言うと、青木は東京航空管制にコンタクトしてクリアランスをもらった。

「モディファイ（変更）」

慣れた手つきで指示されたルートを、ＦＭＳに手早くセットし終え、青木がジュニアに報告した。

「コンファーム（確認）、リクエスト・フライト・レベル三一〇」

ジュニアがディスプレイの表示を確認し、管制官に上昇の管制許可をもらうように指示した。

「着陸は一三時〇五分の予定、スポットは整備地区のM7―2です」

松尾がカンパニー・ラジオで知らされた駐機場の番号をキャビン・アナウンスしてメカニックに知らせた。

一九九〇年五月二二日一四時四〇分　航空路ロメオ220
位置通報点「ヌブダ（NUBUDA）」――

「お帰りなさい、ジャパンエア、根室です。どうぞ」

松波がカンパニー・ラジオで呼び出すと、女性の声がコンタクトしてきた。北太平洋を渡ってアリューシャン列島に沿って日本に戻ってくる飛行機に空港情報や天候、アプローチ（着陸態勢）中の揺れなど着陸準備のための最新情報をパイロットに提供するため、成田航務部が北海道根室に設けた遠隔中継アンテナからの応答であるが、女性は成田のオペレーションセンターの机の前に座っている。

「長いフライト、お疲れさまです。現在成田の滑走路は『34』、スポットは一六番を予定しています。アプローチ中の揺れの報告は受けておりませんが、ショートファイナル（滑走路末端近く）でウインド・シアを観測したというパイロット・レポートがあります。ランディング・ギアの情報は運航技術部からもらっています。先ほどから担当者が成田運航整備のオフィスで待機しています。回線をつなぎますのでしばらくこのままでお待ち下さい」

「カチ、カチ」とリレーを切り替える音が聞こえた。滑走路への着地寸前になって風向が乱れ、少し揺れが発生しているという直前に着陸したパイロットからの最新情報である。

「お待たせしました！　運航技術部の渋谷です。さっそくですがアンカレッジからの情報を元に、こちらで準備したことをお知らせします」

ゆっくりと話そうとする渋谷の声が応答してきた。羽田運航技術部に社員が出社してくると、村上と渋谷は成田空港で対応することにした。二人は十二時前に成田運航整備部に到着し、アンカレッジ経由で受けた情報を元にして対応準備をしていた。

電話の向こうに男性の声が聞こえる。おそらくチーフの村上が横についてアドバイスしていると松波は想像した。自分の口から伝えれば短時間で済むことでも、部下を一人前に育て上げるためには横に立ってイライラしながら耐える必要がある。

パイロットの世界でも松波がやれば簡単なことでも、副操縦士に操縦を任せて経験を積ませることがある。どこの世界でも人を一人前に育てる過程は同じだと思って松波はあえて村上に代われとは言わなかった。

「一件目です。成田空港当局に要請して五〇〇フィート（一五〇メートル）でのローパス（低空飛行で滑走路上を通過）の許可は頂いております。アプローチに入ったらリクエストしてみてください」

メモを読んでいるような口調で続けた。

「二件目の消防車の用意も当局に要請していますので、アプローチになると滑走路末端でスタンバイ（待機）します。しかし、三件目の滑走路の泡消火剤散布については、最近のテスト結果から期待できるほどの効果が得られないこと、また滑走路が滑りやすくなり消火活動や救助活動の妨げになることから、散布は実施しない方がいいと考えられていて当局も許可してくれませんでした」

渋谷は一項目ずつ了承を得て話を進めるつもりだったが、村上が後ろから見ていると思うと緊張してメモを一気に読んでしまった。村上がもっとゆっくりと喋るようにと唇の動きだけで指示した。

「スポットは一六番を用意しておりますが、タイヤのバーストで長時間の地上走行ができない可能性も考慮して滑走路に近いオープン・スポットの三〇三番も空けております。その場合にはお客様はバスでターミナルへの移動になりますが、その用意も完了しています」

一つ一つの確認を促すような喋り方になり、具体的で判りやすくなった。松波は渋谷の対応に好感を持ってきた。女性が整備部門に参加して男性と互角に働けるわけがない、と当初持っていた先入観を改め始めていた。横にいる村上も渋谷を女性として考えたことはなく、一人前の運航技術部員として、そばで見守っているのだろうと想像した。

「三件目の消火剤についてはこちらの知識不足だった。当局も許可しないのなら仕方がないだろう」

松波が答え終わると、機体の履歴だろうという声が聞こえ、

「8162号機の最近の整備状況ですが……」

と渋谷の声がそれに続いた。

「バーストしたタイヤとペアになっているタイヤのリキャップ（更生）が六回目となっています。離陸の際に荷重が倍かかっていますので着陸時バーストする可能性も考慮して下さいということです」

「パーシャル・ギア・ランディングをやれと指示しているのか？」

松波はすぐに聞き返した。

「いや、あくまで飛行機の履歴を調べての結果ですので、一つの情報として受け取ってください」

口調の変化に気づいた村上が、渋谷に代わってすぐに言い直してきた。

飛行中の飛行機の安全への最終決断は、キャプテンがすべて担っている。地上での

判断はアドバイスを与えることであり、決断を要求しているものではないことを村上は言葉を変えて説明した。

飛行機を安全に飛ばすということは、地上からの情報以外にも残りの燃料の量、風の状況、その他のシステムとの関連などをコックピットで、パイロットが総合的に判断して決断しなければならない。地上からではコックピット内の総合的な事柄をすべて把握できないのが現実である。

「リキャップは最大六回までですから、ペアのタイヤも離陸のときにバーストしたタイヤの荷重も受けているので、耐圧強度が弱くなっているということです。指示ではないと思いますよ」

後ろから多嶋が渋谷の言葉に助け船を出すと松波も頷いた。

「貴重な情報をありがとう。情報を尊重して着陸を考えるよ。これ以外にも何かあったらお願いしますよ」

多嶋の説明もあり、松波は先ほどの口調は少し神経質になっていて過剰に反応し過ぎたかもしれないと思い、反省を込めて優しく聞こえるように返信した。自分では冷静なつもりだったが、知らず知らずのうちに頭がパニックに陥りやすくなっているのを松波は感じた。

「これからローパスのために、カメラを準備する必要があります。われわれのチームも滑走路のどこに配置するかを検討しなくてはなりません。カンパニーを通じていつでも連絡がとれる態勢になっていますので、緊急の用件はカンパニー・ラジオを通してお願いします」

渋谷ではなく村上がそのまま答えた。

「判りやすい説明だったと先ほどの……、彼女に伝えてくれるように頼みます」

松波はもう一度彼女に謝りたかったが、渋谷の名前が出てこなかった。

「ありがとうございます、確かに伝えます。それでは地上でお待ちしています」

マイクを置いて会話を終わらせてから、村上はほっとして渋谷の顔を見た。

「すみませんでした」

「いや、謝ることはない。コックピットの中は地上で考えている以上にナーバスになっているということを判ってくれたらそれでいいよ」

地上からのアドバイスの難しさと限界を理解するのには、未だ渋谷は経験不足だった。しかし思考をパイロットに半分重ねるということを、渋谷はこれから運航技術部のパイロットとの会話を重ねることで自然と修得していくだろうと村上は確信した。

「先ほどの彼女の名前は何だっけ？」

松波は横を向いてジュニアに尋ねた。

「渋谷さんですよ」

ジュニアが父親の顔を見て言った。

「そうそう渋谷だった、やっぱり頭がパニックになりかかっている」

先ほどの通信で咄嗟に名前が出てこなかったのもパニックのせいだと考え、冷静にならなければと反省した。

多嶋はフライトバッグの中を探り、着陸性能表がすぐ出せるように整理を始め、空港図を用意して先ほど指示された駐機場を確認した。

ジュニアも成田空港の滑走路「34」のＩＬＳ（計器進入方式）アプローチ・チャートを準備し、最終進入高度、意思決定高度などの数値をもう一度見直して、着陸のための制限などを再確認し始めた。ニューヨークでの出発ブリーフィングで渡辺がプリントアウトして用意してくれた資料には、滑走路への進入灯が故障しているとか、走行路の舗装面が補修中だから付近を通過するときは、パワーを出し過ぎないとかの最新情報が記されていたが、今日の着陸には支障がないと判断した。

誰かが号令をかけるまでもなく、着陸のために何をするべきかをコックピットの一人一人が、状況に応じて独自の時間配分で準備をはじめた。

松波の頭では何通りもの着陸パターンが描かれては消されていた。そして最終的に選んだパターンを着陸ブリーフィングで松波が披露して、三人の情報を寄せ集めて完成させる。

「ショートファイナル（滑走路末端近く）でウインド・シアを観測したと先ほどカンパニーで言っていたな、天候をもう一度聞いてもらえるか？」

「私が聞いてみましょうか。この季節は伊豆半島沖に局地性の低気圧ができることがあるんですよ」

松波の言葉に多嶋が答えた。間もなくジュニアが、東京コントロールにコンタクトして位置通報をすると思ったからだ。

「三〇度から一五ノット、ガスト（突風）二〇ノット。予報ではガストは報じていなかったんですけどね」

カンパニーからの情報を多嶋がそのまま復唱した。

「そうか、低気圧に吹き込む東の風だから整備地区のハンガー（格納庫）が原因だな」

滑走路「34」の進入側の東側に整備地区があり、飛行機を修理するためのハンガーが並んでいて巨大な壁となって風を遮る。しかしその壁を乗り越えた風は風向の定まらない乱気流となって、最終進入の飛行機を不安定にさせるのだ。

「横風成分は約一〇ノットです。しかしガスト成分が二〇ノットに近いですねぇ……」

と、多嶋が滑走路右斜め七〇度から吹いてくる風向をチャートで見ながら横風成分を算出して答えた。定常的に一〇ノットの横風が吹き、時々強い横風の突風に変わるということである。

水平線の向こうにまだ見えない滑走路を想像して、しばらく考えていた松波は独り言のようにつぶやいていた。

「パーシャル・ギア・ランディングでの着陸か……」

多嶋は聞こえなかったふりをした。

昨日までの自信に満ちた松波とラスト・フライトを無事に終わらせたいと願う重圧の中の松波。二人の松波が葛藤していた。

「ガストが気になるんだよ。普通ならそんなもの無視するんだが……」

「やれるのか？　ラスト・フライトで失敗するかもしれないぞ」

「やれるだろう。だが確信がない」

「ではどうするんだ？」

「そんなことを俺に聞くのか？」

「答えられないのは、キャプテンではないぞ」

松波はグレア・シールドに手をかけて外を見続けたまま狭い回廊の出口で、誰にも相談できない、誰にも助けを求めることができないキャプテンの孤独を噛みしめていた。

キャプテンに成り立ての頃、松波の内なる二人はよくこの会話をしていた。周りの目が新人のキャプテンにこの状況を切り抜けられるのかと疑っているように思えたからだ。久しく忘れていた弱気の松波がラスト・フライトの重圧に負けて現れた。

「ではブリーフィングを始めようか」

松波はこれからの方針を説明しようとして声をかけた。

エンジニア・テーブルに向かって着陸データの用意をしていた多嶋は身体を前に向け、松波の手元を見てメモを取る用意をした。ジュニアは顔だけを横に向けて左耳でブリーフィングに参加し、右耳は航空管制とカンパニー・ラジオからの呼び出しに備えた。

「ギアが降りなかったら仕方がない、パーシャル・ギア・ランディングをやろう。そのときのためにチェックリストは用意しておいてくれ。もしそうなったらローパスは無意味だから止めよう」

松波は会話を中断してジュニアと多嶋の反応を見た。

「もしウイング・ギアが両方ともダウン・ロックしたとしても、大丈夫だとは思うがローパスして状況を見てもらおう。ウイング・ギアに残りのタイヤ三本が残っていれば、すべてのギアを出したまま着陸するつもりだ。情報によると対になっていたタイヤがバーストする可能性も大きいらしいが、着陸スピードは離陸より少ないので燃料タンクを破ることもないだろう」

松波は、多嶋にこれでどうだと言わんばかりの自信あり気な目で、自分の決断した内容を再確認しながら喋り続ける。松波は狭い回廊を突き抜ける手段を見つけたのだ。

「降りるギアは全部使って着陸する。敢えて最初からパーシャルにする必要はないと考えている。ローパスをやっているときは俺が操縦に専念する。お前は高度計とスピード計のモニター、多嶋さんにはカンパニー・ラジオを任せるよ！」

「重量軽減のためにダンプ（燃料投棄）は行いますか？」

松波が言い終わるのを待って多嶋が尋ねた。着陸重量が軽ければ軽いほどタイヤへ

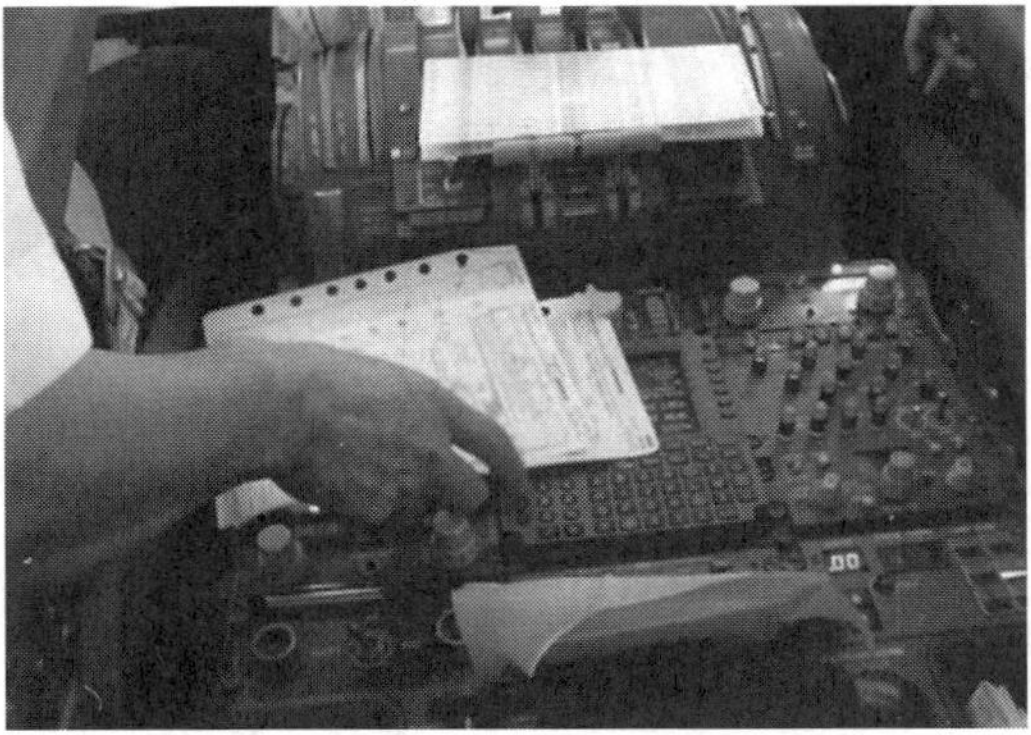

着陸ブリーフィング。キャプテンがアプローチ・チャートを用意している

の負担が少ないと考えたのだ。

「ローパスで燃料を使うからこのまま行こう。一万ポンド（四・五トン）捨ててもそんなにスピードは変わらんだろう」

一万ポンド重量が軽減すると着陸スピードは毎時約四キロメートル少なくなる。

「ローパスの後は、ギアはそのまま降ろしたままにしておいた方がいいと思います」

多嶋と松波の会話が続いた。

「上げると次に降りないこともあるから、そうだね、そのままだね」

松波も同意した。

「オート・ブレーキはどうしますか、どちらでも可能です。リバース（逆噴射）

は有効に使った方がいいと思います。タイヤに負担が少なくなりますから」

「オート・ブレーキはオフにしよう。最後に飛行機を止めるときは自分の足で踏みたい」

多嶋が初めて聞いたラスト・フライトへの松波のこだわりだった。

「ギアが降りなかったら、もう一方のウイング・ギアを上げる必要があります。チェックリストに時間がかかりますから、早めのギア・ダウンをお願いします」

松波の決断した方針にしたがうように多嶋が具体的に詳細を詰めていって、これからの着陸に備えてイメージを作りあげていった。

次はジュニアが尋ねる番になった。

「ローパスのスピードはどれ位ですか？」

「フラップ30のVrefスピード（フラップ展開基準スピード）でいいだろう。それでも時速にすると毎時二五〇キロメートルだからアッという間だぞ、双眼鏡で覗いてもらえる時間は」

「ビデオカメラなどはどうでしょう？　用意してもらっては？」

「カメラと言っていたから用意しているだろうけど、念のためにカンパニーにコンタクトできたらそう言ってみてくれ。ああ……、それからターミナルなんかで双眼鏡を

キャプテン・パネルからエンジン・パネルを見る。ADI（姿勢指令指示器）が巡航中の約2.5度を表示している

覗いてもタイヤなんか米粒のように小さくてはっきり見えないから、滑走路の近くで見るようにということも伝えてくれないか」

松波は一度だけ地上からローパスを見たことがあった。多嶋にカンパニーとの連絡を任せていたので、その時に思ったことを一言付け加えた。

「この他にも、何か気がついたことがあったらいつでも声に出して言うこと。あのとき思っていたんですけど、はなしだよ」

ジュニアの顔を見て、副操縦士の務めを忘れてはダメだよと念を押した。

「ついでに通常の着陸ブリーフィングもやっておこうか」

成田滑走路「34」のILSアプローチ・チャートをバインダーから外し、前方に雲も飛行機も近づいて来ていないのを確認してから、センター・ペデスタル上の皆の見える場所に広げた。

ジュニアも多嶋も手元に同じチャートを用意していたが、松波のチャートを全員が覗いて言葉を待った。

「こんなに緊張するブリーフィングは初めてだな、最初のラスト・フライトで最後の着陸ブリーフィングがこんなに緊張するとは。最初で最後とはこんなときにピッタリの言葉だな」

松波がコックピットをリラックスさせようとして言ったのだろうが、多嶋は最初のラスト・フライトという言葉に戸惑って、心中お察し申し上げますと同意する言葉をかけるべきか迷っているあいだに、誰も反応しなかったので松波はブリーフィングを始めてしまった。

「チーフにも決定した方針を知ってもらっておいた方がいいな」

ブリーフィングを終了してから、独り言をつぶやいて松波はインターフォンでチーフパーサーの斉藤を呼び出した。

「すぐにコックピットにまいります」

緊張した斉藤の声が答えた。

先ほどまで張りつめていたコックピットの雰囲気は、オーデコロンの香りで和らいだ。松波が熱いおしぼりで顔を拭き終わった頃合いを見て、

「私は、何をすればよろしいんでしょう？」

斉藤が尋ねた。

「せっかくコックピットまで来てもらったのだが、君にしてもらうことは万が一のときのキャビン内のパニック・コントロールだ。ただ、こちらの方針を君にも知っておいて欲しかったのでご足労願った。さしあたっては……、着陸の前に滑走路上でローパスをやってギアの状況を確認してもらう予定だ。それから状況にもよるが着陸してからはオープン・スポットでお客様に降機してもらうかもしれない。火災の発生、滑走路からの逸脱はないと考えているから衝撃防止姿勢の準備も不要だろう。しかし突発で何が起こってもすぐに対応できる心構えだけはしておくように。他のキャビン・アテンダントにもこのことは伝えておいて欲しい」

松波はここまで一気に話し、優しい口調に変えて続けた。

「それから乗客へのアナウンスは、キャビンの用意ができたらやるので、タイミング

のいいときを知らせてください」

松波は最後に、任せておきなさい、大丈夫だよと微笑んで斉藤を見た。

松波の言葉を懸命に頭に刻み込み、判りましたと言って斉藤はコックピットから出て行った。

入れ替わりにアッパー担当の村山がインターフォンで飲み物のリクエストを聞いてきた。コックピットの雰囲気を察した斉藤が、飲み物を伺って持って行くようにと指図したのだろうと多嶋は思って、それぞれの飲み物のリクエストを伝えた。

にこやかな笑顔で村山が差し出したトレイの上には、飲み物と一緒にチョコレートが置いてあった。多嶋がチョコレートをつまんで村山の顔を見ると、チーフから甘いものをお持ちしなさいと言われたのでとニコッと笑って言い訳をした。アナウンスの内容を考えるためにメモを取っていた松波もチョコレートに手を伸ばした。

「チーフに、ありがとう、さすがに気が利くねと言っておいて」

斉藤の無言の心遣いに対しての礼を村山に頼んだ。

コックピットの中で経験不足と未熟さを感じていたジュニアは、いつもにこやかな笑顔と若さでコックピットに入ってくる村山に、若者同士という仲間意識を感じて好意を抱くようになっていた。しかし言葉に出せる雰囲気ではなかった。

「甘いものでも食べてがんばってくださいね、ってことでしょう。このような状況でこういう心遣いは嬉しいですね。旦那を出世させるいい女房になりますよ」

多嶋も松波のチーフ・パーサーの斉藤をほめる言葉に同意していたから、ジュニアは若い村山の方がコックピットをリラックスさせてくれるとは言えなかったのだ。

一五時〇〇分　ローパス準備

「それでは、お客様にご挨拶をしますか、ユー・ハブ！」

松波は操縦をジュニアに任せてハンドセットを取った。

「ご搭乗の皆様、長いフライトお疲れ様です。キャプテンの松波です。当機はあと二〇分ほどで降下を開始して成田空港に着陸する予定でございます。当機は順調に飛行を続けてきましたが、ニューヨークの空港を離陸する際に右翼の着陸装置のタイヤ一本がパンクしているとの情報を得ました。飛行には支障がないと判断しましたのでニューヨークには引き返さずに成田空港への飛行を継続しました」

乗客の反応は見えなかったが、緊張していると思ってできるだけ落ち着いた声でアナウンスを続けた。

「当機の主着陸装置には一六本のタイヤが装着されており、その半分の八本でも十分に着陸性能を満たしていて滑走路上で停止できる性能があります。しかしながらその他の状況を精査して確実性を増すために、成田空港の滑走路上一五〇メートルを水平飛行して整備担当者に双眼鏡で着陸装置の点検をしてもらう予定です。そのために予定到着時間が二〇分ばかり遅れる可能性がございます。長いフライトの後で大変ご迷惑をおかけいたしますが、どうぞご理解の上、御了承していただくようお願いします。ご不明の点はキャビン・アテンダントにお尋ねください。必要があれば再度ご説明を差し上げます。ありがとうございました」

ハンドセットを多嶋に渡してから、両頰を手で二回ピシャリと叩いて気合いを入れて本番に備えた。

しばらくしてからチーフの斉藤から連絡があった。

「アナウンスをどうもありがとうございました。今のところ、キャビン内は落ち着いています。お客様からの質問もありませんでした。先ほどの連絡事項はすべてのキャビン・アテンダントに伝えました」

「降下中の一万フィート通過は通常通りでお願いするよ。しかし何かあればいつでもコールしてコックピットを呼んでもらっていいからね。それからローパスは日本時間の一六時一〇分頃からを予定している」

インターフォンには松波が答えた。

「判りました。全員に伝えます」

緊迫した様子の斉藤の返事だった。

高度一万フィートを通過するとき、着陸に備えて乗客全員がシートベルトを締めているかチェック開始のタイミングをキャビン・アテンダントに知らせることになっている。それを合図にキャビン・アテンダントはキャビン内を見回って目視によってシートベルトを装着しているか点検する。通常通りとは、降下中に揺れが予想されないので点検のために通路に立って見回ってもいいということである。揺れがある場合は、ベルトの装着をお客様自身で再確認してもらうためアナウンスを流すだけになる。

またこの合図以降、コックピットは着陸準備のために忙しくなるので、キャビンからの連絡は緊急時を除いて禁止となっている。しかし、この規定をキャビンとの連携が必要だから今回に限って必ずしも守る必要はないよ、と松波は斉藤に念を押したのだ。

「予想着陸重量は二二七トン（五〇万ポンド）Ｖｒｅｆスピード（フラップ展開基準

スピード）は一三三ノット（二四五キロメートル）になります」

多嶋は残燃料の計算をして着陸カードを作成して松波に手渡した。松波がまずカードの数値を見てスピード計のホワイト・バグをセットした。

「アイ・ハブ！」

松波はジュニアから操縦を引き継ぎ、ジュニアがスピード計に数値をセットしているのを確認してから、

「セット・アンド・クロス・チェック」

セットした値が間違いないことをお互いに声を出し互いの計器を見て確かめ合った。

多嶋はカンパニー・ラジオで、ローパスの予定時間を知らせ、万が一に備えての緊急車両の準備を再確認した。運航技術部のチームはローパスのときに双眼鏡を配置する場所を当局と選定中であることを折り返して知らせてきた。

一五時五分　成田空港整備技術本部　会議室

「時間的なイメージが必要ですから」

ターミナルビルにある整備技術本部の会議室で村上がチーフとなってローパスの地上支援のために急遽集められたメカニックにブリーフィングをしていた。

メカニックは一般に駐機場で止まっている機体を見慣れているので、飛んでいる飛行機でも双眼鏡で見れば簡単に詳細を確認できると考えがちである。その認識を改めようとしているのだ。ハンガー（格納庫）で見れば顔を左右に振らなければ全体を見ることができないジャンボ機も、四〇〇〇メートルの滑走路上では米粒大の大きさに等しい。

「おそらく一三〇ノット近辺を維持して滑走路上を飛び抜けると思う。時速に直すと毎時二四〇キロメートル、滑走路長は四〇〇〇メートルだから約一分間。十分余裕が有ると考えているかもしれないが、双眼鏡の目の前を秒速七〇メートル弱で飛んでいることを想像してください。視認できるのは一瞬だということを肝に銘じてください」

「F1のレーシング・カー並みの速さを確認するんですか？」

一人のメカニックが発した言葉に、そんなに速いのかと全員が驚きの声をあげた。ローパスを体験するのは初めてというメカニックも多かった。

「双眼鏡の場所だが、滑走路『34』の整備地区のファイナル付近とターミナルの展望台の人選はすでに伝えてある通りですが、その他にも適当な場所があれば教えてください」

村上は羽田勤務が長いので一九七八年に開港した成田空港の配置を熟知していなかった。顔見知りも少なかったので自然と丁寧な言葉遣いで話していた。

「昨年できた成田の航空科学博物館の展望台はどうでしょう。ちょうど滑走路『34』のファイナル（着陸直前の位置）で、有料の大型双眼鏡もあったと思います」

ブルーのつなぎ服を着たメカニックが手を挙げた。

「それはいいな。早速手配してみよう。提案者の君にお願いしてもいいかな。休館日ではないですよね。すみませんが名前を教えてくれませんか」

村上が答えた。

「運航整備の砂田です」

渋谷が村上の横で成田空港の地図を広げ、博物館にマークをつけて砂田と書いた。

「ターミナルの反対にある消防署はどうですか。位置的に滑走路の中間地点で他の飛行機のタクシー（地上走行）にも影響を与えません。その分、ターミナルより近くで見ることができます。ビデオ撮りにも最適だと思うのですが」

隣に座っていたメカニックも声をあげた。

消防署（ファイア・ステーション）は滑走路を挟んでターミナルの反対側に位置し、消防車の緊急出動のために滑走路に接近できる最短の場所に設置されていた。

「消防署か、気が付かなかった。そこにも配置をお願いしようかな。連絡をして許可をもらってくれるとありがたいな。これも提案者の君にお願いしてもいいかな」

村上は少し考えてから、

「ビデオ撮りの場所としても最良かもしれない。再生装置の準備も要るだろうから早速取りかかってくれますか。すみません、お名前を」

村上は尋ねてから渋谷にビデオを用意するように合図した。

「運航整備の玉置です。ビデオはどこにあるんですか？」

「羽田から持ってきました。取り扱い方法などは、こちらの渋谷が後で説明します」

ビデオをどこに設置すればいいか悩んでいた村上は、渋谷が机の上に広げている地図を見て消防署を見つけた。

滑走路の中央付近に接近できる最適の場所だった。知恵を借りてよかったと思った。渋谷はすでに消防署にマークをつけて玉置と名前を書き込んでいた。

「私はターミナルの運航整備の机を一時的に借りることにしました。連絡はすべて私にお願いします。空港内は携帯無線で可能だと思いますが、博物館は想定外でしたのでおそらく無線は届かないでしょう、電話でお願いできますか」

砂田が頷いて村上の直通電話番号をメモに控えた。

「見るポイントは右ウイング・ギアの後方タイヤ、ペアになっているタイヤの状況、バーストしているか否か。前方タイヤの状況は正常だと考えていますが、タイヤが装着していなかったり、何らかの異常を見つけたら……メカニックの目で変だと思うことは何でも至急知らせてください」

村上は言葉を続けた。

「その他にもメカニックとしての皆さんが、機体に何か異常を見つけたら、それも躊《ちゅう》躇《ちょ》せずにお知らせください。パイロットには重要なことかも知れませんから。私、村上が情報を受け取って整理します。5便へ伝える役目は横の渋谷が担当します」

渋谷は立ち上がり挨拶をした。

「肝心なことを忘れていました。ＥＴＡ（到着予定時刻）は一六時一〇分の予定です。後一時間ばかりです。何か質問はありますか？」

後一時間と聞いて会議室がざわめきだした。

「それでは、よろしくお願いします」

村上はブリーフィングを終了した。

「消防署の許可が取れましたので、ビデオをお借りしていいですか？」

玉置が渋谷の席に寄ってきた。

「博物館も連絡が取れて快諾してくれました。さっそく今から準備に取りかかります。展望台に電話がないそうなので、電話係をもう一人連れて行ってよろしいですか？」

砂田が尋ねた。

「もちろん、君に人選は任せるよ。そこが位置的にも最初に見えるはずだから早い連絡を頼むよ。休館日でなくてよかった」

「それでは同僚の山田を連れて行きます。休館日は月曜日でした」

村上は笑顔で足早に去る砂田を見送った。

「君もビデオの助手を連れて行った方がいいかもしれないな。人選は君に任せるから二人でお願いするよ」

村上は渋谷からビデオの説明を受けていた玉置に向かって言った。

「仲間にビデオに詳しいのがいるので、さっそくあたってみます」

玉置が電話に向かって手を伸ばしたのを見て渋谷は説明を中断した。地図上のマークは四ヵ所あって、それぞれに名前が書き込まれていた。ターミナルは寺田、整備地区は広瀬、博物館は砂田そして消防署は玉置。

一五時四〇分　房総半島銚子VOR局の東方　三万九〇〇〇フィート ——

「ジィー」

「チィー」

コックピットの風切り音に交じってギアの嚙み合う音とモーター音が前から聞こえたので、多嶋は音の方に目をやった。松波が顔を少し左に向けて、左横のウインド・シールド窓枠に貼られた黒い十文字マークを見て、右手は座席右下の電動モーターのスイッチを手探りで操作して椅子を調整し、眼の位置を合わせていた。手動レバーも触るだけで移動する方向が判るように、それぞれのレバーに縦溝、横溝が彫られている。

コックピットの位置は地上から約一〇メートル。ビルの三階の高さになる。パイロットの体型に拘わらず視線を一定にするために離着陸するときの目の位置が決められているのだ。

着陸するとき、どの旅客機でも約三度の進入角で滑走路に向かって接近してくる。着地寸前には着地の衝撃を和らげるためにフレアーといって機首を少し引き上げるためにコラム（操縦桿）を引く。ボーイング747型機の就航時はかつてのボーイング707型機、DC—8型機などからベテラン・パイロットが大挙して移行訓練に投入された。彼らが習得にもっとも苦労したのは、このフレアーのタイミングだった。今まで身に染みてきた地上高約三メートルのコックピットに座っている感覚でフレアーしようとして待ちかまえていると、タイミングを逸してそのままの進入角で激しく滑走路に着地してしまうことになった。地表接近を誰が見ても同じに見えるように目の位置を一定にするための方策がこの十文字に目の位置を合わせることだった。訓練課程における苦肉の策か、今では判明しないが枠に黒いテープを十字の形にして貼ってあるだけである。設計時から予定されていた正式備品にしては、あまりに簡素過ぎると松波はいつも椅子を調整するたびに思っていた。

「そろそろ、降りようか。考えてきたほどには悪くならないように願うがね」

椅子の調整も終えて前方の雲を見続けていた松波が振り返った。多嶋とジュニアに準備はできているかと確かめているようにも聞こえたが、松波自身の願望を自分に言い聞かせている独り言だったかもしれない。パイロットは本来楽観的である。だが、想定できることの全てに対処する心構えができているから楽観的になれるのかもしれない。おそらく今日の松波の言葉は後者だろう。

返事をしようかと迷っていた多嶋がしばらく考えてから、

「そうですね、私も同じ意見です」

左手の親指を立ててオーケーのサインを出して答えた。

正常にギアが降りないときに代替手段であるオルタネート・オペレーションも復習（レビュー）して注意事項も頭に入っていた。だが、レビューしたことが無駄になりますようにと願ったのは松波と同じ思いだった。

松波はフライトバッグから黄色の真新しい手袋を出して装着し、両手の指と指を交差させて、お祈りしているような形で手袋を指になじませた。タイ式ボクサーがリングに上がるときに闘いの勝利のために祈る儀式と同じで、厚手の黄色い鹿革の手袋を装着することもキャプテンになったときからの着陸の儀式だった。これが最後の儀式になるはずだと思って、祈るような気持ちでいつもより長く指を重ね合わせて手袋を指になじませた。

「ケタ」（銚子の東約一二八キロメートルにある位置通報点）を経由して「メロン」（銚子の東約八〇キロメートルにある位置通報点）を「高度一万フィート（三〇〇〇

左は電波高度計、右は気圧高度計。1015ミリバール、29.98インチなど空港の気圧に合わせて補正する

メートル）以下で通過せよ」との東京コントロール（航空管制）からの降下クリアランスをジュニアがリードバック（復唱）し、アルチ・セレクター（高度表示装置）のカウンターを回し「１００００」にセットした。

　松波の右手が四本のスラスト・レバーを上から一本にまとめるように握り、ゆっくり後方に引いてエンジンをアイドル方向に絞った。８１６２号機を一四時間近くも音速の八四パーセントのスピードで飛ばしてきた四基のＪＴ９Ｄ—７Ｒ４Ｇ２エンジンの咆哮が急に優しくなった。

　ＰＡＣＫ（AIR CYCLE MACHINE）を駆動させていた高圧空気の取り入れ口

が、エンジンの低圧側から高圧側に切り替わり、キャビンへの空気流量が一瞬多くなって、敏感な耳の人にはザーという空気音で微妙な気圧変化を感じさせた。

パイロット・パネルにある一六個のエンジン計器が一斉に反時計回りに回転し、エンジン出力がアイドルになっていることを示した。これまでジャンボ機の推進力となっていたエンジンは、空気流入口の圧力が排気ガスの圧力より高くなったためにEPR（エンジン圧力比）の値が一・〇以下となり、現在のスピードに対してエンジンは抵抗となった。また、これまで流入口からエンジン内部に取り込まれていた大量の空気は流入口からあふれ出し、流入口圧力センサーにも影響を与えてEPR計の指針を小刻みに動かしていた。このあふれ出した空気は水平尾翼にあたると、高度二万五〇〇〇フィート以上では機体を激しく振動させるランブリングと呼ばれる現象の原因となるので、松波は影響の出ない三二〇ノット（毎時五九三キロメートル）以上のスピードで降下することにした。

パワーが絞られて高度を維持できなくなった8162号機は巡航時のピッチ二・五度（飛行方向に対する機体の胴体軸の角度）からゼロになりゆっくり降下体勢になった。

多嶋は客室高度の設定を成田空港の標高（四一メートル）にセットした。現在の巡航時客室高度（二一〇〇メートル）を成田空港に着陸したときに空港と同じにするため、客室の降下率を毎分九〇メートルになるようにノブを調整した。飛行機が上昇するときよりも客室高度の降下率は緩めにセットする。降下のときは上昇するときよりも生理学的に耳抜きし難いからだ。

成田航務部からの連絡が管制官に行き届いているのかは不明だったが、北米からの到着便で輻輳する時間帯にしてはスムーズな降下クリアランスだった。松波はチャート・テーブルに置いたアプローチ・チャートから「メロン」まで約八〇キロメートルと見て取り、降下率を毎分一〇〇〇メートルになるようにオートパイロットをセットした。

８１６２号機のピッチはマイナス三度、スピードは毎時六〇〇キロメートルでオートパイロットに操縦されて「メロン」に向かって降下した。

降下進入のときは指示されたポイントまで、無駄なエンジン・パワーを使うことを極力避けて、効率よく安全に降下させることが、パイロットとして一番の腕の見せどころである。理想は一定のパワーを維持したまま滑走路まで到達することだが、制約のない広い空域を単独で飛んでいるとき以外は不可能なことだ。離陸はエンジンが高出力で動きのない動作だったが、降下のときはエンジンのアイドル・パワーで動きのない時間が離陸のときよりも長い。しかし頭の中では今の降下率でよいのか、このままのパワー設定でよいのかなどを何度も繰り返し、離陸のとき以上に試行錯誤している。腕が未熟なほど試行が雑になりパワー設定の修正作業などでコックピットは忙しくなる。

松波は十分に試行の重要性を理解していたが、三七年間のパイロット人生で満足したプランニング（降下計画）は数えるほどしか覚えていない。しかし自分のラスト・フライトのプランニングで完璧を求めようと欲を出してはいけないと考えていた。試行がたとえ雑になっても安全に降りることだけを最優先にしようとニューヨークを離陸したときから決めていた。先輩からの教訓、愚直なまでの確実さを最後まで貫こうとしているのだ。

それでも風の状況、雷雲の回避、他機との関係などで自分の思い描いていた降下計画は容易に崩される。その都度、現在の自分の高度を読み取り頭に描いた降下パターンとの誤差を測り、次に向かっている地点までの距離と通過するべき高度を再計算しなければならない。そのための机が用意されているわけでもなく、筆記用具があるわけでもない。多くの行き交う航空管制の中から自機に対するものだけを選り分けて聞きながら、その合間に頭の中で計算を繰り返すことが要求される。そして再計算した結果に基づいて飛行機を操縦していく。飛行機はバックして元の高度には戻れない。あのときこうすればよかったでは遅すぎるのだ。思考が飛行機のスピードに追いつかれたら取り返しがつかない、思考が飛行機のスピードより速くないとパイロットにはなれないとはこういうことである。

ジュニアも同じように計算を繰り返していた。自分のプランニングが操縦している松波のプランニングと異なった場合、その理由を考えられなければ一人前のパイロットにはなれないからだ。そして多くの場合に松波の計算した結果に間違いがないことを学んだ。

松波のこれまでのパイロット人生で成田空港には何百回と着陸したことがある。しかし空港に到達するまでの状況は千差万別で、一つとして同じ状況には遭遇しなかった。松波にはこれまでに培った多くの経験があったが、ジュニアにはまだまだ経験が少なかった。経験がすべてではないが、経験が余裕を与えてくれて、一歩先を考えさせてくれることが松波には有利だったのだ。

「ＱＮＨ（高度計規正値）は三〇・〇〇インチです！」

ジュニアが降下前に聴取したＡＴＩＳ（自動空港インフォメーション・サービス）の数値を松波に教えた。

「ありがとう」

松波は自分の高度計のノブを回して今までセットしていた標準大気の二九・九二インチからQNHの値に変更した。日本の空域では高度一万四〇〇〇フィート以下では飛行機の高度計の補正を通報されたQNHですることになっている。成田空港に着陸したときの自機の高度計の指示と成田空港の標高が同じ数値になるように補正しているのだ。

「セット・アンド・クロス・チェック！」

お互いに正しいQNHがセットされたかを確かめ合った。異なっていると高度誤差が生じて、最悪の場合には他機との空中衝突の危険性もあるので、重要な確認項目である。

「『メロン』の手前だけど、キャビンに一万フィート通過を知らせてくれるかな。早めに座ってもらおう」

松波が振り返って多嶋に指示した。インターフォンを取って多嶋がオーバーヘッドのキャビンコールのボタンを押し、キャビン・アテンダント全員が受話器を取ったのを待って一万フィート通過を知らせた。

キャビン・アナウンスをモニターしていた松波はキャビン・アテンダントが見回っ

ているキャビンの状況を察し、機体のピッチを少し緩くするようにオートパイロットの昇降調整ノブを回した。

機体のピッチが二・〇度と大きく上向きになり、空気抵抗が増してスピードが減速していった。

高度一万フィート（三〇〇〇メートル）以下のコントロール・ゾーンと呼ばれる空域内では制限速度が二五〇ノット（毎時四六〇キロメートル）の制約があることも考慮していた。航空管制に専念しているジュニアに代わって、三〇分毎に更新される成田空港のATISをモニターしていた多嶋が、最新の内容をATISカードに転記して松波に見えるようにしてセンター・ペデスタルに置いた。

「インフォメーションはブラボー（B）に変わりました！」

「風のデータだけを読んでくれるかな」

「三〇度から一五ノット、ガスト（突風）二〇ノットは変わらずです！」

「ありがとう」

松波はまた頭の中で計算を繰り返し、風をイメージした着陸を何回も想い描いた。

磁方位三四〇度に向かって着陸するので、磁方位三〇度から吹く風を受けて右からの横風成分一二ノットの着陸になる。

ボーイング７４７運用規定（ＡＯＭ）には横風成分二五ノットを着陸してもよい最大の制限値としているが、一時的にこの値以上で着陸してもよいという文言も並記されている。しかし追い風に対しては一五ノットという限界値を設けている。この場合は一ノットでも超えて着陸を敢行すれば耐空証明の許す領域には含まれていないということで、自動車でいうスピード違反で、最悪飛行停止の罰がある。制限値と限界値は厳密に区分されている。正面からの風については原則として着陸スピード以下であれば百ノット吹いていても着陸可能なので、制限値も限界値も設定されていない。

ジュニアが東京コントロールを呼び出して、「メロン」を通過したことを報告すると、周波数を成田アプローチに変更するように指示された。

「アプローチに三〇〇フィート（九〇メートル）で、ローパスをリクエストしてくれるかな」

ジュニアが成田アプローチを呼び出そうとしているときに松波が付け加えた。

「五〇〇フィートではなかったのですか」

ジュニアが、松波の意図を窺うように顔を見た。

「低い方が下からよく見てもらえるだろう。それに視界も悪くなさそうだ」

ウインド・シールドの向こうには見慣れた房総半島の先端と銚子の街並みが見えて

アプローチ中（アンカレッジ空港）

成田空港滑走路「34」にアプローチ中、銚子の街を右下に見る

いた。

松波はできるだけ低く飛んで、滑走路上の風の実状を知りたいという意図があった。地上と三〇〇フィートでは風の方向も強さも異なるが風力勾配は予想ができると考えたのだ。しかし、そのことを口に出しては説明しなかった。地上と上空では風向も風速も異なり、高度差が大きいほどその差も大きい。三〇〇フィートであればより地上風を予測しやすくなるのだ。

ジュニアがアプローチに「メロン」の通過とローパスのリクエストを伝えると、成田アプローチの管制官は、すぐに三〇〇フィートでのローパスの許可と滑走路の延長線上までレーダーで誘導してくれると返答し、同時にそのための針路二四〇度と四〇〇〇フィートまでの降下クリアランスを指示してきた。

スラスト・レバーを握ったまま松波の右手が、親指を上に向けて了解のサインを出した。それを見たジュニアはアプローチの管制指示を復唱して了解したことを伝えた。

「カンパニーに連絡しておきます。ローパス予定は一六時一〇分でいいですね」

多嶋はマイクを持ちカンパニー・ラジオの送信ボタンを押した。

「その前にアプローチ・チェックリストをやっておこうか」

オーバーヘッド・パネルのボタン・スイッチを押して、松波はキャビンのシートベルト・サインとノースモーキング・サインを点灯させた。ジュニアのシートの背面にあるポケットからチェックリストを出して、多嶋は最初の項目を読んだ。

「ブリーフィング・フォー・ランディング（着陸のためのブリーフィング）！」

「コンプリート（完了）！」

松波が最初に声を出して応答し、ジュニアと多嶋がそれに続いて声を出して確認し合った。

シートベルト・サインの点灯を合図にキャビンではチーフパーサーの斉藤が、最終着陸態勢になったこととシートベルト装着チェックの開始を知らせるキャビン・アナウンスを始めた。松波はそれをモニターしながら、ラスト・フライトの最終段階にきたことを思った。

ＩＬＳ（計器進入方式）のコースと周波数セットを残して多嶋はチェックリストを中断した。まだ周波数をセットするには滑走路から遠すぎるのだ。

「ドット・ラインです。それではカンパニーを呼び出します」

松波の了解のサインを見て多嶋がカンパニーを呼び出すと、渋谷がすぐに応答してきた。

「スピード・チェック、フラップ・ワン（1）」

ジュニアは松波のフラップ・ダウンの指示に対して、スピード・チェックを加えて復唱した。現在のスピードが、フラップを降ろしてもよい基準スピード以下になっているかを確認し、左手でフラップ・レバーを引き上げ、ガイドに沿わせて「1」の刻みに滑り込ませた。フラップ・レバーは決められた凹みにはまるようになっていて、動かすときは引き上げなければ動かせない。

パイロット・パネルにある前縁フラップが展開中であることを示すアンバーライトが点灯してギア警報音が同時に鳴った。多嶋がそれを聞いて警報停止ボタンを押して警報音を止めた。

空中でパワーをアイドルにしてフラップを出そうとする状況は、着陸以外では考えられない。パイロットに、着陸装置がまだ出ていないことを喚起しているのだ。しかし、まだ着陸形態のフラップ（二五または三〇）ではないので警報音を止めることは可能だが、着陸フラップをセットしてもギアが出ていないときは、ギアを出す以外に警報音を止める手段はない。ふつうでは信じられないことだが、警報音を聞いてもギアを出さずに着陸した事例も過去にはあるのだ。

フラップが展開して抵抗が増したためにスピードは減速していき、フラップのため

副操縦士シートの後ろポケットに入れられたチェックリスト

フライト・エンジニア・デスクに置かれたマイク。カンパニー・ラジオなどの通信に使用する。前面に8個、背面に7個の穴があり、ノイズ・キャンセリングの役目となる

に翼型が変化して空力中心が後方に移動するため機体はピッチアップになろうとした。松波はコラムを少し押さえ気味にして降下率を一定に保ち、スタビライザー（水平尾翼）の角度を調整してトリム（空力的均衡）をとった。

「ワン、ワン、グリーンライト、チェック！」

外側と内側の後縁フラップ位置計がワン（1ユニット）になって、前縁フラップが正常に降りたことを示すグリーンライトの点灯を確認してジュニアがコールした。

「フラップ・ファイブ（5）」

矢継ぎ早に松波は指示を出し、ギアをいつでも降ろせるようにフラップを展開させていった。8162号機はパス（降下角度）を一定に保ちスピードを減速させながら滑走路「34」に近づいていった。

「ナンバーワン（NO・1）のVHF受信器も『34』のILSにセット！」

ジュニアが左手を伸ばし、キャプテン側にあるノブを回して周波数と最終コース（磁方位三三六度）をセットした。ジュニアは正常な電波を受信していることを確かめるための識別モールス信号を聞いてから、

「セット！」

と声を出した。その声で松波は受信器が正しい周波数とコースにセットされたこと

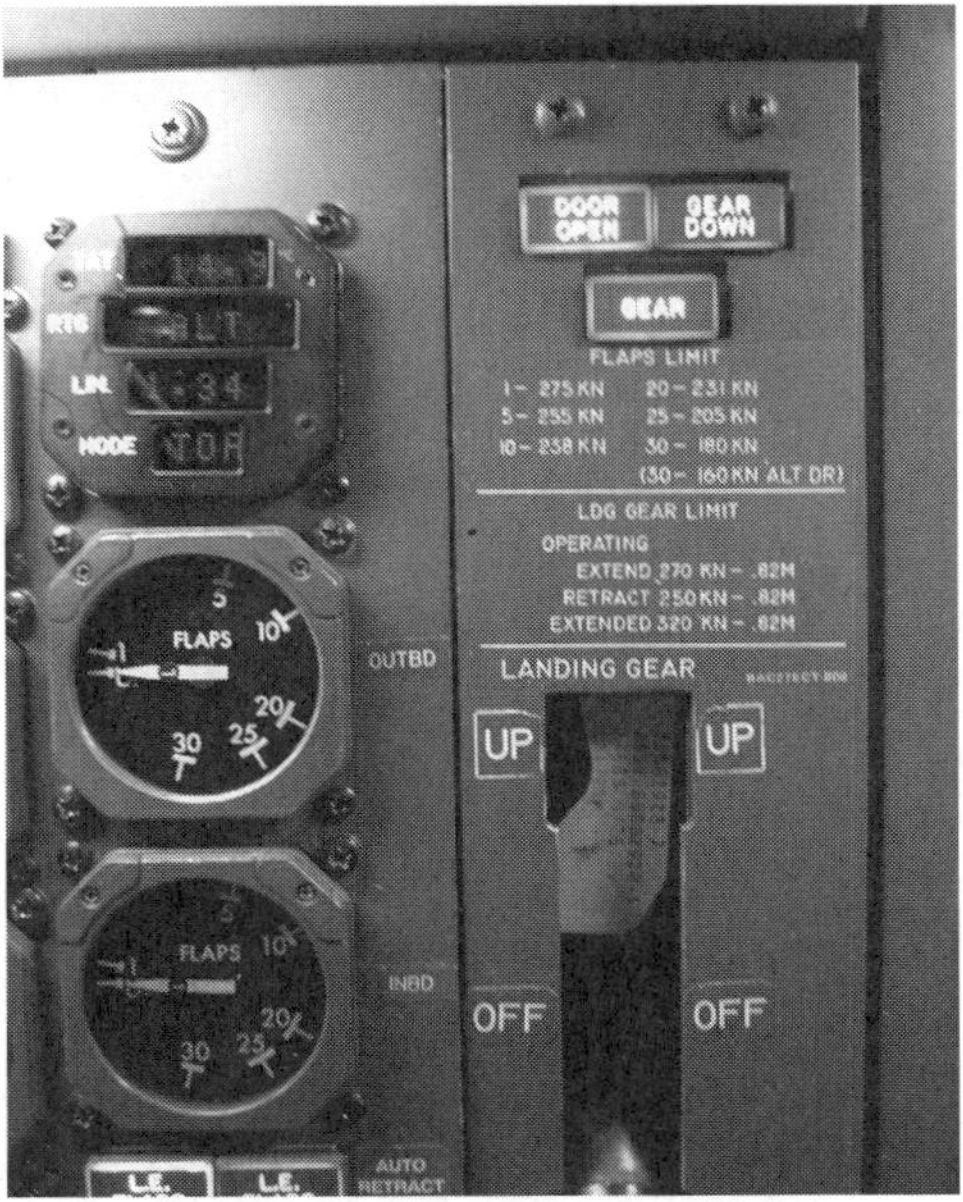

左側の丸い計器がフラップ位置計。上方が外側、下方が内側フラップ、右上方はギア警告灯。右側の数字は、フラップ、ランディング・ギアのそれぞれの操作制限速度を示している

を確かめた。

「アプローチ・チェックリスト・コンプリート！」

多嶋が両者の応答を聞きチェックリストを完了させた。

一六時〇〇分　成田空港ターミナル　運航整備室

ベッドから起き上がったときから長い緊張が続いている。それが最終段階に近づいていた。渋谷は間借りしている成田運航整備のカンパニー・ラジオの前で、5便からの連絡を待ちながら落ち着かずにイライラしていた。地上から飛行中の、しかもアプローチ中の飛行機を呼び出すのは極力控えるようにという村上からの指示だった。パイロットが航空管制と通信中かもしれないし、着陸準備のために機器を操作中かもしれないからだ。

「やっぱり、博物館からは無線が届かないようだ。何回もこちらを呼んでいたそうなんだが。電話係を一名追加しておいて正解だったな」

横で電話の受け答えをしていた村上が受話器を置いて、横にいる渋谷に向かってではなく、自分で自分を納得させてほっとしているような言い方だった。

「消防署のビデオはどうだったかな。うまく扱えるだろうな。望遠は何倍だった？」

「同じメーカーのビデオを持っている仲間と一緒ですから大丈夫ですよ。倍率は八倍だったと思います」

渋谷が村上の自問自答式の言い方に見かねて答えても、

「八倍で大丈夫かな」

村上の場合は緊張が饒舌にさせていた。頭に思い浮かぶ不安を言葉に出し、その言葉で自分の不安を増長させているのが判らなくなっている。

「プチ、プチ」

マイクをキーイングしたときのようなノイズが、スピーカーから聞こえてきた。渋谷はマイクを手元に近づけ、スピーカーからの声を待った。

「こちらはジャパンエア・メンテナンス、どうぞ」

5便からの送信に対してすぐに渋谷は応答した。

「ローパスの予定は一六時一〇分頃、高度は三〇〇フィートで通過の予定。ギアを降ろしてからの状況は、後でまた報告します」

聞き慣れた松波の声ではなかった。操縦に忙しくてマイクに向かうことができないのだろうと思った。

「了解しました！　チェックポイントは四ヵ所設定しています。最初のポイントは昨年オープンした航空科学博物館の展望台です」

渋谷は次々にポイントを説明していった。

「ファイナルに新しくできた博物館だね。了解！」

多嶋は渋谷との通信の内容を松波に報告した。

会話をモニターしていた村上は、博物館に８１６２号機のローパスの予定時刻を連絡するためにまた電話をかけ始めた。渋谷は携帯無線を取りマイクに口を近づけて送信ボタンを押して、博物館以外のチェックポイントに通過時刻を一斉に送信した。

一六時五分　成田空港アプローチ　六〇〇〇フィート

「ギアを降ろしてみようか。まだ『コスモ』（滑走路『34』の延長線上にある九十九里浜上空の位置通報点）には遠いが、何でも早め早めで行こう」

自分の気持ちを抑えきれなくなって松波は声に出してしまった。多嶋も同意のサインを示し、ギア・モニター・ライトのボタンを押せる位置までエンジニア・シートを後方に移動させた。

「どうぞ、いつでもいいですよ」

準備完了したことを伝えた。エンジニア・パネルには機首にあるギアを含めて五本のギア・ドアの開閉、ギアのダウン・ロック（固定）、脚のティルト（傾斜）をモニターできるシステムが装備されている。

松波はスラスト・レバーを握っていた右手をジュニアの目の前に差し出して拳を作り、親指を下向きに回転させると同時に、

「ギア・ダウン！」

と指示した。

「ギア・ダウン！」

ジュニアは復唱して、左手を小さなタイヤの模型が先端についているギア・レバーを少し引き気味にしてからダウン側にした。暗闇でも指先でギア・レバーと判るように先端をタイヤの形にしている。

多嶋はいつものように頭の中で数字のカウントを始め、ギア・モニターのボタンを押し続けた。パイロット・パネルの紅色ランプが点灯して一〇枚のドアが開いてギアのロックが外れた。耳に伝わる風切り音の変化を聞いてドアがオープンしたことを認識した多嶋も、ギア・モニター・ライトで各着陸装置の展開状況の推移を目でも確認

した。一八までカウントしたときにパイロット・パネルのグリーンライトはすんなり点灯した。ランディング・ギアが正常に降りてダウン・ロックされたのだ。

「降りたね。これでひと安心だ」

ほっとしたのか松波の声には安堵感が含まれていた。多嶋も今までの緊張が解けたようになってボタンから指を離し、前を見てグリーンライトを確認した。しかしそのほっとした時間は長くは続かなかった。

「待ってくださいよ。ドア・ライトが消灯しません」

ジュニアが不安そうに多嶋の顔を見て、グリーンライトの横で紅く点灯したままのライトを指さしていた。ギアが固定された後に、空気抵抗を減らすために開いたドアはまた閉まる仕組みになっている。そのドアが閉まっていないということだ。

「右翼のギア・ドアがオープンのままです。タイヤの破片が挟まっているんでしょうか。厳密に言うと完全にクローズしていないことだけが判明していて、ドアがどのような状態になっているのかは判りません」

多嶋がギア・モニター・ライトを押し直してメインとバックアップの両方のセンサーがアンバーに点灯しているのを確認して状況を解説した。

警告灯の中には球切れのために二個の電球があるのと同じで、ドアと着陸装置が固定したかどうかを確認するセンサーも二個ずつ装備されている。両方のセンサーが点灯しているということは確実にドアがオープンしていることを示している。

「どうすればいいのかね？」

松波が多嶋に尋ねた。

「普通なら、ドアを開けたまま着陸しても大丈夫なんですが、タイヤとドアのダブル・トラブルですから予定通りにローパスしてチェックしてもらった方が安心だと思いますが」

「そうだな。ドアが壊れてぶら下がっているかもしれないし、無理することはないな」

松波は自分に言い聞かせるように言い切った。議論するだけの時間の余裕もなかった。決めていた通りにやるだけだと考えたのだ。

多嶋はカンパニーを呼び出し、渋谷にギアはすべてダウン・ロックしたが、ドアがオープンしたままであることを報告し、間もなく「コスモ」を通過することを連絡した。

成田アプローチの管制官から周波数変更を指示されてタワー（管制塔）にハンドオフ（引き継ぎ）された。ジュニアはタワーを呼び出して「コスモ」の通過とローパスの許可をリクエストした。

タワーの管制官はすぐに滑走路上の風の情報と三〇〇フィートでのローパスの許可を返信してきた。知らされた風の状態はATISの通りだった。

「フラップ30！」

ジュニアはフラップ・レバーを「30」の刻みに押し込んだ。

８１６２号機は成田滑走路「34」に正対してピッチアップ一・五度、スピード毎時二四三キロ、降下率毎分二三〇メートルの最終着陸態勢になった。ウインド・シールドを通して、やや正面左に滑走路への進入をガイドする高輝度ライト・システムと四〇〇〇メートル長の滑走路「34」を松波は視認した。

「ランディング・チェックリスト！」

多嶋はチェックリストの項目を読み始め、三番目の項目で松波の応答するべき言葉まで読み上げた。

「スピード・ブレーキ！　ダウン・フォー・ローパス！」

「着地しないからアップのままでもいいよ」

「了解しました！」

どちらの位置でも結果は同じなので多嶋は簡単に同意した。

機体が着地したときに翼上のスポイラー（抵抗板）を自動的に立たせ、揚力を減少させてブレーキの利きをよくするシステムを多嶋は着地をしないから不要と考えたのだが、松波は着地しないから作動状態にしていても問題はないと考えていたのだ。議論するまでもなくどちらの状態にセットしてもよかった。

多嶋は最後の項目を読み終えてチェックリストを完了させた。

「ローパスの後は再び滑走路『34』の計器進入できる位置にレーダー・ベクター（誘導）をリクエスト」

ジュニアが管制塔に松波のリクエストを伝えた。

「了解。ローパスを終了すると、左旋回で針路を二〇〇度、高度六〇〇〇フィートにせよ」

管制官の指示に松波が同意のサインを出しているのを見て、ジュニアは復唱して管制官に了解したことを伝えた。

右手の方に航空科学博物館らしい新しい建物が眼に入ってきた。左手には滑走路中央付近に消防車と救急車らしき数台の車両が赤色灯を点滅させて並んでいた。高度三〇〇フィートの直前になってコラムを引きながら機体のピッチを五度にした。ピッチ上昇で抵抗が増えた分だけ減速する機体を毎時二四三キロメートルに維持するため、スラスト・レバーを前方に押してエンジン・パワーでスピードを調整した。

松波は8162号機を博物館の手前から高度三〇〇フィートの水平飛行で滑走路に向かって飛ばせていった。突風は感じなかったが風速は思ったより強かった。INS（慣性航法装置）の風速表示を見て三〇度の方向から二四ノットをチェックした。

機軸（飛行機の中心線）を滑走路と同じにすると右からの風で左に流されるので、機体を滑走路上に留めるため機軸を少し右に向けて流される分を補正した。蟹の横歩きに似て少し横を向いて真っ直ぐに飛ぶのでクラブ（蟹）と呼ばれる横風のときの飛び方である。

高度計の指針が三〇〇フィート以下を指すようであれば、声を出して警告しなければと思い、ジュニアはパネルの計器をモニターし続けた。多嶋はエンジン計器を睨《にら》み付けて異常が起こらないことを願いながら、カンパニー・ラジオからの連絡に耳を集中させていた。

一六時九分　成田航空科学博物館屋上

「おーい。来たぞ、来たぞ」

燃料パネルの右側の大きな四角形は、燃料放出操作パネル。1分間で約5000ポンド（2.2トン）の燃料を放出することができる

翼端に伸びているのはHFアンテナ。矢印のパイプは燃料放出（ジェティソン）口

展望台の固定式大型双眼鏡で8162号機を覗いていた砂田は興奮していた。

「しっかり見てくださいよ、一瞬なんですから。右のウイング・ギアとドアですよ」

横で山田が航空ファンのようにはしゃぐ砂田を落ち着かせようとした。飛行機が好きでメカニックになっている砂田にしてみれば、低高度を飛来するジャンボ機の全貌を双眼鏡で見る機会なんて滅多にない。興奮するのは当たり前だ。しかし、今の状況くらいは認識していると山田を疎《うと》ましく思って返事はしなかった。

「右のウイング・ギアは……、外側の後輪は丸坊主、ホイールだけだな。内側の後輪のタイヤは付いてる。ドアは……、はっきり判らないな。閉まっているように見えるけどね……」

砂田は見たままを喋り続けた。それを山田は復唱して記憶した。8162号機は大きな騒音と共に二人の上を飛び越していった。

「この内容で電話をしてきます。よろしいですね」

「ああ、頼むよ」

砂田は双眼鏡から眼を離さずに8162号機の後ろ姿を追い続け、走り去る山田を見ずに返事した。ずーっと見続けていてフラップ、胴体などに気になる損傷は発見できなかった。砂田はメカニックとしての本分を忘れてはいなかった。

着陸形態で低空飛行する8162号機（撮影・吉井徹）

機体全体から比較するとタイヤの小ささが判る

一六時一〇分　成田空港　空港消防署

「三脚があればよかったなぁ。倍率が大きいから手持ちでは画像がぶれているかもしれない」

消防署前では玉置がビデオカメラを８１６２号機に向けて追尾しながら喋っていた。

「機体の右だから、左のギアが邪魔してはっきり見えないよ。行き過ぎて後方からなら見えるかもしれない……。ドアもはっきり見えない。右のウイング・ギアの外側のタイヤはなくなっているね。内側は付いてる。ドアの詳細はわからないな……」

消防署側からでは機体を左側下方から見ることになるので確認しづらかったが、前方を通り過ぎてからは斜め後方から少し視認できるようになった。

「滑走路の反対側だったらよく見えたかもしれない」

「もういいんじゃないですか？　再生して静止画像で詳しく見ましょうよ」

玉置のアシスタントで付いてきてくれた君島が、いつまでもカメラを覗いている玉置を急がせた。

消防署の会議室にあるテレビにビデオをセットした。大きな画面で動画像をこまめに静止させては状態を確認した。

玉置が懸念したように手振れが大きくて画像は鮮明ではなかった。タイヤの状況はおおよそ判ったが、ドアはクローズしているようにも見えるが詳細は判らなかった。

玉置は携帯無線で村上を呼び出して状況を伝えた。村上は状況を聞いた後、テープが残っていたら着陸の状況も参考のために撮っておいて欲しいと玉置に頼んできた。

パイロットの松波には酷な見方だったが、タイヤのバーストの瞬間が撮れると今後の貴重な参考資料になると考えたからだった。村上も運航技術部で長くパイロットと接していて、貴重な瞬間を資料として活用するということを学んでいた。

一六時二〇分　成田空港ターミナル　運航整備室

「報告してきた情報はすべて同じだったな。バーストした車輪のタイヤはなくなってホイールだけになっている。おそらくペアになっているタイヤはタッチダウン（着地）のときにバーストするだろうな……」

村上は独り言で自らの不安を声に出していた。

「ドアが閉まらないのは、タイヤの破片が挟まって半開きの状態になっているのだろう。ドアの方は着陸に支障がないから問題はないんだが」

伝えられた情報から村上はギアの状態をおおよそ予想できた。コックピットで真っ先に知りたいのはタイヤの状況だろうと考えたが、バーストの可能性をどのように伝えればよいのか言葉が見つからなかった。

「5便にはどのように伝えればよろしいですか？」

村上の言葉をそのまま伝えていいのかを渋谷は不安そうな村上の顔を見て尋ねた。

「事実だけを報告すればいいだろう。バーストした車輪のタイヤは完全になくなってホイールだけが見える。ペアのタイヤはノーマルな状態。ドアは半開き状態だが着陸に支障なし」

コックピットでもおそらく事実だけを聞きたいのだろうと村上はパイロットと思考を重ねたのだ。地上で憶測した情報は誤った判断に導くことがあるのを知っているのだ。もしタッチダウンのときにバーストしても、状況を咄嗟の判断で処置できるのがパイロットの資質なのだから、そのときはパイロットに任せればいいのだと村上は決めた。

「判りました」

マイクを手元に引き寄せて送信ボタンを押そうとしたとき、村上が大事なことに気がついたような声をあげた。

「あ、肝心なことを忘れていた。ローパスの後にギアを上げるとドアがまたオープンする。そうするとタイヤの破片が民家に落下するかもしれない。ギアは上げないでダウンのまま着陸するようにと付け加えて」

渋谷は5便を呼び出して村上の言葉を伝えた。

一六時三五分　成田空港上空四〇〇〇フィート　着陸

「フラップは20に残したまま、ランディング・チェックリストは完了しています」

ローパスから離脱するための一連の操作で、チェックリストがどこまで終わっているのか、松波が判らなくなっていると思って、多嶋が声を出して知らせた。

「ありがとう。年寄りの冷や水というのかな、久しぶりに背中から汗が吹き出ているよ」

レーダー・ベクター（誘導）されている方向に針路を変えながら、松波は前にかがみ込んで背中をシートから離した。シャツが背中に張り付いて汗がしみ出していた。

「ジュニアに少し代わってもらったらどうですか？」

パワーを調整しながら背中にへばり付いているシャツを見て多嶋が言った。

「そうだな、少しの間代わってもらおうか。ユー・ハブ。針路は二〇〇度、高度は四〇〇〇フィートを維持！」

松波が８１６２号機を飛行させる方向を示した。

「アイ・ハブ！」

ジュニアが指示を確認して操縦を代わった。

「アイ・ハブ・パワー！」

高度四〇〇〇フィートで水平飛行に移行するため、エンジンのコントロールも多嶋から引き継いで、ジュニアがスラスト・レバーを握りなおした。

おしぼりで顔を拭いた後、松波は背中にへばり付いたワイシャツの生地を、手袋をしたまま指を背中に回して剝がしていた。

「ピンポーン！」

キャビンコールが鳴った。多嶋はブルーライトを見て、インターフォンを取ったが、同時にカンパニーも呼び出してきた。

「カンパニーには俺が出よう。おそらくギアのことだろう。しばらくの間ＡＴＣ（管制）も頼むよ」

「ラジャー！」

ジュニアが、操縦も航空管制も引き受けた。小型機のように一人でジャンボ機を飛ばせて笑みがこぼれそうになったが、顔は真剣さを装った。

松波はATCのボリュームを少し下げて、カンパニー・ラジオの発信ボタンを押した。

「こちら5便です。どうぞ！」

渋谷がギアとドアの状況と最後にギアを上げると、タイヤ片が民家に落下する可能性があることを伝えてきた。理由は異なったが、コックピットで予測していた結論と同じだった。地上での村上たちの思考も、その半分を松波と一緒に飛んでいるからこそできるアドバイスだった。だが村上はゴム片の落下による地上の被害、松波たちは安全に着陸するための危険性の除去、やはり、地上と空中では埋まらない思考の差は存在するのだ。

「了解した！　これまで情報をありがとう！　シーユー・オン・グラウンド（地上で会いましょう）！」

と伝えて、地上での再会を約束した。

「それでは地上でお待ちしております！」

渋谷はほっとして、松波との会話を終えてマイクを置いた。横で村上がご苦労様と言って渋谷の肩に手をやって労った。


「こちらで予想した通りだったよ。ドアにタイヤのゴム片が挟まっている可能性があるからギアは降ろしたままにしておいてくれ、ということだった。キャビンは何を言ってきた？　何かお客さんがどうとか聞こえたが……」

カンパニーと連絡を取りながら、キャビンとの会話も管制の声も耳の片隅で聞き分けモニターしていたのだ。このタイミングでベテランの斉藤が、コックピットをコールしてきたのだ。軽い内容であるはずがないと松波は考えたのだ。

「消防車と救急車がライトを点滅させて、滑走路中央付近で待機しているのを見て、一部のお客様がほんとに大丈夫なのか、と言って騒ぎ出しているそうです。アナウンスをして、落ち着いてもらうつもりなんですが、その前に最新の情報を知りたかったそうです。それで先ほどモニターしたカンパニーの内容を伝えて、安心するようにと言っておきました」

多嶋が斉藤とのやりとりを手短にまとめた。

「先ほどのキャプテンの情報によりますと……」

キャビンで斉藤がアナウンスを始めたのが聞こえてきたので、松波はボリュームを少し大きくした。

多嶋は新しい着陸データを作成するためにエンジニア・パネルの方に向き直って計算を始めた。ローパスのために燃料を四〇〇〇ポンド、ドラム缶約一二本分ほど消費して機体重量が軽くなっている。

「おいおい、そんなことまで言うなよ」

松波がモニターしていた斉藤のキャビン・アナウンスに対して苦笑いのような表情を浮かべてつぶやいた。

「いいじゃないですか、本当のことなんですから。はい、新しい着陸データです！」

多嶋もアナウンスを聞きながら笑って、機体重量が四〇〇〇ポンド（約二トン）減少した着陸カードを手渡した。松波は、新しいスピードをスピード計にセットした。

「ありがとう！　それじゃ最後の着陸をやりましょう！　アイ・ハブ！」

ジュニアから操縦を引き継ぎ、感触を確かめてから左手はコラム（操縦桿）を握ったままで右手はスラスト・レバーに持って行った。

「ユー・ハブ！」

ジュニアが目を横に配った。目に映るのはどこから見ても、ラスト・フライトを終えるベテランのグレート・キャプテンだった。間もなく六〇歳を迎える父親の断片をそこに見つけることはできなかった。しかし、自分はこの背中を見て育ったのだ。この大きな背中を乗り越えるまであと何回、シャツに汗のしみを作らなければならないのだろうかと考えると身が引き締まった。

「ジャパンエア5、クリア・トゥ・ランド。ランウエイ、スリーフォー。ウインド、ゼロスリーゼロ、ワンファイブ、ガスト、ツーゼロ！」

滑走路「34」への着陸許可と最新の風の情報を管制官が送信してきた。松波は管制官が機体を視認しやすいようにすべてのランディング・ライト（着陸灯）を点灯させ、ジュニアはライトのスイッチが入ったのを見て着陸許可を復唱した。

横風のために機首を右に少し振ってクラブ（横向き飛行）していた８１６２号機の左やや正面に滑走路が大きく迫ってきた。

「フラップ30！」

松波の声でジュニアは翼の形をしたフラップ・レバーを「30」の刻みに押し込んだ。

ジャンボ機は、着地寸前の鷲が羽根で空気を包み込むような形態を、自慢のトリプル・スロッテッド・ファウラー・フラップ（三段隙間折りたたみ高揚力装置）をフル展開させて作り、往復二万三〇〇〇キロを飛んできた翼を、住み慣れた成田空港の止まり木で休めようとしていた。

しかし、このジャンボ機を三七年間操ってきた男にとっては、自らの腕と意志で飛ぶことに終止符を打たなければならない最後の着地になろうとしていた。それもトラブルを抱えた事態のなかで……。

「ランディング・チェックリスト・コンプリート！」

多嶋が着陸のためのすべての準備が完了したことを告げた。

右側から風を受けているので機軸を滑走路に合わせると左側に流される。滑走路に近づくと今までのクラブ（横向き飛行）から、右翼を下げて右に傾けさせながら滑走路に機軸を合わせる、ウイング・ロー（翼下げ）という方法で修正して、８１６２号機を滑走路の中心に着地させる。いつもならこの着陸の方法で横風の着陸は問題ない。しかし、今日は想像したよりも地上の横風は強く松波は頭を悩ませていた。この方法だと最初に右のウイング・ギアが接地して、バーストしているホイールに衝撃を与えることになる。そうすれば今は正常なペアのタイヤもバーストする可能性が高い。

「プープー！」

地上までの距離が二〇〇フィート（六〇メートル）になったことを警告する電波高度計の警報音が鳴った。

「ツーハンドレッド（二〇〇フィート）！」

多嶋が声を出してその値を読んだ。ウインド・シールドに、滑走路上にペイントされた「34」という数字が迫ってきた。

滑走路の中心線に向かってクラブ（横向き飛行）のまま進入し、着地直前に左ラダーを踏み込んで機軸を滑走路の中心線と合わせ、その補正をエルロンで左にとれば、正常な左のウイング・ギアから先に着地できるかもしれない。ウイング・ローは止めて、エルロンと左ラダーを利用してみようと松波は決断した。ジャンボ機特有の大きな垂直尾翼の方向舵を左に切ると機首を左に向けるが、その応力は機体を右に傾けるモーメントとなる。右からの横風が尾翼にあたって、機体を左に回転させるモーメントも発生している。その微妙な力のバランスをエルロンで補正して左脚から着地しようとしているのだ。

「ワンハンドレッド（一〇〇フィート）！」

電波高度計の無機質な人工音声が、地上までの距離を自動的に読み上げる。８１６

2号機が滑走路末端を通過した。

「フィフティー（五〇フィート）！」

コラムを少し引き上げ、ピッチを三・五度に保持した。消防車がライトを点滅させながら滑走路の向こう側に移動しているのが見える。

滑走路が迫ってきた。滑走路の黒い汚れのようなものが、飛行機が着地したときにタイヤが滑走路との摩擦熱で溶けたゴム痕であることがはっきり見えてきた。松波は接地のショックを和らげるために少しコラムを引き、機首を引き起こした。

「カチャカチャ」

金属の当たる音がして、ギア・レバー・ラッチがギア・レバーを押さえた。地上で誤ってギア・レバーを上げてしまわないための安全装置である。主着陸装置の斜め上方に傾いていたボギー・ビーム（脚桁）が滑走路と接して水平になって、ジャンボ機のシステムを飛行モードから地上モードに変換したのだ。

左のウイング・ギアから着地したのを松波はキャプテン・シートから尻に伝わる感触で知り、左ラダーをゆっくり踏み込んで機軸を滑走路の中心線に合わせた。

８１６２号機が滑走路を直進するのを確認して、左右のウイング・ギアとボディー・ギアがすべて着地してから、逆噴射装置のレバーを上に引き上げた。

スピード・ブレーキレバーが、スラスト・レバーの左横で後方に動いた。左右で一二枚の翼上のグランド・スポイラー（抵抗板）が立って主翼から揚力を奪い、ジャンボ機の機体重量がランディング・ギアに重りとなって、滑走路にタイヤを押しつけた。ノーズタイヤが滑走路に接地した。

松波は滑走路を見ながら、両足でブレーキ・ペダルをつま先で踏み込み、ペダル全体で機体を滑走路の中心線に保つように操舵した。

逆噴射しているエンジンの最後の雄叫びが大きくコックピットに響いてきた。多嶋はＥＧＴ計（排気温度計）を見て、異常に上昇していないことを確認した。逆噴射したときの空気が再び流入口に巻き込まれてエンジン・ストールを起こすと、排気温度が急激に上昇するからだ。松波も多嶋も通常の着陸だと思って気がゆるみそうになった。しかし、その安堵感は、管制塔からの叫び声が耳に聞こえるまでの一瞬で途切れた。

「ユー・ハブ・ファイア・ライト・ウイング・ギア！　セイ・インテンション！」

右のウイング・ギアに火災があると管制官が知らせてきた。そして、今からの方針を尋ねてきている。松波は咄嗟《とっさ》にペアのタイヤがバーストして、燃料タンクに引火したという最悪の事態を思い浮かべた。

緊急脱出に切り替えるべきなのか？　待機している消防車に消火を要請するべきなのか、判断に迷った。機体の右側から吹いている風。風上側からの燃料火災。火災の側には脱出できない。脱出できるのは風下の左側ドア五ヵ所だけだが、機外への脱出に成功しても乗客は風下側にあおられた燃料火災の炎に追われる。頭の片隅に想定していた最悪の脱出シナリオ。ブリーフィングではあり得ないと考えて口にはしなかった。チーフには言うべきだったか……。

ジュニアは松波の顔を一瞬見て、松波の口から出てくる言葉を待った。すぐに管制塔に応答しなければならない。管制官はキャプテンの意思を聞いてきている、脱出それとも消火。

ここでパニックになってはダメだ！　自分を信じろ！　着陸スピードは緩めたはずだ！　松波は逆噴射レバーを握ったまま前方を見つめ、自分に言い聞かせていた。冷静になって集中しろ。背中で汗が噴き出してシャツをまた濡らした。

「もう一度、チェックしてもらってくれ！」

燃料は漏れていない、燃料タンクは壊れていないはずだ、と確信はしていた。しかし万が一ということがある。松波は前方を見据えたまま意思を伝えた。

「タワー・チェック・アゲイン！」

滑走路末端で待機する消防車の点滅するランプから目を離せないまま、ジュニアが管制塔に応答した。

「四番ハイドロ（作動油）ロープレッシャー（低圧）・ライト・オン！」

松波もジュニアも滑走路を見ていて、パネルの計器は見ていない。エンジン計器を見つめていた多嶋が叫んだ。タイヤの破片がブレーキ・ラインを切断し、ブレーキを作動させている四番ハイドロを流出させているのだ。

「ブレーキが利かない！」

松波もすぐに踏んでいたブレーキの感触から多嶋の言葉を理解した。

「リザーブ・ブレーキをオープン！」

多嶋が松波の声に間髪を入れずに切り返した。リザーブ・ブレーキのバルブをオープンするようにと叫んだ。二番ハイドロが別系統のラインを通ってブレーキを作動するように切り替わる。バルブのスイッチは松波の右足の前のパネルにある。チェックリストをやっている時間はない。多嶋の咄嗟の判断だった。

「届かない！」

松波がもがきながら苦しそうに叫んだ。手を伸ばしてスイッチを触ろうとしているが、ショルダー・ハーネスが松波の上半身を椅子の背に縛り付けている。

エンジンが廻っていると消火作業のために着陸装置に近づけない

ハイドロ（作動波）・パネル。下段の丸い計器が油量を示す

「もう一度！　ゆっくり前屈み！」

後ろから見ていた多嶋が気づいて大声で叫び返した。最近では自動車にも採用されるようになったイナーシャー（慣性）式のシートベルトは急激な引っ張りには固定されて動かない、ゆっくり引っ張ると伸びる。松波はもう一度手を伸ばした。

「バルブ・オープン！」

松波は前を見てもう一度ブレーキを踏み込んで感触を確かめた。

「間に合った！」

松波は声にならない声を出した。ジュニアは両手でコラムを握りしめ前方を見たままだった。多嶋はエンジニア・パネルの四番のハイドロの残量がゼロになっているのを確認した。

「ユー・ハブ・スパーク、ノット・ファイアー、バット、ナウ・アウト！」

管制塔から火災ではなく火花であると訂正があり、そして、現在は何も見えなくなっていると知らせてきた。火を見て慌てた管制官が双眼鏡で再確認したのだ。

アルミ合金のホイールにブレーキがかかり、滑走路との摩擦で火花を出していたが、一時的にハイドロが抜けてブレーキが利かなくなったのが、結果的にはいい方向になった。ホイールが転がるようになって火花が消滅したのだ。

丸で囲んであるところが、リザーブ・ブレーキ操作パネル。
前方に体を傾け、腕を伸ばさないと操作できない

松波は了解のサインを出した。滑走路末端近くまで8162号機を滑走させるため、ブレーキを間欠的に踏みながら消防車に近づけていった。

「リクエスト・ファイアーカー、アンド、ストップ・オン・ザ・ランウエイ・エンド！」

念のため消防車による鎮火要請と滑走路末端上で留まることを管制塔にリクエストした。

「ピンポーン、ピンポーン！」

キャビンコールが鳴った。多嶋がインターフォンを取った。チーフの斉藤が興奮した声で脱出させるべきかどうか連絡してきた。キャビンから火花が飛び散っているのを見たキャビン後方の一部の乗

客が席を立ち、脱出させろと興奮しているという。

「タワーから火災は鎮火したという情報をもらったので安心するように。脱出はしなくてよい。そちらの方でアナウンスしてパニック・コントロールをしてください。こちらの手が空き次第、キャプテンからアナウンスしてもらいますから」

それだけを言って一方的にインターフォンを切った。

８１６２号機は滑走路末端近くに停止した。泡消火剤を右のギアに噴霧するために消防車が近づいて来るのを、全員が気が抜けたようにコックピットから見ていた。

「おい、エンジンを止めないと消防車が近寄れないぞ。チェックリスト！」

松波のチェックリストという言葉が、この虚脱状態を打ち破った。多嶋はその言葉で、エンジンを止めても電源が確保できるようにＡＰＵ（機上用補助動力装置）のスイッチを入れた。ジュニアは、カンパニー・ラジオで状況を報告し始めた。

「アフター・ランディング・チェックリストは完了！　オール・エンジンをシャットダウンさせる準備完了です」

「それじゃ、シャットダウンするからね」

松波は一番からスタート・レバーを順番に四番までストップ位置にし、それぞれのエンジンのＥＧＴ（排気温度）が下がっているのを見て完全ストップを確認した。黄色の手袋をしたままの手でスラスト・レバーを軽く叩いてご苦労さんとエンジンを労ったが、ワイシャツの背中は流れた汗でびっしょりと濡れ、新しい黄色の革手袋の縫い目からも汗がしみ出していた。

キャビンコールが再び鳴った。

「斉藤が話しています。よろしいでしょうか？」

多嶋がインターフォンを取り上げると、斉藤の声がコックピットの状況を慮って遠慮がちに喋っている。

「どうぞ」

多嶋が応答した。

「お忙しいでしょうが、そちらがよろしければキャプテンのアナウンスをお願いしてもよろしいでしょうか？」

チーフの斉藤の後ろ側で騒がしい声が聞こえていた。キャビン・アテンダントでは抑えきれない騒ぎになっているのかもしれないと多嶋は不安になった。

先ほどの事情を簡単に説明して、チーフからですと言ってインターフォンを松波に渡した。

「そちらも大変だったね。ありがとう。無事に着陸できたよ。乗客はどんな様子か教えてくれるかな。騒いでいるの？　後ろから聞こえる声が騒がしいけど」

「それが、機体が停止した途端に今までとは打って変わって、ナイスランディングとか、ブラボーとか言ってキャビンはお祭り騒ぎのようになっています。エコノミーの外国人はもう総立ち状態です。これからの予定が判れば、それも含めてアナウンスをお願いします！」

斉藤はキャビンがお手上げ状態になっているので、松波に助けを求めてきたのだ。

「判った、すぐにアナウンスをやるから」

松波はいったんチーフとの会話を中断して、アナウンス用の「ＰＡ」ボタンを押した。

「メカニックが連絡してきたら頼むよ」

マイクを示して、今からアナウンスを始めるジェスチャーを多嶋とジュニアに見せた。

「こちらはキャプテンの松波です。着陸のときはパンクした車輪のホイールが地面と接触して火花が出てしまいましたが、無事に着陸し、停止しているのでご安心ください。すでに管制塔から火花は治まっているとの報告があり、現在は念のために消防車が安全確認のために消火剤を散布している最中です。これからの予定ですが、成田空港は混み合う時間になりますので、滑走路を空けるために当機を牽引して滑走路から出す作業をしなければなりません。牽引車《けんいんしゃ》も間もなく来るとの連絡もありましたので、今しばらくお席に着いてお待ちください。ありがとうございました！」

成田空港スポット三〇三番

スポットは滑走路脇の三〇三番、普段は貨物機の駐機スポットとして使われているボーディング・ブリッジ設備のないオープン・スポットだった。左前方とその後方の二ヵ所のドアに用意されていた簡易ステップがすぐに着けられた。

８１６２号機の周りにはランディング・ギアの整備のためにメカニックの車両と降機する乗客をターミナルまで運ぶためのリムジンバスが列を成して待機していた。チーフの斉藤が降機のためのアナウンスを始めようとしたとき、ファーストクラスに座っていた白髪の紳士が語りかけてきた。

「斉藤さん、僕はね、何十回とニューヨークを往復しているがね、こんなにハラハラしたフライトは初めての経験だったよ。しかしあんなに美しいマンハッタンを見せてもらったのも今回が初めてだった。キャプテンの渡り鳥のアナウンスも興味深く聞かせてもらった。君の話ではこのフライトでキャプテンは最後だそうじゃないか。ぜひ、直接会って挨拶をしてみたい。どうかね、ここに呼んでもらうのは無理なお願いだろうか？」

彼の後ろに並んで降機しようとしていた乗客も彼の意見に同調して「ぜひ頼むよ」と言い出して立ち止まり降機しようとしなかった。

それにつられたかのように、エコノミー・コンパートメントに座っていた外国人の集団からも、

「ハッピー・リタイヤ！　ハッピー・リタイヤ！」

の大合唱が聞こえてきた。

斉藤はローパスの途中で消防車のライトを見て興奮した乗客を落ち着かせるために流したキャビン・アナウンスがこんな結果になろうとは想像もしていなかった。

「キャプテンの松波にとりまして、このフライトが三七年間のパイロット人生でラストになります。先ほどキャプテンからも安全な着陸になるから安心するようにとの連絡を私どもも受けています。どうか皆様もキャプテンを信頼して、落ち着いてキャプテンの最後の着陸を見守ってください」

マニュアルにも記載されていない即興のアナウンスだった。そのときは効果があり乗客の騒動は治まったが、このような形で興奮が再燃するとは考えも及ばなかった。キャビン・アテンダント時代にも斉藤はリタイヤを迎えるキャプテンのラスト・フライトを経験したことはあったが、今回のように乗客がカーテンコールのようにキャプテンを呼んで欲しいというのは初めての経験だった。先輩からも聞いたことがない出来事だった。

いつもはキャビン内のもめ事で解決できないときはキャプテンの助言を得て切り抜けてきた斉藤だった。今回は少し状況がこれまでと異なるがとりあえず、松波に相談するためにインターフォンを取ってコックピットを呼び出したのだ。

螺旋階段から松波の磨かれたハーフブーツが見えてくると、乗客は一斉に拍手をして迎えた。松波の何事が起こったのかという不安そうな顔がやがて照れた笑いに変わっていった。階段の下で待ちかまえていたのは、あの白髪の紳士だった。

「キャプテン、ご無理を聞いてもらって申し訳ない。こんなに印象深いフライトは初めての経験だった。是が非でもお顔を見てご挨拶をしたかった。これは僕だけだと思ったら、ほらご覧なさい、このフライトのお客さん全員がご挨拶をしたがっているようだ。これがラスト・フライトだそうですね。ご尊顔を拝するとまだまだお若いようだ。ラスト・フライトだなんてとんでもない。僕が日本航空の社長だったらもっと飛んでもらうね。ありがとう！　忙しいのにお呼び立てして申し訳ない。これからもお元気でご活躍ください！」

と言って握手を求めてきたので松波もそれに応えた。

「こちらこそ、ありがとうございました。着陸のときはご心配をおかけしました。ご搭乗ありがとうございました」

最初は紳士に向かって言っていた言葉が、最後には出口に集まっている全員へ向けての言葉になっていた。

「会長、そろそろお急ぎになりませんと。東京本社まで時間がかかりますから」

いつしかエコノミークラスの席に座っていたスーツ姿の男性二人が、白髪の紳士の姿を見つけて近寄ってきていた。会長と呼ばれた白髪の紳士の手から荷物を受け取り、松波に挨拶をして会長を囲むようにして出口の方に進みながら、振り返って螺旋階段の横に立っている松波に再び頭を下げた。

「ありがとう」

「ありがとうございました」

「ハッピー・リタイヤ！」

「おめでとう！」

「ありがとうございました」

松波は、チーフパーサーの斉藤のように丁寧な腰を曲げての挨拶はできなかった。しかし相手の目を見てにこやかに笑みを浮かべることはできた。その笑みの半分は自分が最後に成し遂げた達成感からこみ上げてきたものだった。そしてあとの半分は最後のフライトをともにしたお客様一人一人が自分に優しい言葉をかけてくれて、温かい眼差しでラスト・フライトを見守ってくれたことへの感謝の気持ちからだった。

乗客の挨拶が繰り返されて狭いドアから乗客は降機を始めた。最後のお客様がタラップを降り、待機していたリムジンバスに乗り込むまで松波はタラップの上から見送っていた。

乗客全員から祝福の言葉をかけられるという、想像もしていなかったラスト・フライトの幕切れとなった。

「長いことキャビンにいましたね。もうお客様と一緒にリムジンに乗って帰っちゃったのかと思いましたよ」

多嶋とジュニアが笑顔でコックピットに戻ってきた松波を迎えた。

「ラスト・フライトが終わったからといって、フライトバッグをコックピットに残して帰ってしまうほどまだ呆けてはいません」

キャプテン・シートに座り直しながら、リムジンバスが去っていくのを見ていた。

「あまり長かったのでパーキング・チェックリストもジュニアに協力してもらって終了しました」

「それは、ありがとう」

いつものブロック・インしたあとのコックピットの雰囲気に戻っていた。

「まだ最後のお仕事が残っていますよ。これをしないとフライトは終了しませんよ」

多嶋は松波にログブック（飛行日誌）を手渡してキャプテンのサインを求めた。

「そうだった。こんなにごたごたすると忘れるところだったよ」

フライトバッグの中からボールペンを取り出してサインを書き、ログブックを多嶋に戻した。

「多嶋さん、本当にありがとう。フライトに専念できたのも多嶋さんの助言があったからだよ」

松波は多嶋に握手を求めてきた。

筆者のラスト・フライトを飛んでくれたコックピット・クルーとキャビン・クルー

「私こそ、こんなに印象深いフライトを経験させていただいて。ラスト・フライトおめでとうございます。本当にお疲れ様でした」

多嶋もきつく握り返し、心からの労いの言葉をかけた。松波はありがとうと言って手を離し、ボールペンを差し出した。

「これはラスト・フライトに付き合ってくれたお礼にニューヨークで買ってきたんだ。記念だから最後にログブックにサインをしてから君に渡そうと考えていたんだ。受け取ってよ」

多嶋に黒光りするボールペンを、マンハッタンの五番街にある誰もが知っている宝石店の淡いブルーの箱に納めて手渡した。

「本当によろしいのですか、こんなに高価なものを。私のラスト・フライトまで大事に使わせていただきます。ありがとうございます」

と言ってワイシャツの胸のポケットに差し込んだ。

「これから息子のことをよろしく頼むよ」

「私などが出しゃばらなくても、このフライトでご自身の目でしっかりご覧になられたでしょう。もう立派なパイロットですよ」

納得したのだろうか、その後の言葉は続かなかった。

松波はキャプテン・シートに背中を押しつけて座り直し、じーっと前を見つめていた。そこはもう大空ではなかった。ターミナルが見え、貨物倉庫にはカーゴを積み込む貨物機がいた。おもむろに再び手袋を着けて両手でコラム（操縦桿）を握りその感触を味わうようにゆっくり押して左右に廻し、そしてその形を愛おしむように何回も撫で回した。それから松波は両手を操縦桿から離して手袋を脱ぎ、一つにまとめてジュニアの方に差し出した。

「父親との初めてのフライトで大変だったな。ありがとう。あとは任せる。もう立派なパイロットだ。最後のランディングで汗がしみ込んでしまったが、アンカレッジで買ったばかりだから使ってくれたら嬉しい」

「はい、使わせてもらいます」

ジュニアは横のキャプテンが自分の父親とは思えないような返事を返してしまった。


二回目に螺旋階段を降りたときにはキャビン・アテンダントの拍手に迎えられた。照れたような顔になって松波は集まってくれたキャビン・アテンダントに感謝の挨拶をした。

「ありがとう。君たちのおかげで楽しい、思い出深いラスト・フライトになったよ。ほんとにありがとう」

「ありがとう。チョコレートは美味しかった。あれで元気が出たよ。これからは息子の面倒もお願いしますよ」

斉藤を見つけて話しかけている松波を見て、多嶋はキャプテンからすっかり父親になっている松波を感じた。

「本当にお疲れ様でした。これはこのフライト中に全員で書いた色紙です」

斉藤がフライト中に密かにクルー全員に廻して言葉を書き連ねた色紙を松波に渡し

た。色紙の真ん中にはステーキを頬張る松波の顔が描かれていた。ステーキの絵がメニューの牛の絵に似ている。おそらく村山が描いてくれたのだろうとジュニアは思った。

成田空港オペレーションセンター

「お前らしいよ、最後の最後までやきもきさせるフライトをして。待ちくたびれたよ」

オペレーションセンターには多くのパイロット仲間が松波を待っていて、顔を見せると思い思いの言葉を浴びせかけてラスト・フライトを祝福してくれた。運航技術部の村上と渋谷も部屋の隅から松波たちを見ていたが、パイロット仲間が松波にかける忌憚のない言葉の応酬に圧倒されていた。

運航部長、乗員部長の挨拶が始まる前にジュニアに二人が居ることを教えられていた松波は真っ先に渋谷たちの方に歩み寄って行った。歩きながら息子が美人だと言っていたのを思い出した。

「松波です。貴重な情報と支援を感謝しています。時々きつい言葉もあったでしょうけど、許してください。無事ランディングできたのは渋谷さんたちの助言があったからです」

　と言いながら手を差し伸べた。

「いつも下から見てもらっていると思うとどんなに心強かったか。これからも頑張ってください」

「とんでもない。私は村上に言われたままを伝えただけです。何のお役にも立ちませんでした。もっと勉強して頑張ります」

　いつになく渋谷は謙虚だった。松波の言葉に渋谷は早朝から働きづめだった不満もすっかり忘れてしまった。飛行機を見ることもできない部屋で毎日机に向かって書類ばかりをめくっていると、航空会社に勤めていることを忘れそうになるときがある。しかし今日は自分もこのキャプテンと一緒に地上で飛んでいたのだと思うと、これまで感じたことのない飛行機と繋がって仕事をしているのだという充実感のようなものが湧き上がってきた。村上チーフが運航技術部の主《ぬし》になっていることが判るような気がして、チーフは次も転属願いを出さないだろうなと思った。

　力強く握り返してきた渋谷の手を放しながら渋谷の顔を見て、松波は女性が整備で働くことに抱いていた認識は間違いだったと認めたが、息子には女性の美というものを少し学び直す必要があるなとも思った。

「村上さん、どうも長い時間おつきあいをしてくれて感謝しています」

渋谷の横に立っている村上に向かって話しかけ、手を差し伸べて握手を求めた。

「どうもお疲れ様でした。ラスト・フライトの着陸の瞬間のビデオが残っています。ダビングしますから記念に受け取ってください」

「それはありがとう。記念に撮ってくれていたんですね。一生の記念になります」

松波に話しかけられて村上はビデオをプレゼントしようと思わず口にしてしまったが、撮影の意図は言わない方がいいと思って黙ったまま頷いた。

「その代わりと言っては……、最後のフライトのあとでもう一つお仕事をお願いして恐縮なんですが、キャプテン・レポートをお願いしてもよろしいでしょうか？」

地上職の村上の言葉だった。

「花束をもらって、みんなに拍手されてご苦労様でした、というのがラスト・フライトだと思っていたのに。最後までキャプテン・レポートを書くようなフライトをするとは考えていなかったよ。まあ、仕方がないね。後輩のためでもあるし」

松波はみんなの笑顔を見て最後まで完璧にやり遂げたという思いがこみ上げてきて上機嫌だった。フライトでの狭い回廊は無事に通り抜けたのだ。

「お偉い方々がさっきからお待ちです。どうぞラスト・フライトのセレモニーへ戻ってください」

村上は松波キャプテンが真っ先に挨拶に来てくれたことに恐縮していた。

渋谷は松波の後ろ姿を見送りながら、今日家に戻ったらピエールに電話してみようと思った。一度は結婚してもいいなと考えたこともあった。フランスと日本と離れて距離は遠くなってしまったが、今日の高揚感が繋がりを確かめる方法は幾らでもあると教えてくれて、一歩前に進まなくてはと背中を押してくれているような気がした。

「これだから、止められないんだよな！」

渋谷の後ろで、村上のいつもの独り言が聞こえた。

振り向くと、満足そうな顔をしている村上と目が合った。村上は渋谷に帰り支度をするように声を掛け、エレベーターの方に歩いていった。


会社の上司や仲間に囲まれた松波の方に、妻の君恵が花束を持って近づいてきた。

「お帰りなさい」

ニヤッと意味ありげに笑って、母親が頭を下げたのをジュニアは見逃さなかった。

久しく家では聞いたことのない父親に対する母親の言葉だった。ニューヨークからのラスト・フライトを一緒に乗ればと誘ったのだが、私は東京でお迎えしますからと言って固辞したのを思い出した。おそらく母はこの言葉を言いたくて東京で待っていたのだ。そして母は母なりの第二の人生をこの言葉からスタートしようと考えていたに違いないとジュニアは思った。

「うん、ただいま」

妻のいつもと違った出迎えの挨拶に松波もドギマギしているようだった。三七年間パイロットとして自由気ままに飛び続けた男も、ついに妻の言葉に捕まってしまったようだ。戸惑ったような顔をして花束を受け取っている父親の横顔に、キャプテンの厳しい顔はもうなくなっていた。家庭生活も軟着陸しそうな光景を見て、ジュニアは先ほどの着陸とは異なった安堵を感じて胸をなで下ろした。母親とのこれからの狭くて長い回廊も、これならうまく切り抜けて行けるだろうと思った。

――二〇〇七年三月二九日　フライト・テスト終了　スポット七一二番――

整備地区のスポット（M7—2番）に近づいてくるジャンボ機のウインド・シールドに向かって、マーシャラー（誘導員）が両手の赤いパドルを頭上で交差させた。この位置でストップせよとの合図である。じわぁとブレーキを踏み続けて減速させていたジュニアは、機体がほとんど停止する直前の慣性を尻に感じて両足のブレーキを少し緩め、すぐにまた踏み込んで8—62号機の惰性をゆっくりゆっくりと完全停止させてからセンター・ペデスタルにあるパーキング・ブレーキのレバーを右手で押し込んだ。パーキング・ブレーキ・ライトが紅く点灯したことを見てから踏み込む足を緩めてレバーから手を離した。

日本国籍の8—62号機という飛行機を飛ばせる役目を終えた四基のJT9D—7R4G2エンジンは、機体に電源を供給するためだけに回り続ける叫び声となってコックピットに聞こえてくる。

「レディー・フォー・シャットダウン・ワン・ツー・スリー（一番から三番までのエンジン遮断準備完了）！」

エンジニア・パネルの操作を終えた多嶋がエンジンを停止させる準備ができたことを告げた。

「ラジャー（了解）！」

ジュニアはエンジン・スタート・レバーを左端の一番から順番にラッチを外し、下方のカットオフ（遮断）位置にセットし、エンジンへの燃料供給を遮断させていった。

パイロット・パネルに並んでいる一番から三番までの燃料流量計の指針がゼロ方向に動くのを見てから、

「EGTドロップ（排気温度降下）！」

と一つ一つ声を出して確認していく。燃料がストップしたためにエンジン内部での燃焼が止まり、排出されていた燃焼ガス温度が低下していることでエンジン停止を確認しているのだ。

待ちかまえていた地上のメカニックが一一五ボルト四〇〇ヘルツの地上電源を機体のアダプターに挿入したことを示す白色ライトが点灯した。日本の主要空港では騒音などの環境問題からAPU（機上用補助動力装置）はエンジンを始動させる直前にしか作動させなくなっていた。

APU（機上用補助動力装置）操作パネル。外部電源が接続されたことを示す白色ライトが点灯している

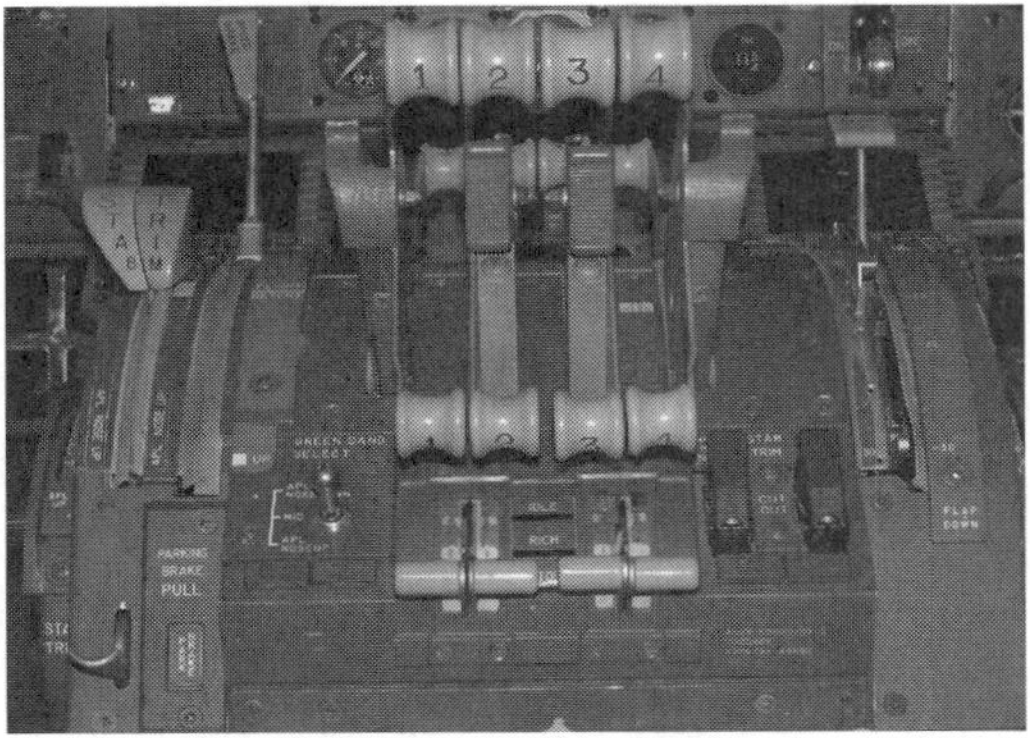

紅く点灯しているパーキング・ブレーキ・ライト。その左にあるのはパーキング・ブレーキをセットするためのレバー

ガチャンとパネルの裏側でリレーが切り替わる音がした。８ー６２号機の電源元をエンジンから地上電源に多嶋が切り替えたときの音だ。

「ピーピー」

と鋭い高音の警報音が鳴り響きパイロット・パネルの紅色の警報灯が点灯した。オートパイロットが、電源の切り替わるときの一瞬の中断を検知したのだ。重症患者が延命のための生命維持装置を交換するときを敏感に察して叫ぶような悲鳴に聞こえるが、無視して地上電源という外部からの生命維持装置への移管は機械的に行われた。青木はオートパイロットのプッシュ・スイッチを兼ねている紅色ライトを押して警報を止めた。

「レディー・フォー・シャットダウン・ナンバー・フォー・エンジン（四番エンジン遮断準備完了）！」

機体の生命維持装置である発電機の役目を地上電源に譲り渡し、すでに役目を終えた四番エンジンを停止する準備が整ったと多嶋は声を出して知らせた。

いつもなら右端のスタート・レバーに手を置くジュニアが、

「多嶋さん、お願いします」

と言って多嶋にエンジン・シャットダウンを依頼した。

多嶋はジュニアの言葉でレバーをゆっくりとカットオフ位置にした。最後まで叫び続けていたJT9D—7R4G2の咆哮が急激に小さくなっていった。

「EGTドロップ！」

ジュニアの声を聞き、

「栄光のニューヨーク機材8—62号機、さようなら」

多嶋は口には出さずに別れを告げた。エンジンをカットオフするのは本来キャプテンの役目なのに、最後のエンジンを止めるときにジュニアは多嶋に任せてくれたのだ。

数年後に控えているフライト・エンジニアが乗務するジャンボ機の最後の一機の瞬間を迎えるときの思いを8—62号機で多嶋は一足先に味わったような気分になった。ジュニアもフライト・エンジニアというクルーに敬意を払ってくれたから声をかけてくれたのだろうと感謝した。

青木は機外で回転している赤色回転灯の衝突予防ライトのスイッチをオフ位置にし、機外で待機しているメカニックにエンジンが停止したことを知らせた。

「ブロック・インは、一四時三五分にしましょう」

機内の搭載バッテリーで作動し続けているパイロット・パネルにある水晶時計のデ

ジタル表示を見てジュニアが言った。

コリンズ社製ボイス・レコーダーの消去ボタンを押して、ジュニアは直近三〇分間のコックピットでの会話が録音されている痕跡を消滅させた。この次に三〇分間のエンドレス・テープに録音されるのは、ロシア語になるのかと多嶋は思いながら、オーバーヘッド・パネルにある赤いキャップがされているサーキット・ブレーカーを抜いてボイス・レコーダーを停止させた。

「パーキング・チェックリスト！」

ジュニアがチェックリストをオーダーした。多嶋がチェックリストを読み上げた。すでに操作を終えているコックピットの全員が、8―62号機が駐機してもよい状態にスイッチ類の位置がなっているか、自分のパートを再確認してチェックリストに応答した。

「パーキング・チェックリスト・コンプリート（駐機チェックリスト完了）！」

最後の項目を多嶋が読み上げた。

「お疲れ様でした」

「ありがとうございました」

いつもの仕事を完遂した後の挨拶がお互いに交わされた。

「ログブック（飛行日誌）のサインをお願いします」

多嶋が記入済みのログブックをジュニアに差し出した。キャプテン・シートに座ったままログブックを受け取り、膝の上に置いて今まで両手に着けていた黄色い鹿革の手袋を脱いでフライトバッグにしまった。

「システムの不具合は録音テープの一件だけ、今回のフライト・テストの飛行時間は四時間五分になりました」

多嶋の説明を聞きながら記入されている数字を指でなぞって確認を終えると、胸のポケットからペンを出してログブックの署名欄にサインをした。続いて摘要欄に売却フライト・テストは完了したと英語で記入し、今日の日付、二〇〇七年三月二九日と署名を付け加えて多嶋に戻した。

「黄色の手袋は父上から譲ってもらったものですか」

受け取りながら先ほど脱いだ手袋のことを尋ねた。

「それはないですよ。アンカレッジの同じ店で新しく買ったものです。あれは長いこと使っていましたからね。でもキャプテン昇格チェックのときには父親からのものを使わせてもらいました」

ジュニアの足下は見えなかったがきっとブーツも履いているだろうと思った。儀式は父親から受け継がれているに違いないと多嶋は確信した。多嶋もログブックは松波からプレゼントされたボールペンで書いたのだが、ジュニアは気が付かなかった。

ログブックをのぞき込んでいた松尾が、今までの総フライト・タイムと今回の四時間五分を足して、

「初フライトからの総フライト時間は九万七二〇八時間五八分、着陸総回数は一万二九九六回になりました」

と教えてくれた。一回あたりの平均フライト・タイムは七時間五〇分、国内線専用機だと一時間三〇分位だから、いかにニューヨーク機材が長いフライトをしていたかが判る。

テスト空域から成田空港までの短い間にまとめ上げたフライト・テスト完了報告書に総フライト時間と着陸回数を松尾は記入して、こちらにもサインしてくれるようにとジュニアに差し出した。

「8−62号機が受領されたのは一九八三年六月ですから、今日まで約二四年近く稼働していました。さっきちょっと計算したんですけど、その約半分の一一年近くを空の上に浮かんでいたことになります」

「稼働率が四〇パーセント以上、すごい数字だね」

売却されるためにマークを消された白いジャンボ機（撮影・小林啓二）

多嶋が感心して、

「その中にはジュニアの父上の分も入っていますよ。取り出せるものなら持ち帰って、見せてあげれば喜びますよ。父上のラスト・フライトの機材だから今日のフライトを引き受けたんでしたよね」

「最近では料理に凝っていて、フライトのことなどすっかり忘れているみたいだから、自分がこの飛行機（8ー62号機）でラスト・フライトをやったことも覚えているかなぁ」

「覚えていますよ、あれは特別なラスト・フライトだったんですから」

「そうですね、確かに特別なフライトだった」

ジュニアも多嶋も同時に声を出して、あの印象深いフライトを一瞬思い浮かべた。

「父親のラスト・フライトのときの私はまだ新米だったので何も判らなかったから皆さんのやりとりを聞いているだけでしたが、多嶋さんや地上スタッフに協力して助けてもらいました。今から思っても貴重な経験でした。ラッキーなフライトだったと思いますよ」

「ジュニアの父上とニューヨークを飛んでいた頃が、在来ジャンボ機の華の時代でしたね」

「それにしてもコンコルドがパリで離陸後に墜落したときには、ドキッとしました。まったく似通った状況で、コンコルドは悲惨な事故になったんですから」

二〇〇〇年七月二五日にパリ・シャルルドゴール空港を離陸中のコンコルド機がタイヤ・バーストを起こし、その破片が燃料タンクを突き破り炎に包まれて墜落した事故のことをジュニアは言っているのだ。

「父親はあの事故をテレビで見ていて、自分は成田までの飛行を決断したけれど、ニューヨークに戻るのが正解だったのだろうかと悩んでいましたよ。忘れていないんですね、もう昔のことなのに」

とジュニアは付け足した。

「一度飛び上がってからの判断はキャプテンがするものですよ。あのときニューヨークに戻ってもバックアップ体制などの条件はもっと悪かったかもしれませんよ。それに結果がすべてですから、我々の仕事は。無事に着陸できたらすべてよしです」

多嶋は言ってから、ジュニアも今ではあのときのキャプテンの孤独が判るように成長しているだろうと思った。

いつの間にか代理人のイワンがコックピットに入ってきて、

「アリガトウ、アリガトウ、グッド・エアプレーン」

片言の日本語を交ぜながら繰り返し、ジュニアに手をのばして握手を求め、青木や多嶋にも同じようににこやかな笑顔で手を差しのべてきた。

メインデッキにタラップが取り付けられたのだろう。地上でフライト・テストの状況をモニターしていたメカニックと8－62号機の担当メカニックが、一緒にコックピットへ上がってきた。酸素マスク落下のときの不具合は、カンパニー・ラジオで報告済みなので、その後に何か不具合が発生していないか心配しているのだ。

「不具合は報告した一件だけです。ログイン（搭載用飛行日誌に記入）してあるので詳細は搭乗していたメカニックに尋ねてください」

多嶋はログブックからカーボンコピーされたピンク・シートを一枚抜き取った後、ログインしたページを開いて内容が見えるようにして手渡した。オペレーションセンターに持ち帰り次に8－62号機に乗務する乗員に機体の状況を引き継ぐピンク・シートの役目もこの機体には必要なくなったが、多嶋は大事に折ってフライトバッグに仕舞った。

「ありがとうございます、それでは貰っていきます」

内容をちらっと見て、詳細を聞くためにログブックを持って足早にメカニックはコックピットから出て行った。

入れ替わりに本社で機体の売却を担当していた高田が入ってきて、顔なじみのイワンと握手を交わしていた。売却と領収を担当する高田は試験飛行室のジュニアたちとも面識があった。世界中の航空機市場で数億円もしくは数十億円の商談をまとめることのできるタフ・ネゴシエーターとはとても思えないような細身の紳士である。ジュニアは、フライトバッグをまとめてから、キャプテン・シートをずらして立ち上がり、高田と一緒にコックピットを出てアッパーデッキ（二階客席）の方に向かった。入れ替わりにメカニックが整備のために入ってきた。イワンも追い出されるようにアッパーデッキに出てきて立ち話になった。

「いい飛行機でしたよ。『ニューヨーク機材』が売られるとジャンボ機の時代が終わっていくようで乗員は寂しがりますよ。今度はロシアで活躍することになるんですか」

ジュニアが尋ねた。

「そう聞いていますが、登録はアメリカになるようです。リース契約でロシアに行くことになるのでしょうね。ソ連が誇った旅客機イリューシンも古くなっていますからね。ロシア国内でも程度のいい大型機というのは数が少ないですから、きっと大切に扱ってくれますよ」

高田が中古機市場の内情を明かしてくれた。

「興味深い話ですね。ジャンボ機が開発された当時からは考えられない商談ですね」

と言ってから、一九七〇年代にソ連の技術者がボーイング社を訪れ、「ボーイング747設計目標と基準」という設計図だけでは書ききれない細かい仕様を集めた社内の機密文書を一〇〇〇万ドル、当時のレートの三六億円で買いたいと申し出て断られた事実を高田に教えた。ジュニアが高田にそっと売却価格を尋ね、機密文書の金額で数機買える価格に下落しているのに驚いていると、青木と多嶋もコックピットから出てきて立ち話に加わった。

「せっかくFMS（飛行管理システム）も装備したんだから、長く使って欲しいな」

ロシアではソ連国営企業の分裂で、中小零細企業の航空会社が乱立していて、航空事故によって昨年だけでも少なくとも三〇〇人が死亡しているという新聞記事を試験飛行室のミーティングで紹介されたのを青木は聞いたばかりだった。

「8I62号機を運航することになる会社は、トランスアエロというロシアで最初にできた民間航空会社でエアバスも運航しています。路線は多岐にわたり、タイのバンコックにも運航していると聞いています。バンコックで皆さんもまたこの機体を見る機会があるかもしれませんよ」

　雰囲気を察したイワンが運航する会社は心配無いと言わんばかりに英語で答えた。

「最近、バンコックでロシア人を見ることが多いんです、ロシアの航空会社も運航しているからなんですね」

　貨物便の乗務で最近バンコックに行ってきた多嶋が納得したように頷いていた。

　整備格納庫の会議室で代理人と高田も交えて試験飛行の結果報告と書類整理を終え、オペレーションセンターに向かっているジュニアたちの乗ったクルーバスの窓越しに8－62号機が見えてきた。売却整備の最終調整がまだ残っているのか、タラップを上り下りしているメカニックの姿が忙しそうに動いていた。

　尾翼のマークも消されて白衣を纏ったように白くペイントされた8－62号機の機体は格納庫の前で、夕方の出発に備えてスタンバイしているかつての僚友機から少し離れて駐機されていた。

　父親のラスト・フライトのときは垂直尾翼の鶴丸が父親を見送ってくれた。ジュニアがキャプテンになったときには新しい尾翼マークの赤い太陽がジュニアのこれからを照らしてくれた。

青木がＦＭＳ装備のために滞在した南カリフォルニアの砂漠の中のジャンボ機は二一世紀を生きようとする夢を見ていた。

ジャンボ機が見てきた栄光の時代と挫折を多嶋たちフライト・エンジニアは共に体験し、ジャンボ機の安全運航を支えるために、いつもジャンボ機が何を訴えているのかを聞き出して飛行日誌に書き留め、健全な機体を保つことに貢献してきた。

しかし、白いペイント姿になってしまった８−６２号機はもう何も語りかけてはこなかった。

次世代の飛行機に引き継がなければならない時代になったことを悟り、静かに身を引くことを覚悟しているのだろうか。

ちょうど象がその死期を悟ると静かに群れから離れて独りで象の墓場に去って行くという習性を、象に由来したジャンボという愛称をもらった飛行機は、いつしか学んでまねているのかもしれないと多嶋は思った。

三人三様に小さくなる８−６２号機を見つめていた。多嶋が、

「すばらしい思い出をありがとう！」

と心の中で叫んだとき、白い巨象は格納庫の壁の向こう側に去って行くように三人の前から消えていた。

（完）

着陸して逆噴射中のJA8162号機（撮影・吉井徹）

あとがき

ＧＰＳ（衛星位置航法システム）やＩＮＳ（慣性航法装置）によって計算される位置情報や風情報が、コックピットで常時表示されるようになって、かつてはパイロットに必需品だった航空用計算尺も今ではフライトバッグの片隅に仕舞われ手にすることもなくなった。

離陸中の推力設定や突然のエンジン故障に対する操作も、コンピューターが初期操作を行いパイロットがそれをモニター（監視）するというように変わった。パイロットが航空機を飛ばすことに関与する部分が徐々に少なくなっている。

我々の訓練時代、教官からクルー・コーディネーション（乗員同士の連携）の重要性を徹底的にたたき込まれた。しかし、今ではその連携のループの中にコンピューターが大きな存在として関わるようになり、コンピューターをうまく操作できることがパイロットの資質として要求される時代になっている。かつてのパイロットが滲ませていた体臭のような独特な考え方が薄れていっている。

決して懐古趣味や技術の継承という大げさなものではないが、このままでは在来機のクルーが培ってきたアナログ的な知恵（ルール・オブ・サム）と知識が後の世に残せないまま葬り去られてしまうのでは、という危惧を抱くようになった。

その上、ジャンボ機退役のニュースが聞こえるようになってきた。理由は経済効果や省エネ社会ということなのだろう。そんなときに、かつてのニューヨーク機材が国内線を飛んでいるという情報を探し当て、懐かしさのあまり搭乗予約もし、ジャンボ機ならではの螺旋階段を上り下りしていたグループがいた、という話を耳にした。ジャンボ機を愛おしく思ってくれている人々が、われわれ在来機のクルーだけではなかったということを知り、これまでの古い記憶をたぐり寄せジャンボ機の〝航跡〟を残したいと思って急いで筆を執った。

実はリタイヤするまでに本書の大半の部分を書き終えていた。最後のフライトの離陸のときの心境を、これまでのフライト人生の万感の思いが走馬灯のように頭の中を駆けめぐると書いていた。しかし、いざ自分がラスト・フライトで滑走路を前にしてスラスト・レバーを前に押し進めたとき、何も考えていないことに気がついた。エンジンの咆哮とタイヤがセンターラインを踏んでいる振動に包まれて、目の前のエンジン計器を見続けているだけだった。初フライトで飛んだときと同じだった。あのときも計器を必死で見つめ、何も起こらないようにと願っていただけだった。

いま自分の現役時代を振り返って見ると、滑走路を目の前にしたときの、あの張り詰めた緊張感、何が起こっても任せておけといった自信に満ちた高揚感を二度と味わえないと思うと寂しくもあり、また懐かしくもある。

自分の経験した一番大きな出来事は、羽田を離陸した直後の高度七〇〇フィート（二〇〇メートル）で鳥を吸い込んでエンジンが壊れたときだった。最初にドンという音がしたが何が起こったか判らなかった。すぐに管制塔からエンジン火災発生、キャプテンのチェックリストという言葉で我に返った。このようなとき、エンジンからの炎を見たキャビン・アテンダントからの呼び出しが喧《やかま》しくて緊急時操作ができなくなるということを仲間から聞いていたのを思い出し、コックピットから全員に安心するようにとオールコール（全員呼び出し）したのを覚えている。その後対処を終えて15分後には同じ滑走路に無事着陸していた。

これ以外にも数多くのことを経験したが、先輩や仲間からの言葉と助言、地上スタッフからの情報があったからこそ無事に乗り越えられた今の自分がいると思っている。ジャンボ機に対するこれらの貴重な至言の数々をこの本の中に見つけられることに期待を込めることで、彼らに感謝の意を表したい。

そして最後に私事で恐縮だが、家に居るときは毎日気難しく自由奔放な生活をしていた私に、家庭を楽しく守り健康に気を遣ってくれた妻に、無事ラスト・フライトを完遂できたのは貴方のおかげであると礼を言っておきたい。

二〇〇九年　一月吉日

清水　保俊

文庫版あとがき

霧の空港、霧はこれからもますます濃くなると予報されていた。到着機の遅れで出発準備に時間がかかり、定時制を守らなければならないという心理的なプレッシャーがキャプテンを苛立たせていた。視界の悪い誘導路をタクシー・センターライン・ライトだけを頼りに慎重な地上滑走で更なる時間を費やしてしまった。離陸する滑走路に到着したと思ったそのとき、タイミング良く管制官が離陸許可のクリアランスを出してきた。キャプテンは了解と応えると同時に、パワーレバーを前に進めて離陸を開始しようとした。

「待って！　滑走路の方向が違う！」別の乗員が叫んだ。

キャプテンはパワーレバーを絞って離陸を中断した。滑走路と思って侵入したのは別の誘導路だった。

出発時間を守らなくてはならないという焦燥感が、滑走路の方向と飛行機の方向が同じであることをチェックするという基本的な手順を省略させてしまったのだ。

一週間後、同じような気象条件で他社の飛行機が同じ誘導路を間違って離陸し、オーバーラン事故を起こした。

二年前に単行本を書いてから、多くの読者からご意見を頂いた。その中には、私の仲間も含まれている。一般の読者からは、専門用語が多くて難しかったなどの他、今までジャンボ機を主人公にした小説は無かったので興味深く読ませて貰った等々の筆者を望外に喜ばせるものも多かった。一方、仲間からの意見には手厳しいものがあった。確かに面白かったし、なるほどと思わせるところも多かった。しかし、乗員の宿命みたいなものをもっと描いて欲しかったと言うのである。フライトの安全はコックピットの乗員だけが創り出すものではなく、運航管理者、空港カウンターの社員など会社全体が協力して完成させるものだ。乗員はそのフライトという長い鎖の最後の輪を繋げる役目があると言うのだ。乗員は安全を守る最後の砦というわけである。

筆者も絶対安全というものはないと思っている。危険要素を避けて到達できるところに安全が残っていると言っても良い。その危険要素を知るために、乗員は厳しい訓練を重ね、他人の失敗談から学んで多くの経験を増やしていく。これまでの重大な航空事故の中には、この危険要素を察知できなかった乗員が原因だった、というものがあったかもしれない。しかし、その何千倍、何万倍もの数の乗員は危険要素を避けて安全運航に寄与してきている。乗員の宿命とは、何も起こさないことが当たり前であり、そのためにした行為は誰にも知って貰えないということである。一つの例が、冒頭の霧の中の出来事である。しかし、この事実も、コックピットの乗員の誰かが外部に漏らさなければ、誰も知り得なかった出来事である。偶然この事例は、一週間後に同様の状況下で事故があり、仲間内の会合でこんなことがあったという失敗学の事例紹介で、皆の知ることになっただけである。筆者には、乗員の中で埋もれたままになっている多くのこのような事例を掘り起こし、描ける時間と能力があるかは疑問であるが、次の課題として、仲間の期待に応えたいと思う。

専門用語が難しいというご指摘には、文庫本にするにあたって読みやすくするために多くの部分に加筆をした。講談社の編集者のご意見も大いに参考にさせて貰った。その優しくて、ときには厳しい指摘をしていただいた加藤玲衣亜氏に感謝の意を表したい。

この本が書店の店頭に並ぶとき、日本航空のジャンボ機は四一年の歴史に幕を下ろし、日本の空を飛んでいないだろう。だが、新世代の飛行機になっても、コックピットの乗員の思考は、本書の中で描いた松波キャプテンやジュニアと変わらない。そして、ジャンボ機を知らない世代の新しい読者にも、飛行機を愛するとき、パイロットを志すときに、本書がお役に立って貰えればと願っている。

二〇一一年　二月吉日

清水　保俊

JAL在来型747型機　主要諸元

	747―100	747―200（JA8162）	747―300
全幅（翼幅）	59・6m	59・6m	59・6m
全長	70・6m	70・6m	70・6m
全高（垂直尾翼）	19・3m	19・3m	19・3m
客室幅	6・1m	6・1m	6・1m
最大離陸重量	333・4t	362・8t（377・8t）	371・95t
最大着陸重量	255・8t	255・8t（285・7t）	260・4t
巡航速度	マッハ0・84	マッハ0・84	マッハ0・85
最高巡航高度	13750m	13750m	13750m
最大航続距離	9800km	12000km	12400km
エンジン（最大推力）	プラット&ホイットニー社製 JT9D―7A（20925kg）	プラット&ホイットニー社製 JT9D―7R4G2（24635kg） JT9D―7Q（23541kg）	プラット&ホイットニー社製 JT9D―7R4G2（24635kg）
燃料最大搭載量	183380L	199158L（210408L）	199158L
搭乗旅客数F・B・E	366名	366名	412名
B・E	452名	452名	496名
オールエコノミー	550名	550名	563名

「エグゼクティブ・エクスプレス」の客席配置図

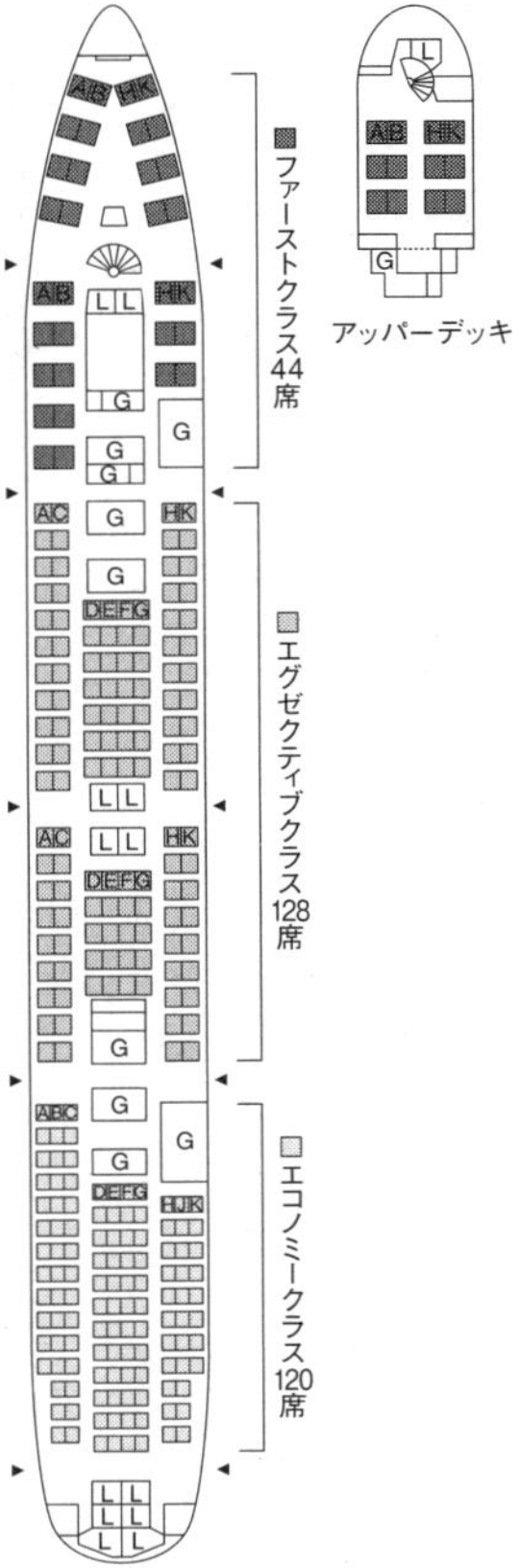

「B747」の客席配置図

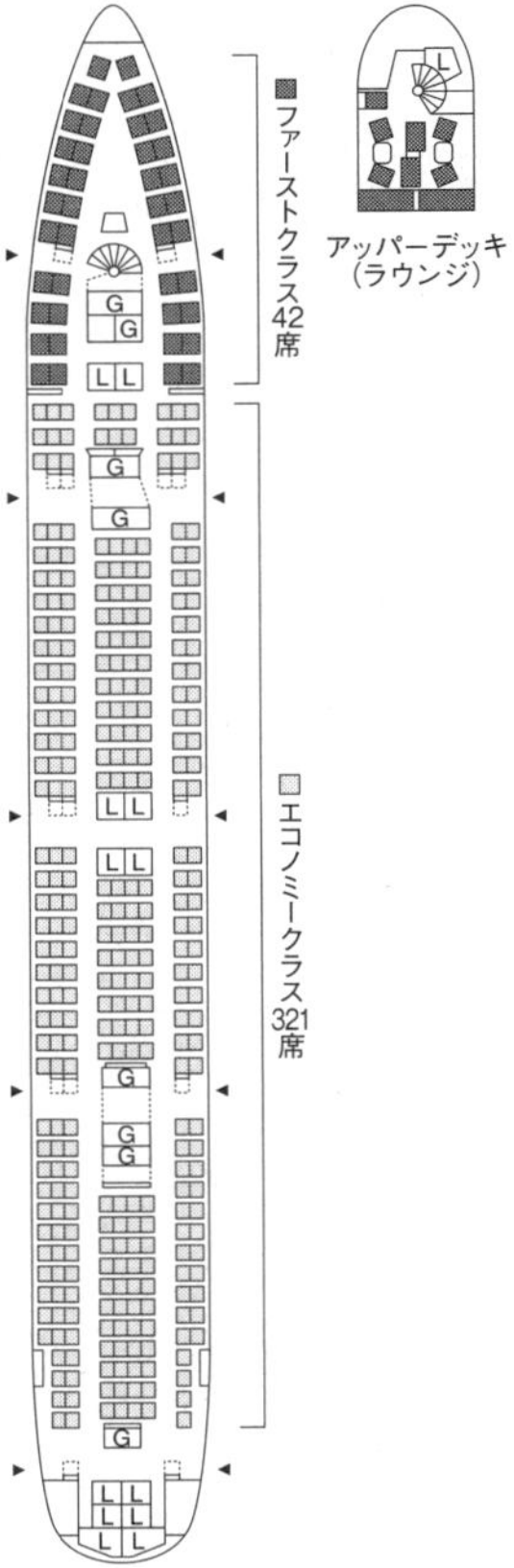

在来型７４７型機　主要年表

※国内において社の明記がないものはＪＡＬ（日本航空）による。

年	月日	日本国内	国外
１９６４年	４月１日	日本の海外渡航制限が解除	航空貨客需要に基づき、ボーイング社で７４７開発計画グループが結成される
１９６５年		ジャルパック発売。ハワイ９日間が37万８０００円、ヨーロッパ16日間が67万５０００円。なお、当時の国家公務員上級職の初任給は１万９６１０円	
１９６６年	６月29日	ビートルズ来日。ＪＬ４１２便で羽田に到着	パン・アメリカン航空が７４７を25機購入の意向を発表
１９６７年			ボーイング社、ワシントン州エバレット近郊に組み立て工場の建設開始
１９６８年			７４７初号機の組み立て開始 プラット＆ホイットニー社がＪＴ９Ｄエンジンのテストを開始 ７４７―１００初号機がロールアウト
１９６９年	７月３日	尾翼に鶴丸を入れた新デザインを採用	２月９日、７４７―１００初飛行。ＦＡ

１９７０年　4月22日　ＪＡ８１０１受領
4月23日　モーゼスレイクにて乗務員の実機訓練開始
6月1日　ＪＡ８１０２が羽田に到着
7月1日　７４７―１００が東京―ホノルル線に就航
１９７１年　2月12日　７４７―２００Ｂの１番機（ＪＡ８１０４）羽田に到着
１９７２年　8月1日　初の国内線として、東京―那覇線に就航
１９７３年　7月21日　４０４便（ＪＡ８１０９）がアムステルダム空港を離陸後にハイジャック、後24日に爆破される
9月26日　近距離型７４７、７４７ＳＲの１番機（ＪＡ８１１７）受領
１９７４年　4月1日　北回り欧州線が全便ジャンボ化
9月17日　貨物専用である７４７Ｆの１番機（ＪＡ８１２３）受領
１９７５年　4月2日　ニューヨーク以外の太平洋線がすべてジャ

Ａ（米国連邦航空局）より型式証明取得
1月22日、パン・アメリカン航空、７４７をニューヨーク―ロンドン間で運航開始
７４７―２００初飛行
７４７の１００号機目がロールアウト
パン・アメリカン航空８４５便が、サンフランシスコ国際空港で離陸衝突事故。７４７初の人身事故になった
７４７による通算総フライト時間が１００万時間を超える
パン・アメリカン航空、７４７ＳＰ(Special Performance) を発注
７４７ＳＰ、初飛行で最高速度マッハ

ンボ化

1976年　12月16日　パリ発東京行JL422便（JA8122）がアンカレッジ国際空港で地上滑走中に転落

1977年　6月29日　ANA、次期大型機として747SRを決定、エンジンはGEのCF6―45Aとする

1978年　5月20日　新東京国際空港（成田空港）が開港、翌日運行開始

1980年　2月14日　550席（世界最多）の747―100B（JA8142）、東京―那覇線に就航

9月1日　エグゼクティブクラス導入

1982年　2月5日　ANA、747SRへのPMS装備完了

1983年　7月1日　成田―ニューヨーク線「エグゼクティブ・エクスプレス」ノンストップ便就航

11月14日　新JALエグゼクティブクラス、サービス開始

0・92に達する

747による乗客輸送総数が1億人を突破

747SPの型式証明取得

パン・アメリカン航空にて、747SPがニューヨーク―東京線に就航

747の総生産機数が500を越す

747―300初飛行

スイスエアーにて、747―300が就航

	11月30日	747−300の1番機（N212JL）が成田に到着	
1985年	8月12日	123便（747SR、JA8119）が群馬県御巣鷹山にて墜落。乗員乗客合わせて520名が死亡する大惨事となった	ボーイング社、747−400の開発を発表
1986年	4月5日	747−300が成田—パリ線のノンストップ便に就航	
1987年	11月18日	日航法廃止。完全民間企業に移行	
1988年	4月4日	747SR（JA8118）を売却	747−400初飛行
1989年			747−400M（貨客混在機）初飛行 ノースウエスト航空にて、747−400が就航
1990年		747−400を導入	
1991年	10月30日	パリ行JL437便を最後に、北回り欧州線休止（アンカレッジ発は翌31日のJA8127〈438便〉が最後）	
1992年	5月18日	747の1号機（JA8101）がホノルル発成田行にてラスト・フライト	
	6月24日	747初の機体売却。JA8107登録抹消	

8月23日 747―200Fのポリッシュドスキン試練機であるJA8180が羽田にてハンガーアウト

1993年 9月27日 羽田空港西旅客ターミナルビルオープン

1994年 4月29日 12機の747におけるファーストクラス座席数を半減することを発表

9月4日 関西国際空港開港

1997年 国内初の女性パイロットが747副操縦士として初フライト

1998年 国内の747、通算100機目を受領

1999年 1月13日 サザン・エアに売却されたJA8151（747F）がJA8937として再登録され復帰

2001年 10月14日 在来型747のJA8178（JL416便）、貨物専用便をのぞいて欧州線から撤退

2002年 11月14日 新JJマーキングを羽田にて披露

ボーイング社、747型製造30周年

ブリティッシュエアウェイズ、747通算50機目を受領

747の総生産機数が1200機を達成。1200機目は747―400で、ブリティッシュエアウェイズに引き渡された

ボーイング社、長距離型の747―400ERの開発に着手

カンタス航空にて、747―400ERが就航

2003年	10月1日	FMSを装備した初の747—300（JA8179）が就航	
2005年			ボーイング社、747—8の開発に着手
2006年	3月2日	06年〜10年度中期計画で、在来型747を09年度末までに退役を完了させると発表	747の既生産機数及び発注機数の総計が1500機を超す
	7月3日	747—300の退役開始。JA8178がブリスベン発成田行のJL762便でラストフライト	
	10月1日	日本航空インターナショナルが日本航空ジャパンを統合	
2007年	10月31日	最後の747—200BであるJA8150が金浦発羽田行JL8834便でラストフライト	
	11月30日	747—200Fの退役を、予定していた08年8月から07年度中に変更することを発表	
2008年	11月29日	最後の在来型747—200F（JA8171）が成田—台北線で退役。なお、11月現在、在来型747—300を6機保有している	

ジャンボ機は、「永遠に不滅」。

カンニング竹山

「○○芸人」という呼び方が、テレビ業界でここ数年、流行しています。「家電芸人」、「ガンダム芸人」など、自分の好きなものを「芸人」という言葉の頭に置いて、それについてマニアックな話を繰り広げる。そうすることで、自分がどんな芸人なのか、ひいてはどんな人間なのかを表現するのです。この言い方を使うなら、ぼくはまさに「飛行機芸人」。飛行機のことが大好きで、どこでだって、何時間だって、語ることができます。

とは言え、ぼくと飛行機の関係は、決して、最初から良好だったわけではありません。ぼくの飛行機に対する第一印象は、「とにかく怖い」。実家が九州なので、子どもの頃から国内線に乗る機会が何度かあったのですが、離陸するときや着陸するときの揺れが本当に怖かった。こちらとしては、飛行機というのは大きくがっしりしていて、非常に安定した乗り物に違いないという感覚があります。それなのに、予想できないタイミングで、驚くほど大きく揺れたりする。これは、子どもにとって大変な恐怖です。そのため飛行機に対して不信感ばかりが増していき、どうしても「ひとつの乗り物」として信頼することができませんでした。地上近くにあってもこれだけ揺れるのだから、よく分からないけれど、墜落することもありうるんじゃないか。そんなふうに勝手に決めつけ、苦手意識を抱いていました。

ところが十数年前、ありがたいことに仕事の数が増え始め、いろいろな地方に営業に回らせてもらうことが多くなりました。特によくお邪魔させてもらったのが、北海道。僕ら「カンニング」を担当している営業の女性が北海道出身だったからか、毎週土日のどちらかは北海道にいるというのが、ある時期「普通のこと」になっていました。東京と北海道を一日で往復する、なんてことも珍しくないくらいです。そうなってくると時間がないので、どうしても飛行機に乗るしかない。「怖い」とか「苦手」だなんて言っていられる場合ではありませんでした。ほかに手段がないのだから、仕方ありません。

そうやって、飛行機から逃れられないような状況に置かれてみると、今度はどうしてこんな鉄の塊が飛ぶのか、そしてどうしてあんなふうに揺れるのかということが、気になって気になって仕方なくなりました。そこで、飛行機に関する本や雑誌を手に取るようになったのです。なかには簡単な航空力学を掲載しているものもあり、それらを読み進めていくうちに、揺れの原因も理屈で分かるようになりました。そうやってひとつひとつの「仕組み」を理解するのは非常にスリリングで面白く、気がついたらどっぷりと、飛行機の世界にハマり込んでいました。いつの間にか、苦手だったはずの飛行機が、好きで好きでたまらなくなってしまっていたのです。

鉄道オタクに「鉄道に乗るのが好きな人」や「鉄道を撮るのが好きな人」などさまざまなタイプがいるように、飛行機好きにもいろいろなタイプがいます。ぼくが好きなのは、第一に機体の外観《フォルム》。だから、飛行機のフィギュアもたくさんコレクションしています。飛行機は本当に無駄のない美しい形をしていて、見蕩《みと》れてしまうことも多い。これは、ぼくがよく使う表現なのですが、「機体を見るときの興奮は、女性を見るときのそれとよく似ている」のです。機体によってひとつひとつ個性が違うし、一目見ただけで、「あいつはああいうカラダつきだから、早く飛べるんだろうな」なんてことも分かってしまう。見ているだけで妄想が膨らみ、胸が高鳴る。そういう魅力を飛行機は秘めているのです。

それから、機体の仕組みや構造へも興味が尽きません。ぼくは飛行機に乗っているときはいつも、本や雑誌で得た知識を総動員して、コックピットで操縦しているパイロットの「思考」をなぞっています。パイロットごっこというか、エア・ギターならぬ、エア・コックピットという感じでしょうか。「いま離陸してこの段階にあるから、こんな手順を踏んでから、こういうふうに上がるぞ。ほら、上がった！　よし、次は……」なんて、一人で頭の中でシミュレーションしてしまうのです。そのとおりに機体が動くと、嬉しくて、楽しくて、たまりません。

そんな「構造・仕組みオタク」なぼくですが、この『最後のフライト　ジャンボ機ＪＡ８１６２号機の場合』という作品には本当に驚かされました。これまで飛行機に関するさまざまな本や雑誌を読んできましたが、ここまでこと細かに機体について書き記した作品はなかったと思います。書いてあることひとつひとつを、頭できちんと理解し、一歩一歩進んでいかないと、全体が分からなくなってしまう。ゆっくり時間を掛けて、全てを自分の頭脳に吸収しなくちゃもったいない、そんなふうに感じさせてくれる作品なのです。あまりにも説明が詳細なので、途中で、「この本を真剣に読み込んだら、この機体を操縦できるんじゃないか」と思ったくらいでした。

以前ある番組の企画で、飛行機の操縦訓練をさせてもらったことがありました。当然のことですが、目眩《めまい》がするほど難しかった。ほんの少し操縦輪をまわすだけで、機体の角度が一気に変わってしまったりするのです。そんなデリケートな作業を続けつつ、目まぐるしくいろいろなところをチェックし、さまざまな状況をシミュレーションしなくてはならない。予想をはるかに超える技術が要求されましたし、プレッシャーも大変なものでした。あの経験をした上でこの作品を読むと、パイロットというのは一種の「匠《たくみ》」だなと、そんなふうに感じさせられます。フライトという超一流の技術を持った、一人の職人なのです。

彼ら「匠」は技術だけでなく、熱いハートも持っています。それを表すエピソードもまた、この作品にはいくつも詰まっていました。ぼくがこの作品で最も好きなのは、乗客に上空からマンハッタンの景色を見せてあげるシーン。乗客のなかには、楽しい旅行の思い出に浸っている人もいれば、新しい一歩を踏み出そうとしている人もいるだろうし、逆に、夢やぶれて日本に帰国するところという人もいるでしょう。その誰もが、アメリカに、そしてニューヨークという大都市に、それぞれ思い出を持っているのではないでしょうか。全員が身体も心もその地から飛び立って「ああ、さよならだ」と感じたその瞬間に、マンハッタンという美しい出発点をもう一度振り返らせてくれる。あの景色は絶対、あそこにいる全ての乗客が、自分では気づいていなくとも、見たいと願ってやまないものだったと思うのです。あれはオフィシャルには、咎められはしなくとも褒められもしないような、実行するには勇気のいるサービスだったと思います。それを敢えて最後にやった機長の優しさには、非常に心打たれました。ちょうどこのシーンが、離陸の瞬間、つまり機長である松波の「最後のフライト」が始まる瞬間だったというのも、印象に残っている理由のひとつかもしれません。「さあ、フライトが始まるぞ」という感覚に、いつも自分が離陸のときに感じるような興奮をおぼえ、そして物語終盤には、飛行機への愛情で胸がいっぱいになっていました。

だからなのでしょうか。ぼくはこの本を読み終えてすぐ、ジャンボ機に乗りたくて乗りたくて、たまらなくなりました。とにかく、飛行機に乗りたい。ジャンボ機をこの目で見たい。そんな強い思いに、胸がかきむしられるようでした。

ジャンボ機は、二〇一一年三月一日をもって、日本航空から「退役」してしまいました。全日空から姿を消してしまう日も遠くないようです。かつて、日本人を虜にした「ジャンボ」という圧倒的な存在は、もうすぐこの国から消えてしまうのです。

ぼくはジャンボ機というのは、野球で言うところの巨人軍のような存在だと思っています。みなさん、それぞれ贔屓《ひいき》の球団があるでしょうが（例えばぼくは福岡ソフトバンクホークスの大ファンです）、それでも心のどこかで「巨人」という存在に、何か圧倒されるような思いを抱えているのではと思うのです。「やっぱ巨人ってすげえよな」とか、「なんだかんだ言って巨人だな」とか。そんな球団は日本広しといえど、巨人軍ただひとつだと思います。巨人というのは恐らく日本人にとって、そのようなある種「特別な存在」なのではないでしょうか。

飛行機の世界では、ジャンボ機がまさに巨人軍なのです。日本人ならみんな心のどこかで、ジャンボ機に対する何らかの強い思いを抱えていることでしょう。それこそ「やっぱジャンボだよな」と言いたくなってしまうような、そんな言葉にできない感情です。

ジャンボ機はまもなく「退役」し、鯨や象と呼ばれたあの大きな姿を消してしまいます。ですがきっと、われわれの心のなかで、いつまでも残る「永遠に不滅」の存在になってくれるのではないかと、そんなふうにぼくは思っているのです。

参考文献

『ジャンボジェット（世界のジェットライナーVOL3）』落合一夫編　酣燈社　1977年

『747　ジャンボをつくった男』ジョー・サッター、ジェイ・スペンサー著・堀千恵子訳　日経BP社　2008年

『ボーイング747を創った男たち』クライヴ・アーヴィング著・手島尚訳　講談社　2000年

『747航空機運用マニュアル』日本航空株式会社

『航空事故』デイビッド・ゲロー著・清水保俊訳　イカロス出版　1994年

『日本航空20年史――1951―1971』日本航空株式会社　1974年

『日本のBoeing747classic』イカロス出版　2008年

本書は二〇〇九年二月に小社より単行本として刊行されました。

|著者| 清水保俊　1947年、兵庫県生まれ。神戸商船大学航海学科卒業。'70年から海運会社にて主に南太平洋を航海士として海上勤務。'78年、日本航空に入社。DC—8型機、B747型機フライト・エンジニアとして乗務し、運航訓練部技術教官、運航技術部試験飛行室、運航技術部次長を経験し、飛行機の受領、各種テスト・フライトの経験も多い。総飛行時間は1万1000時間。2007年に国土交通大臣より航空功労賞を授与される。同年、定年退職。現在は羽田整備工場にて見学・航空教室を担当。訳書に『航空事故』『航空テロ』(ともにイカロス出版)がある。

最後《さいご》のフライト　ジャンボ機《き》JA8162号機《ごうき》の場合《ばあい》

清水保俊《しみずやすとし》

講談社文庫

定価はカバーに
表示してあります

2011年3月15日第1刷発行

発行者——鈴木　哲
発行所——株式会社　講談社
東京都文京区音羽2-12-21　〒112-8001
電話　出版部 (03) 5395-3510
　　　販売部 (03) 5395-5817
　　　業務部 (03) 5395-3615

Printed in Japan

デザイン—菊地信義
本文データ制作—講談社プリプレス管理部
印刷———豊国印刷株式会社
製本———株式会社大進堂

落丁本・乱丁本は購入書店名を明記のうえ、小社業務部あてにお送りください。送料は小社負担にてお取替えします。なお、この本の内容についてのお問い合わせは文庫出版部あてにお願いいたします。

ISBN978-4-06-276919-8

講談社文庫刊行の辞

二十一世紀の到来を目睫に望みながら、われわれはいま、人類史上かつて例を見ない巨大な転換期をむかえようとしている。

世界も、日本も、激動の予兆に対する期待とおののきを内に蔵して、未知の時代に歩み入ろうとしている。このときにあたり、創業の人野間清治の「ナショナル・エデュケイター」への志を現代に甦らせようと意図して、われわれはここに古今の文芸作品はいうまでもなく、ひろく人文・社会・自然の諸科学から東西の名著を網羅する、新しい綜合文庫の発刊を決意した。

激動の転換期はまた断絶の時代である。われわれは戦後二十五年間の出版文化のありかたへの深い反省をこめて、この断絶の時代にあえて人間的な持続を求めようとする。いたずらに浮薄な商業主義のあだ花を追い求めることなく、長期にわたって良書に生命をあたえようとつとめるところにしか、今後の出版文化の真の繁栄はあり得ないと信じるからである。

同時にわれわれはこの綜合文庫の刊行を通じて、人文・社会・自然の諸科学が、結局人間の学にほかならないことを立証しようと願っている。かつて知識とは、「汝自身を知る」ことにつきていた。現代社会の瑣末な情報の氾濫のなかから、力強い知識の源泉を掘り起し、技術文明のただなかに、生きた人間の姿を復活させること。それこそわれわれの切なる希求である。

われわれは権威に盲従せず、俗流に媚びることなく、渾然一体となって日本の「草の根」をかたちづくる若く新しい世代の人々に、心をこめてこの新しい綜合文庫をおくり届けたい。それは知識の泉であるとともに感受性のふるさとであり、もっとも有機的に組織され、社会に開かれた万人のための大学をめざしている。大方の支援と協力を衷心より切望してやまない。

一九七一年七月

野間省一